シャーロック・ホームズ対伊藤博文

改訂完全版

松岡圭祐

角川文庫
24205

目次

訪日時のニコライ二世を撮影した有名な写真
（撮影：上野彦馬）

SIDNEY PAGET
1893

1

　空は青く、見上げんばかりの高峰に降り積もった雪の白さも、照りつける五月の陽《ひ》射《ざ》しに溶け半ば消失しつつある。切り立った断崖《だんがい》にわずかずつのぞく岩肌を眺めるだけなら、優雅に浸れる向きもあるだろう。だが美には総じておぞましい現実が影をおとしているものだ。雪とは大気中の水蒸気から生成される氷の結晶にすぎない。いまも慟哭《どうこく》に似た轟音《ごうおん》が絶え間なく周辺にこだまする。眼下にひろがる瀑布《ばくふ》こそ、マイリンゲン南方の山々を覆っていた雪の成れの果てだった。

　地獄の釜と呼ぶにふさわしい壮絶な飛瀑《ひばく》。滝は長い歳月をかけ岸壁を穿《うが》ち、深い谷底をつくりだした。水煙が一帯に濃霧を生じさせる。荒波のように白く沸き立つ滝壺《たきつぼ》は、眼下のはるか彼方《かなた》に、ぼんやりと見えるのみだった。

　しかし絶壁の縁ぎりぎりに立とうとも、足がすくむことはなかった。恐怖は感覚でしかない。踏みしめる岩場に生息する維管束《いかんそく》植物を観察すれば、長きにわたり崩落など起きていないとわかる。

ジェームズ・モリアーティ教授は冷静だった。思考も淀《よど》みなく機能している、そう自覚した。たしかに滝の幅は三百フィート、落差は六百五十六フィートもある。落ちればひとたまりもない。だがこの場に身投げする気など毛頭なかった。

これからおびきだされてくる忌まわしき男は、真実に気づいていない。ロンドンに名を轟《とどろ》かせた犯罪王が切羽詰まり、地獄への道連れを欲している、そんな確信とともにやって来るだろう。しかし実のところ、モリアーティは追いこまれてはいなかった。抜け穴はいくつもある。奴《やつ》が証拠と呼びたがる記録の数々も、今後ひっくりかえすことは充分に可能だった。

ただし、なにも気にかけず紅茶をたしなむほどの余裕は生じえない。蛭《ひる》のごとくしつこいあの男は、これからも執拗《しつよう》な追及をつづけると予想される。

完全犯罪には少なからず経費がかかる。予定していた収益があがらなければ組織の運営に支障をきたす。現状を打開するためには、あの男を始末するしかない。

慎重で用心深い性格ゆえ、容易なことでは殺害の機会を得られない。ベーカー街２２１Ｂの部屋で顔を合わせたが、むろんそんな場所で命を奪えるものではなかった。事故にみせかける必要がある。死体も永久に回収不可能な状況こそ望ましい。

モリアーティは頭上を眺めた。背後の崖《がけ》は一見垂直に見えるものの、小さな足場が複数存在する。よじ登れば張りだした棚にたどり着くだろう。

はるか崖の頂上から髭面《ひげづら》がのぞいていた。セバスチャン・モランが見下ろしている。元インド陸軍の大佐、狙った猛獣を確実に仕留める狩猟家として名高い男だった。カードの負けがこんで借金にまみれているがゆえ、組織に引きこむのは容易だった。

モリアーティはモランに片手を上げてみせた。モランは杖《つえ》に模した空気式ライフルを高く掲げると、顔をひっこめた。

モランの腕前にあの特注ライフルが加われば、まさしく鬼に金棒といえる。ドイツ人技師フォン・ヘルダーは、目が見えないにもかかわらず、恐るべき武器をこしらえてくれる。銃声を響かせることなく拳銃《けんじゆう》用の弾丸を発射、とてつもない殺傷能力を発揮する。

問題は、標的になる男をこの岩場に立たせることだった。崖っぷちぎりぎりでは、水煙で姿が判然としなくなり、モランが狙いをさだめられない。危険がともなう策略だけに、モランは身代わりを立てることを奨《すす》めてきた。だがモリアーティはうなずかなかった。自分でなければあの男は誘いだせない。もはや後に退《ひ》けなくなった乱心者と信じさせてこそ、あの男はみずからの命を投げだしてでも挑もうと決意するだろう。

瀑布の轟音に掻《か》き消《け》され、なんの物音もきこえない。しかし人が接近する気配を感じた。モリアーティは振りかえった。

崖沿いの極めて細い道を、ひとりの男が歩いてくる。片側は滝壺へつづく絶壁だった。それでも男は物怖《ものお》じしたようすもなく、モリアーティをまっすぐ見据えながら、登山杖《づえ》を片手に路面の土を踏みしめる。

スーツに羽織る外套《がいとう》はインバネスコートだった。モリアーティの着るアルスターコートより薄手だが、ひょろりとした痩身《そうしん》にもかかわらず、寒さはさほど応《こた》えないらしい。もっとも、線の細さは目くらましも同然だった。この男はボクシングやフェンシング、棒術にも長《た》けている。

男の身長は六フィートを上まわる。登山杖の先が届くほどには、距離を詰めるべきではない。前に会ったとき、さほど発達していないと揶揄《やゆ》した前頭葉は、いま大きさを目測できない。額が帽子に隠れているせいだった。モリアーティは思わず微笑した。この男の盟友が著述する伝記本の挿絵と同様、鹿撃ち帽をかぶっている。

シャーロック・ホームズ、三十七歳、独身。たかが探偵にこうまで苦しめられようとは。

ホームズは滝の轟音に掻き消されまいとするかのように、大声で怒鳴ってきた。

「あのスイス人の若者に道案内の経験がないことぐらい、当然気づいていた。五月でもガイドには十本爪のアイゼンが義務付けられている。彼が履いていたのは四本爪だ」

「のこのこ誘いだされたと思われるのが、たとえ一瞬でも癪《しゃく》か？　ホームズ。叡智《えいち》とは見栄《みえ》のためにあるのではない」

「承知している」ホームズは表情を変えず、滝壺をちらと見下ろした。「この世には否定しえない真実というものがある。ここから落ちれば絶命必至というように」

「それは脅しか。殺意とは野蛮かつ愚劣な衝動だな」

「きみの考えを具体的に述べてみたまでだ。教授。怒りにまかせ刺し違える覚悟をきめるとは、文明人らしくもない」

モリアーティは表情を変えまいと努めた。やはりホームズは、長年の宿敵を追い詰めたと信じきっているらしい。ここまでは計算通りだった。

ホームズが声を張った。「モリアーティ教授。二十一歳にして二項定理に関する数学論文を発表しえた頭脳を、人類の未来のため役立てるべきだった」

「私が道を誤ったとでもいうのか」

「ロンドンに暗躍する悪党一味の統領としては、このうえない危険人物だ。迷宮入りになった凶悪事件のほとんどに関与している。きみがいなくなればロンドンの空気は浄化される」

「断罪するつもりか。きみらが秩序と呼びたがる稚拙な決まりごとに反すれば罪か。私は未成熟な社会に学ぶ機会を与えてやっているにすぎん」

「啓蒙《けいもう》の名のもとに犯罪の正当化はできない。どれだけの血が流れたと思っている。チャリングクロス駅近くの放火事件では、六歳と四歳の子供が無残な死体と化した」

「社会の発達は犠牲なしには成り立たない。歴史に学びたまえ、ホームズ」

「そのつもりだ。暴君は打ち倒され、改革のときを迎える。いまがロンドンの未来を左右する瞬間だ」

地鳴りのような轟音が絶えず響き渡る。吹きつける風が水煙に濃淡をつくりだす。ホームズの姿は霧のなかに薄らぎ、またはっきりと見えるようになった。

苛立《いらだ》ちが募る。モランが頭上から狙える岩場に、ホームズは近づこうとしない。警戒しているのか。いまだホームズは崖沿いの小道に踏みとどまっている。

モリアーティはため息をついてみせた。あえて滝壺を見下ろす。「きみは知らんだろうな。落差三千二百フィート、世界最大の滝がどこにあるのかを」

「教授の頭のなかだろう」

思わず鼻を鳴らした。モリアーティはホームズを見つめていった。「事実、存在するんだよ。まだ公式には発見されていないだけだ。南米大陸北部、ギアナ高地にある」

「自分の活動範囲が秘境にまで及んでいると誇示したいのだろうが、たしかめようのない話は無駄だ」

「狭い世界に生きているな、ホームズ。たとえば極東でなにが起きているか、まるで知りもしないのだろう」

「全世界と比較しロンドンを矮小化《わいしょうか》したところで、己れの犯した罪の重さが軽減されるものではない」

「ギアナ高地の滝を眺めたとき、三角測量で割りだしたんだがね。たしかに世界最大ではあるが、二千六百四十八フィートで落水がいったん岩にあたっている。滝壺はどれぐらいの深さだろうか」

今度はホームズが鼻で笑った。「僕を計算に明け暮れさせ、わずかばかりの延命を求めるのか。滝壺はない。それだけの落差なら、滝の水は落ちきる前に空中に拡散してしまう」

「ほう」どうやらホームズの側にも冷静な思考が働いているようだ。モリアーティはそう値踏みした。「見てきたようにものをいうんだな」

「僕は目で見たものしか信じないが、推理を求められれば思考は自発的に働く」

「それは私も同じだ。きみがワトソンとともにストラスブールをでて、ローヌ渓谷とゲンミ峠を越えるのを、私は望遠鏡で観察していた。インターラーケンに向かおうとしていたのだろう」

「みごと正解だ」ホームズがあっさりといった。

「ダウベンゼーの湖畔で岩が崩れてきたとき、警告と解釈できなかったかね」

「行く手を阻みたいのなら堂々と姿を現すべきだろう。それとも警察の目が怖くて、逃げ隠れせざるをえなかったのか」

「冗談はよせ。私は二十年以上も前から、イギリス各地および海外の警察に、教員として協力することで経歴を資料に残させた。むろん私自身はいちども出向いてはいない。この意味がわかるか」

「なるほど。巧妙だな」ホームズが表情を険しくした。「スコットランドヤードからモリアーティの名が伝達されようとも、署によって対象となる人物像はばらばらになる。混乱が生じ、当面は一貫したアリバイをたしかめるすべもなくなる」

「モリアーティを名乗ったのは、私の歴代の右腕たちばかりではない。私の弟は実名が同じジェームズで、外見もよく似ていてね。さまざまな局面で重宝する」

「ぬかりがない。犯罪者としてのきみの能力は高く評価していたが、それが裏付けられた」

鈍い警戒心がこみあげてくる。モリアーティは口をつぐんだ。追い詰められ絶望した孤独な老人と信じさせるには、いささか饒舌《じょうぜつ》だっただろうか。

ホームズは登山杖を岩に立てかけた。どこか吹っきれたような表情でホームズがいった。「友人のため書き置きを残したいんだが」

「よかろう。私ときみに介在する諸問題は、話し合いの最終段階を迎えたようだ。その前に時間をとらせよう」

話し合いとはすなわち、意思の相互確認にすぎない。もの別れに終わるのは目に見えている。ホームズも承知のうえだろう。だがホームズは緊張した素振りもなく、ノートを取りだして開き、鉛筆の先を這《は》わせた。

モリアーティはきいた。「日付を書くか？　一八九一年五月四日だ」

「必要ない」ホームズは顔をあげなかった。「友はすぐに戻ってくる」

どうやらホームズは決意を固めたらしい。みずからの命に代えても、この場で犯罪王を葬り去る、それがホームズの執念だろう。ノートを見つめる目にいささかの迷いも感じられない。

モリアーティはじれったさを嚙《か》みしめていた。依然としてホームズは細道から動かない。モランに狙撃《そげき》可能な位置ではなかった。モリアーティとも一定の距離を置いている。いまモリアーティがホームズを滝に突き落とすべく挑みかかったとしても、ホームズが登山杖を取りあげるほうが早い。事実、ホームズはノートに鉛筆を走らせながら、いっさいの隙をみせていなかった。モリアーティが身じろぎしただけで、ホームズは後ずさった。神経質なまでに敏感だ。

狙撃が困難な場合に備え、モランには投げ落とすための岩をいくつか用意させた。だがいまは適さない。はるか崖の上から岩を落下させ、標的に命中するとは思えない。へたをすればモリアーティに当たる可能性もあった。

ここでホームズを始末することが、なにより肝要だった。その後の計画は揺らぎようがない。モリアーティはひとり崖を登る手筈《てはず》だった。棚から上へは、モランが縄梯《なわばし》子《ご》を垂らしてくれる。

滝へ向かう小道の路面は剝《む》きだしの土で、常時ぬかるんでいた。地面に足跡がくっきりと残る。ふたりの男が滝へ向かったまま、戻らなかったとあきらかになる。警察はモリアーティがホームズとともに滝壺へ転落したと判断するだろう。死んだことになれば、今後警察に追われる心配もなくなる。ロンドンに舞い戻り、難なく組織を指揮しつづけられる。ホームズが消えた以上、永遠に尻尾《しっぽ》をつかまれることもない。

見通しは完璧《かんぺき》だった。理想がいま実現する。どうあってもこの機会は逃せない。

やがてホームズは銀の煙草《タバコ》入れを取りだした。ノートを数枚破りとると、煙草入れのなかにおさめ、登山杖の傍らに置いた。

ホームズは虚空を見つめた。しかしそれは一瞬にすぎず、すぐ眼光に鋭さが戻った。顔をあげモリアーティに視線を向けてきた。「僕の全人生は無駄ではなかった、いまそう確信した。話し合いを望むというのならきこう。もっとも出頭の申し出以外は却下すると、あらかじめ伝えておく」

減らず口の小生意気な若造め。モリアーティのなかに憤りの感情がこみあげた。だがあと少しの辛抱だった。ホームズは登山杖を離れ、岩場へと向かいだしている。

ところがホームズはふいに足をとめると、モリアーティにまっすぐ近づいてきた。

モリアーティはきいた。「なぜ距離を詰める」

「声が届きやすい。これからおこなわれるのは話し合いだろう。文明人らしからぬ取っ組み合いなど、教授にはふさわしくないと思うが」

「むろんだ」モリアーティはホームズから離れ、岩場への誘導を試みた。「こっちへ来い。差し向かいで議論しよう」

するとホームズはモリアーティの腕をつかんだ。「ぴったりついていく。そのほうが会話に支障がない」

頭に血が昇るとはまさにこのことだった。ホームズが密着していたのでは、モランが狙撃できない。

突き飛ばせばいい。脈搏《みゃくはく》の異常な亢進《こうしん》とともに、モリアーティはそう思った。素手の野蛮な摑《つか》み合《あ》いなど未経験だ。犯罪は常に計画を立案するのみで、実行してきたのは部下たちだった。だがいまは、ホームズを数フィート後退させるだけでよかった。この男を一秒でも岩場に立たせれば、モランが仕留める。いかなる猛獣だろうと確実に射貫《いぬ》いてきた、あのモランが。

2

ホームズは機敏に察知した。モリアーティが手を振りほどこうとしている。自分と同じように背が高く痩《や》せているが、ずっと年上の男だった。青白い顔に、禿《は》げあがった額が張りだし、目は深く窪《くぼ》んでいる。猫背のせいで前方に突きだされた顔は、いつも左右に揺れているはずが、いまは微動だにせずホームズを凝視している。喧嘩《けんか》に慣れている人間は、襲撃の意思を悟られる暇を与えず、ただちに動こうとする。だが不慣れな場合、決意が漲《みなぎ》るまで躊躇《ちゅうちょ》が生じる。そのあいだ内心を隠す素振りをしめしがちだ。呼吸が荒くなり、踏みとどまる足場を確保しようとする。みずからの握力を確認すべく手を開いたり握ったりする。モリアーティの反応はまさにそれだった。

直後、モリアーティは手を振りほどくや、ホームズの胸もとを突き飛ばしてきた。岩場へ後退しながらも、ホームズの身体は瞬時に反応した。ボクシングの左ストレートではなかった。両手がモリアーティの胸ぐらをつかんだ。モリアーティの顔に驚きのいろが浮かんだ。無理もないとホームズは瞬時に思った。西洋人が連想しがちな格闘からすれば、無意味な動作だ。敵を確保しようとも両手がふさがっていれば、それ以上はなんの打撃も加えられない。敵を道連れにみずから滝へ身を投げる、そんな捨て鉢の行動しか予想できないはずだ。

だがホームズの動作はちがっていた。半ば本能的な反応だった。両手でモリアーティの胸ぐらをつかんだまま前方へと踏みこむ。肘《ひじ》をモリアーティの脇の下へ捻《ね》じこむと同時に、素早く懐《ふところ》に入る。身体を回転させ、肩越しに背負うようにしてモリアーティを投げた。

モリアーティの巨体は浮きあがり、瞬時に双方の位置が入れ替わった。崖っぷちに足をついたモリアーティが、踏み留《とど》まろうとしている。しかし体勢はすでに滝へと前のめりになっていた。モリアーティの手はホームズの肩をつかんでいたが、ホームズにとっては身体を起こすだけで難なく振り払えた。相手の重心を崩した以上、いかなる抵抗に対してもすり抜けるのは容易、それが柔術というものだった。

モリアーティの振りかざす両手の動きが、鳥の羽ばたきも同然に激しくなった。けれども立て直しはかなわない、一見してそうわかった。

「ホームズ！」モリアーティは叫びとともに落下した。瀑布の飛沫《ひまつ》にまみれながら断崖を垂直に落ちていき、岩にぶつかった。跳ねかえり、泡立つ水面に叩《たた》きつけられた。すべては数秒のできごとにすぎなかった。滝壺はなんら変化を感じさせず、ただ膨大な量の水を溢《あふ》れさせる。モリアーティの姿は、もうどこにも見えなかった。

ホームズは息を切らしていた。岩場の縁ぎりぎりに立っているのを、ようやく自覚した。濃霧のような水煙に包まれている。幸いだとホームズは思った。人目があるとは思えないが、視認しづらいに越したことはない。

ふとホームズのなかに閃《ひらめ》くものがあった。これは好機にちがいない。

ここへ向かう足跡はふたつしかない。戻らなかったとなれば死を偽装できる。

ホームズが死んだと伝えられれば、ロンドンで息を潜めていたモリアーティの残党らも、自由奔放に動きだすだろう。モリアーティという指導者を失ったゴロツキどもは、もはや烏合《うごう》の衆にすぎない。匿名で警察にヒントの手紙を送るだけでも、充分に逮捕しうる。

逆にこのまま生きて戻ればどうなるか。犯罪王の手先たちは地下へ潜り、執拗にホームズの命を狙うばかりになる。

やはりそれはない。死んだことにすれば敵を一網打尽にできる。ワトソンと合流し口裏を合わせるか。いや、彼は正直者だ。親友の死をひた隠しにするなど無理な相談だろう。

岩に置いたままの登山杖と煙草入れを、しばし眺めた。罪悪感が胸にひろがっていく。だがそれは、決意を遅らせるだけの行為だとホームズは自覚していた。

ホームズは振りかえった。背後の切り立った崖に駆け寄ると、身体を這わせた。出っ張りに足をかけよじ登る。服が泥まみれになるのはかまわない。もし仰向《あおむ》けに転落したら、滝壺へ真っ逆さまという状況だった。轟音がモリアーティの慟哭にきこえてくる。濡《ぬ》れた岩はひどく滑りやすかった。つかんだ草が抜け、体勢を崩しそうになる。

ホームズはなんとか岸壁にしがみつき、危険極まりない登攀《とはん》を続行した。背丈ふたりぶんの高さに岩棚があった。三フィートほどの奥行きが存在した。平らで、柔らかい緑の苔《こけ》で覆われた天然のベッドだった。ホームズはそこに横たわった。ここなら下から見えないだろう。

判断は論理的だろうか。ふとそんな思いが脳裏をかすめた。みずから死を偽ることが法的にどう解釈されるのか、深く考えたことはなかった。

かつて死んだと思われながら生きていた男、ネヴィル・セントクレアに告げた言葉を思いだす。あのときホームズはセントクレアにいった。事件を明確にするため法廷に持ちこんだら、もちろん公《おおやけ》になるのは避けられない。しかしあなたがもし警察に対し、なんら事件性がないと信じさせられれば、詳細が新聞沙汰《ざた》になる理由はないでしょう。

ホームズは苦笑した。ロンドンでの捜査担当者がブラッドストリート警部になったら、どんな顔をするだろう。レストレードならそれなりに理解をしめしてくれるだろうか。

だが自分の置かれた立場は、セントクレアより深刻だった。モリアーティの転落現場に居合わせた以上、殺人罪に問われるのは免れない。法廷に正当防衛を認めさせうるだろうか。裁判中ずっと身柄を拘束されれば、そのあいだにモリアーティの弟が動きだす可能性もある。やはり当面は姿を隠さざるをえない。たとえいずれ相応の責めを負うことになろうとも。

滝の轟音のなかに、人の声がまぎれている。幻聴ではないと気づいた。ホームズはわずかに身体を起こし、眼下を眺めた。

制服の警官たちが見える。誠実を絵に描いたような紳士が同行している。ホームズより二歳上、口髭《くちひげ》をたくわえた温厚そうな横顔。ジョン・ワトソン博士だった。

戸惑いをしめしていることは一見してわかった。ワトソンは滝壺を何度も見下ろし、よろめきながら岩に座りこんだ。ホームズの登山杖に気づいたらしい。傍らにある煙草入れを手にとった。

呵責《かしやく》の痛みに胸を締めつけられる。自分はなんと罪深い人間だろうとホームズは思った。こんなやり方で親友の心を欺くときが来ようとは。

ワトソンは置き手紙を読みふけっていたが、やがて茫然《ぼうぜん》と顔をあげた。悲嘆に暮れた面持ちで、滝に向かって叫んだ。「ホームズ。ホームズ！」

哀感が胸にくすぶる。空を仰ぐ視界が涙に揺らぎだした。人目のないこの状況下で、多少の理性を失い、感傷に浸ることぐらい許されるだろう。そうでなければ、ワトソンに大声で呼びかけてしまいそうだ。それではすべてが無になる。今後ずっと命を付け狙われ、親友の身も危険に晒《さら》す。

彼はいつも一緒にいた。開業医を一週間以上も休業し、逃避行につきあってくれた。病院の化学実験室で会った日のことを、きのうのように思いだす。彼はどこにでもいるようで、けっして出会ったことのない人格の持ち主だった。

男どうしの友情は、互いになにも話さなくても成立する、そんな俗説がでまわっている。ホームズは信じなかった。事実、ワトソンとは頻繁に会話を交わした。さかんに連絡を取り合うのはかえって疎ましがられるともいわれるが、そうではなかった。ワトソンは深夜だろうと早朝だろうと呼びかけに応じてくれた。共感をしめすに留《とど》まらず、行動をともにするのをためらわなかった。

地鳴りに似た轟音だけが響いてくる。ホームズはまた身を乗りだした。ワトソンの姿はなかった。警官とともに姿を消している。登山杖も煙草入れも持ち去られていた。

ふたたび仰向けになる。長く深いため息をついた。心が煙たくむせた。

両手を眺めた。痺《しび》れがひどい。指先の感覚が失われている。崖を登ったせいか。ちがう。モリアーティを投げてからずっとこうだ。よほど力がこもっていたのだろう。

柔術を瞬時に繰りだせた。身体が覚えていた。初めてまのあたりにしたのは十歳のころだった。

子供ながらに、あの青年は奇妙な風体に思えた。一般的なロンドン市民と同様、シルクハットとフロックコートを身につけていたが、あきらかにサイズが合っていなかった。小柄で華奢《きゃしゃ》な姿は女性による男装と見紛《みまが》うほどだった。肌艶《はだつや》がよく若々しい面立ちで、彼の打ち明けた二十二歳という実年齢が信じられなかった。東洋人だがチャイニーズとは明確に異なる。動作は機敏で素早く、常に背すじを伸ばし、妙に力んだ英語の発音が耳に残った。

名は伊藤春輔《いとうしゅんすけ》といった。死を覚悟し密航した、そう知らされた。

顔に風圧を感じた。視野のなかで黒い影が急速に拡大していく。岩だ。ホームズは息を呑《の》んで寝返りをうった。崖の窪みに深く身を這わせた。耳をつんざく音とともに、岩石が棚に衝突し、崖下へと転がり落ちていった。

ホームズは頭上に目を向けた。崖の頂上から髭面がのぞいている。ひっこんだ直後、また岩が落下してきた。ホームズは身を潜めた。

連続して三個の岩が、けたたましい音とともに崖に激突し、下方へ落ちていく。しばらく間があった。ホームズは天然のベッドから這いだすと、崖にしがみついた。飛び降りようとすれば、勢い余って滝に転落する。ずるずると滑落しながら足場をさがした。また岩が耳もとをかすめた。眼下で岩場に跳ね、回転しながら滝壺へと消えていく。

ようやく足が地面についた。両手の皮が擦《す》り剝《む》け、火傷《やけど》に似た痛みを放つ。血が滲《にじ》んでいた。だがこの場に留まってはいられない。ホームズは崖沿いの小道を疾走し、滝から遠ざかった。

モリアーティの残党か。生きているところを見られた。死人の特権が一部、最も肝心な相手に対し失われた。これからどうすべきか、めまぐるしく働く頭脳が答えをだすだろう。だがまずは、無事に窮地を脱することに全力を傾けるべきだった。

自分はきょう死んだ。もはや亡霊だった。誰も頼りにできない。ワトソンさえも。

3

今年は文久《ぶんきゅう》四年のはずが、讖緯説《しんいせつ》に基づく甲子《かっし》革命の年という理由で、元治《げんじ》元年と変わったらしい。ほんの数年ごとに年号が移り変わるとは非効率すぎる。西暦なら一八六四年、常に四桁《けた》の数字で済むというのに。

ただし西欧文化が憧憬《しょうけい》ばかりでないことに、二十二歳の伊藤春輔は気づきつつあった。

三月のロンドンは風の冷たさも和らぎ、降雪も目にしなくなった。この機に大学周辺の街並みを離れ、滅多に足を運ばなかった場所にひとり繰りだした。

シティ・オブ・ロンドンの一角、セント・メアリ・ル・ボー教会が見えるチープサイドなる大通りは、賑《にぎ》やかではあったがどこか異質に思えた。軒を連ねる石造や組石造の建物は、たしかに華やかな古典建築のモチーフを装飾にちりばめている。ほかの目抜き通りと変わらない瀟洒《しょうしゃ》な眺めだった。道を行き交う馬車の数々、人の装いも同じに思える。婦人たちが裾《すそ》を引きずって歩くスカートが、バッスルやクリノリンで膨らませてあると知ったのは、短いつきあいだったある女性のおかげだった。

だがこの一帯はどことなく陰鬱《いんうつ》な空気を漂わせている。ひと目で労働者とわかる薄汚れた身なりの男が、あちこちを徘徊《はいかい》していた。駆けまわる子供たちも同じように、清潔とはいいがたい装いをしている。酔っ払いが道端にうずくまる。二輪手押し車の露店の周りで、コーヒーをすする客の男たちは、どう見てもまともな職にありつけていない。

それでも彼らのほとんどは、不釣り合いな若い女と寄り添っている。どんな生活を送っていれば出会いが生まれるのだろう。好奇心に駆られ、伊藤は椅子がわりの木箱に座った。でっぷりと肥え太った主人が目で注文をたずねてくる。カフェ、プリーズ。

伊藤はそういった。

差しだされたコーヒーカップは縁が欠けていた。香りはほとんどしない。店先にサイフォンがない時点で予感していた。伊藤はわずかに腰を浮かせ、手押し車の向こうを眺めた。錆《さび》だらけの缶が火にかけられている。砕いた豆をかき集め、煮出すのみ。ほかのやり方では利益があがらないのだろう。

派手な髪飾りをつけた若い女性が、伊藤の隣りに腰かけた。どこかなまめかしい響きを帯びた英語で告げてくる。「ご馳走《ちそう》してくれない?」

応じる前に店主が女性にコーヒーを差しだした。女性は胸もとをさかんに撫《な》でながら、誘うようなまなざしを伊藤に向けてきた。

厚化粧だったが美人にはちがいない。一瞬は心が揺れ動いたものの、伊藤のなかで自制心が頭をもたげた。

ロンドンへ渡った五人の仲間内では、伊藤が最も女好きと思われているらしい。伊藤自身は遠藤謹助《えんどうきんすけ》こそよほど好色と感じていたが、遠藤ともども女遊びを控えるよう、リーダー格の山尾《やまお》庸三《ようぞう》から釘《くぎ》を刺されているのはたしかだった。

けれども女性の商売ははっきりしていた。ここはなけなしの金を手にした労働者が、娼婦《しょうふ》を拾うための場所にちがいない。中心街だけにその種の商売は禁じられているが、それゆえこんな面倒な接触手段が決まりごとになっているのだろう。慣《なら》わしも知らず着席して、無下《むげ》に女性の誘いを断るのは気がひける。とはいえ仲間との約束事は破れない。それに自分は……。

ポケットの貨幣を取りだす。自由になる金は四シリングと七ペンスほどだった。伊藤はそれを差しだしながら、なんとか喋《しゃべ》れるようになったばかりの英語で告げた。「遊びはまた今度。これは生活の足しに」

施しとは失礼に思われるだろうか。女性は目を丸くしたが、すぐに微笑を浮かべた。気を悪くしたようすもなく金を受けとり、女性はささやいた。「ありがとう。紳士なのね。どこの国の人？」

「日本です」

「へえ。どこ？」

「東の果て。チャイナのさらに向こう」

「そこの国じゃ、みんな女にお金を恵んでくれるの？」

伊藤は苦笑した。「みんなというわけでは……」

そう。女性はつぶやいて、硬貨を財布におさめた。「でも助かった。これでカラントケーキやポリッジばかりじゃなくて、パンも食べられそう。ドリッピングじゃなくバターも」

「生活は苦しい？」

「ええ。この辺りはみんなそう。金物売りには気をつけたほうがいいわよ。威張り腐ってて、商品も不当に高く売りつけてくるの」女性は席を立った。「お喋り楽しかったわ。どうもありがとう。それじゃ」

立ち去る女性の背に、金いろの編みこんだ後ろ髪が、馬の尻尾のように揺れていた。店主が女性のコーヒーカップを片付ける。女性はひと口も飲んでいなかった。お人よしめ、伊藤を眺める店主の顔にそう書いてあった。

ちがいない。伊藤は苦い気分で腰を浮かせ、露店から離れた。

辺りを眺め渡す。一年近く前には幻想的に思えた霧も、その濃度の半分は石炭を燃焼させたガスで、工場や家庭から排出されていると知った。いまや深く息を吸う気分を損なわせる。建物の壁面も煤《すす》けていた。この道路の石畳は損傷がひどい。いたるところに亀裂《きれつ》や陥没が見てとれる。

ロンドンの半分に貧困層が住んでいる。中心街のシティとウエストエンドに暮らすのは富裕層、イーストエンドはそれ以外の居住地域だった。だがシティやウエストエンドにも、まるでイーストエンドの飛び地のごとく、豊かでない場所がそこかしこにある。商業のさかんなストランド街ですら、路地を入れば浮浪者があふれている。ここもそんな例外的な区画のひとつだった。

四ヵ月半におよぶ過酷な航海の果て、初めて目にしたロンドンは極楽浄土に思えた。蒸気機関車なる乗り物が疾風のごとく駆けめぐり、天を衝《つ》く大聖堂がそびえ立つ石造りの都市。死に際の幻影かと疑ったほどだった。

だがいまになって理解できる。夢の国と信じたイギリスにも、見習うべき面とそうでない面とがある。

耳に届く蹄《ひづめ》の音が乱れた。目の前で角を折れようとしていた辻馬車《つじばしゃ》が、ふいに速度を落とした。直前に十歳ぐらいの少年が飛び降り、路上に駆けだしていた。この大通りで見かける子供たちとはちがい、上質な服に身を包んでいる。帽子にジャケット、ベスト、シャツ、ブーツ、どれをとっても中産階級以上だった。ほっそりと痩せた身体は、けっして飢えのせいではないようだ。血色は悪くない。鷲鼻のためか大人びた面立ちだが、世慣れしないおどおどとした目つきは年齢相応に思えた。

馬車からは、もっと年上で肉付きのよい少年が身を乗りだした。少年といっても成人に近い。十代後半だろう。必死で声を張りあげている。「シャーロック！　おい、シャーロック。待つんだ」

だがシャーロックと呼ばれた少年は、かまわず通行人の隙間を縫うように走り、伊藤の前を駆け抜けていった。

年上の少年が馬車の支払いを済ませ、路上に降り立った。フロックコートがはちきれそうなほどの巨体を揺さぶり、シャーロックを追いかけるが、さほど足が速くないようだ。ふたりの距離は開くばかりだった。

シャーロックは何度も追っ手を振りかえった。行く手に注意を払っていなかったせいだろう、金物を並べた露店にぶつかってしまった。二輪手押し車が横倒しになった。売り物の鍋《なべ》や杓子《しゃくし》が、けたたましい音とともに石畳にぶちまけられる。

困惑顔のシャーロックがその場に立ちどまった。年上の少年が息を切らしながら追いついた。

「ああ」年上の少年は顔をしかめ、シャーロックの腕をつかんだ。「なんてことを。シャーロック、逃げてどうするんだ」

シャーロックはその手を振りほどいた。「兄さんひとりで行けばいいだろ」

「きょうこそパートリッジ先生のもとへ行くと約束したじゃないか」

「あの先生は嫌だ。会うだけ時間の無駄だ。知識がないし、学ぶべきところがなにもない」

「整理整頓《せいとん》ができなくて咎《とが》められたのを逆恨みか」

「ちがう。パートリッジ先生は、繁殖した牡蠣《かき》がなぜ海底を埋め尽くさないのか、そんな素朴な疑問をぶつけても無反応じゃないか」

「意味不明な質問だからだ」

「不可解と思ったことを教師にたずねてなにが悪い」

歳《とし》のわりにひどく理屈っぽい少年だった。伊藤がそう思ったとき、野太い声が響いた。

「おい」

シャーロックとその兄が背後を振りかえった。猪首《いくび》の屈強そうな男たちが三人立っている。いずれも髪を短く刈りこんでいた。労働者階級としても粗末なジャケットやベストを身につけている。

ひとりがぎょろ目を剝いて怒鳴った。「どれもこれも売り物にならねえ。ぜんぶ買いあげろ。十ポンド寄《よ》こせ」

兄のほうは怯《おび》えたようすをしめしたが、シャーロックは顔いろを変えなかった。

男を見かえし、シャーロックが平然といった。「両親を説得してでも払います。れっきとした商売ならね」

「なんだと。卸しにいくらかかったと思ってやがる」

「無料です。三人とも親指の爪が潰《つぶ》れているうえ、指の腹のほうには内出血の痕《あと》がある。船便の木箱を素手でこじ開けるのが常で、鉄梃《かなてこ》一本すら調達していない。世間ではその行為を泥棒と呼びま……」

シャーロックの言葉はふいに途絶えた。男のひとりがシャーロックの頬を拳《こぶし》で強打したからだった。シャーロックは吹き飛ばされ、地面に転がった。

兄のほうが男たちの前に躍りでた。「どうか弟の無礼を許してください。学校でうまくいっていなくて、自暴自棄になりがちで」

「知ったことか！　小僧ども、いい服なんか着やがって。兄貴のほうも痛い目に遭わなきゃわからないようだな」

伊藤は反射的に怒鳴った。「よせ！」

路上はふいに静まりかえった。馬車までが動きをとめ、御者がこちらを見つめている。通行人の誰もが伊藤を凝視していた。

三人の金物屋たちも同様だった。伊藤は足早に歩み寄った。距離を詰めると、三人がいかに大柄かわかる。伊藤はむしろ少年たちと背丈が変わらなかった。シルクハットの上部がようやく連中の顎に届く。

ひとりの男が並びの悪い歯を剝きだしながら近づいてきた。「おやおや。もうひとりチビが身ぐるみ剝《は》がれに来たか。子供服に仕立て直して売っ払ってやるから、さっさとそれを置いて立ち去……」

男の両手が伸びてきたとき、伊藤の身体は反射的に動いた。両手で胸ぐらをつかみ、前方へと深く踏みこんだ。肘を男の脇の下へ捻じこむと同時に、素早く懐に入る。身体を回転させ、背負うようにして肩越しに男を投げた。

辺りにどよめきがひろがった。男の身体は宙を舞い、背を石畳に叩きつけた。伊藤は負傷しないていどに手加減したつもりだったが、男は大の字になったまま動かなくなった。失神したようだ。

伊藤のシルクハットが路面に転がっている。拾うのは後まわしだった。残るふたりの男たちが、啞然《あぜん》とした表情でこちらを見ている。シャーロックとその兄も目を丸くして眺めていた。

男のうちひとりが突進してきた。「畜生。チャイニーズめ」

すでに間合いが詰まっていた。伊藤は敵を前方に崩し、身体を左に開くや右足を踏みだした。体落《たいおとし》で男を力いっぱい石畳にぶつけた。今度の男も泡を噴き、仰向けに寝たまま、しきりに全身を痙攣《けいれん》させた。

伊藤は男を見下ろしていった。「チャイニーズではない」

最後のひとりは、二輪手押し車の荷台から鉄棒を引きちぎった。四フィートほどもある鉄棒を両手で振りまわしながら、男が距離を詰めてくる。憤怒《ふんぬ》に目が血走っていた。

そのとき女性の声が呼びかけた。「日本のお兄さん！」

一瞥《いちべつ》すると、さっきの娼婦が棒を投げてきた。木製の角材だが長さは敵の武器と変わらない。それなりの強度があるようだった。伊藤は両手で角材を保持し、刀のごとくかまえた。角のひとつをまっすぐ下方に向ける。打ち下ろすときに威力が発揮されるだろう。

男が叫びとともに襲いかかってきた。伊藤は即座に踏みこみ、敵の鉄棒を側面へ払うと、満身の力をこめ男の額に面打ちを浴びせた。男は静止した。うつろな目を瞬《しばた》かせ、全身を弛緩《しかん》させ頽《くずお》れた。

娼婦が歓声とともに拍手している。だがそれを圧倒するように、警笛が甲高く鳴り響いた。

少年の兄のほうが血相を変えた。「まずい。警官だ」

伊藤はあわててシャーロックを助け起こした。「走れるか？」

シャーロックはうなずきながら立ちあがった。伊藤はシルクハットを拾い、兄弟とともに駆けだした。

イーストエンドも同然の眺めがひろがっていたが、ここはチープサイド、シティ・オブ・ロンドンの一角だった。路地を抜けただけで、辺りは秩序ある大都市に様変わりする。伊藤は兄弟を、馴染《なじ》みのハミッシュ・レストランへいざなった。小さな店舗で、旅行者を含む外国人が頻繁に出入りする。東洋人とイギリス人少年らが一緒にいても不自然さを醸しださない。

食事どきを外れているせいで、店内は閑散としていた。カウンター席に腰を下ろし、馴染みのバーテンダーにレモネードを三人ぶん注文した。

ウェイトレスのエノーラがからかうようにいった。「いつも五人でつるんでいるのに、やっとこの国のお友達を見つけたと思ったら、ずいぶん可愛《かわい》いこと」

伊藤は苦笑いをしながら応じた。「背丈が釣り合うからね。エノーラさん、水に濡らしたタオルを貸してくれませんか」

「ええ。すぐに」エノーラがカウンターのなかに引っこんだ。

シャーロックは濡れたタオルを受けとると、腫《は》れあがった頬にあてた。片方の目がタオルに隠れたが、もう一方の目は伊藤をじっと見つめている。

伊藤は気になってきいた。「どうかした？」

「お友達の四人のうち、ひとりは箱館《はこだて》にイギリス人の知り合いがいます。でもあなたはそのイギリス人と交流がない。渡英は初めてで、アメリカへも行ったことがありません」

思わず絶句した。伊藤はシャーロックを見つめた。シャーロックは物怖じしたようすもなく見かえした。

兄のほうが苦言を呈するように、まずはお礼だろ、シャーロックにそういった。伊藤に向き直って告げてくる。「助けていただいて、なんと感謝したらいいかわかりません。僕はマイクロフト・ホームズといいます」

「伊藤春輔。二十二歳だよ。マイクロフト君、年齢は？」

「十七です。弟はまだ十歳で」

「ずいぶん大人っぽいな。利発だね」

するとシャーロックがつぶやいた。「利発《クレバー》です」

「え？」伊藤はきいた。

「CでなくKに、VでなくBにきこえます。意思の疎通をスムーズにするには、正しい発音を身につけるべきでしょう」

マイクロフトが怒りのいろを浮かべた。「シャーロック!」

伊藤は笑いながら片手をあげて制した。だされたレモネードを口に運びながらいった。

「いいんだよ。まったくそのとおりなんだ。日本人にはCやVの発音が難しくてね。LとRの使い分けもなかなかできない」

シャーロックは余裕を取り戻しつつあるようだった。「それはチャイニーズも同じです」

「おい」マイクロフトが声を荒らげた。「シャーロック。よせ」

だがシャーロックは興味津々というように伊藤を眺めまわした。「密航者のわりにアレキサンダー・ウィリアムソン教授夫妻の家で世話になるなんて、いったいどんな手を使ったんですか」

伊藤はレモネードが気管に入り、むせて咳《せ》きこんだ。驚愕《きょうがく》とともに伊藤はたずねた。

「どうして知ってるんだ?」

シャーロックがつづけた。「教授夫妻は共働きですが、あなたがた日本人とは週にいちど、食事をともにしています」

マイクロフトが首を横に振った。「週にいちどじゃないな。三、四日にいちどだよ」

伊藤のなかに警戒心がひろがった。ひた隠しにしている生活の内情を、初対面の少年たちに指摘された。それも正確に。あまり心地よいものではなかった。「すまない。よければいったいどこでそんな噂《うわさ》をききつけたか、教えてもらえないか」

するとマイクロフトが申しわけなさそうにいった。「ぶしつけにすみませんでした。噂をきいたわけじゃありません。弟の悪い癖で」

「癖？」伊藤はシャーロックを見つめた。

シャーロックはタオルを顔に押しつけたまま、小さくため息をついた。「言葉にリヴァプール訛《なま》りがあります。箱館という国際貿易港の英国領事館は、リヴァプール出身者で占められていると新聞で読みました。でも純粋な発音とはほど遠い。領事館員から英語を教わったお友達がいて、あなたはそのお友達から習ったんでしょう。四人のお友達が全員日本人なのは、さっきのエノーラの口ぶりでわかります」

エノーラが呆《あき》れ顔になった。「十歳にしちゃ世慣れた物言いね」

マイクロフトが控えめに笑いながら、伊藤に告げてきた。「アメリカでは砂糖入りのレモン炭酸飲料を、レモネードではなくレモンスカッシュといいます。アメリカにおけるレモネードは、炭酸の入っていない砂糖入りレモン水です。あなたが迷いもなく注文したので、弟が気づいたというわけで」

伊藤はそわそわしながら笑顔を取り繕った。「問題はそれ以外だよ」

シャーロックが淡々といった。「道に迷わなかったので、ロンドンには一年ほど滞在しておられると思いますが、袖にブリルのエビソースやオイスタースープが付着してます。いまだ食事のマナーに慣れないのは、家の主人と会食する機会が限られていて、お友達五人だけで好き勝手に食べているからです」

マイクロフトがうんざりした顔になった。「シャーロック。失礼だ」

シャーロックは澄まし顔で喋りつづけた。「ロンドン大学の教授会が勤続五年ごとに贈る懐中時計用の鎖を身につけておられます。日本の侍は誇りが高いと本で読みました。鎖は五人全員に与えられたでしょう。教授自身のためにもう一本、三十歳で教授になれたとしても六十歳を超えています。ただ報酬と引き換えに、密航者を匿《かくま》う依頼を受けるぐらいだから、すでに引退し生活費に困り……」

すかさずマイクロフトが遮った。「身だしなみの指導を受けておられるようなので、教授に奥様がいると推理したのです。おそらく子供が複数おり、成長して家をでていったからこそ、あなたがたに部屋を提供できたのだろうとも考えます」

シャーロックが付け加えた。「ただし奥様には外の仕事があります。洗濯が充分でなく、イギリス式英語を指導する時間もなくて、食事も毎日一緒というわけにはいかない。僕は化学に興味があって、ロイヤル・メダルを受賞したアレキサンダー・ウィリアムソン教授に関する記事をよく読んでいます。経歴から生活水準、家族構成、夫妻の働きぶりまで合致すると感じました」

伊藤は身を乗りだした。「もうひとつは？　そのう……」

「密航の件ですか。両手の甲に繰りかえし縄を巻きつけた傷痕が、いまだ治りきっていません。マストに帆を張るため、最も下位の水夫が従事する作業を、航海中ずっとつづけた。甲板磨きの洗剤に含まれる油は手が荒れます。貧困層の単純労働者なら、教授夫妻の家で世話になる理由はありません。ただし……」

「ほかにもまだなにか？」

「密航とはいえ気楽な旅だったでしょう。船長と教授夫妻へのお礼を支払ってなお、生活費が工面できるだけの大金をお持ちだったでしょうから」

沈みがちな気分のなかで、思わず微笑がこぼれる。複雑な心境とともに伊藤はつぶやいた。「ひとつだけちがうよ。そんなに金はない。気楽な旅でもなかった。出国した時点で死罪確定とわかっていたから」

ホームズ兄弟は揃《そろ》って驚きのいろを浮かべた。とりわけシャーロックは目を剝いて見つめてきた。「死罪？　死刑のことですか。日本政府は海外渡航を禁じているのですか。ウィリアムソン教授が受けいれたからには、高官からの働きかけがあったものと……」

「長州藩主は全力で後押ししてくれた。日本の金でひとり三百五十ポンドぶんを授けられたよ。でも幕府となると別でね」

「幕府？」シャーロックが眉《まゆ》をひそめた。「長州藩とは？」

「日本という国の事情は複雑なんだよ」

ふいに駆けこんでくる人影があった。伊藤とまったく同じ仕立てのフロックコート姿、五人の仲間のうちのひとり、志道聞多《しじもんた》だった。

志道はあわてぎみに日本語で話しかけてきた。「ここにおったんか。捜したぞ」

「どうかしたんか」伊藤も日本語できいた。

すると志道は英字新聞を取りだした。タイムズだった。「これ見てみい」

伊藤は紙面を眺めた。志道の指さした小さな記事、見出しに衝撃が走った。イギリス、長州藩への報復開始。そうあった。

信じられない気分で記事を読み進めた。昨年五月、長州藩は馬関《ばかん》海峡を封鎖、航行中の米仏蘭艦船に対し無通告で砲撃を加えた。半月後に米仏軍艦が海峡内に停泊中の長州軍艦を砲撃し、長州海軍に壊滅的打撃を与えた。だが長州藩は砲台を修復、対岸の小倉《こくら》藩領の一部をも占領し新たな砲台を築き、海峡封鎖を続行。これによりイギリスは経済的損失を被《こうむ》ったため、米仏蘭に呼びかけ長州藩への総攻撃を準備中。

伊藤は茫然としながら顔をあげた。「なんてことを」

志道が頭を掻《か》きむしった。「忘れとった。長州はいまだ旧態依然とした藩意識を持ちつづけとる。攘夷《じょうい》とばかりに外国に刃向うのが武士の魂と信じちょる」

「西洋の圧倒的な技術力と物量を目にせにゃわからん。これじゃ長州どころか日本全体が滅ぼされる」

シャーロックは紙面を見つめていった。「歴史が証明しています。敵の力を読み誤り滅亡に向かうのは、文明を築きえなかった小国の常です」

志道も英語はわかる。表情を険しくし詰め寄ろうとした。「子供とはいえ、いっていいことと悪いことが……」

伊藤は志道を押し止《とど》め、日本語で一喝した。「冷静になれ！　子供の減らず口と思うのなら、そこいらにいる大人にも聞いてみい。エゲレス人ならみな思うことじゃ。儂《わし》らは無謀で野蛮な東洋の小国と見なされちょる」

「儂らが攘夷に徹するのは、愚かな幕府を困らせ、弱体化させ、ゆくゆくは打ち倒すためじゃ」

「外国からはそう見えん。生麦事件《なまむぎ》を起こした薩摩《さつま》の連中と儂らは一緒くた、等しく暴力的なだけの日本人じゃ」

志道は怒りのいろを浮かべながらも押し黙った。深くため息をつき、志道は静かに切りだした。「日本に破滅への道は歩ません。長州へ戻り、勝てぬ戦争と訴える」

愕然《がくぜん》としたものの、すぐに伊藤の腹はきまった。「ならば儂も」

「よせ。儂ひとりで充分じゃ。儂らは本来、この国で技術を学んで持ち帰ると約束し、毛利《もうり》殿の了承を得た。庸三も弥吉《やきち》も謹助も、ロンドンに残ると決意しちょる。儂かて無念じゃ」

伊藤は声を張りあげた。「技術を学んでも、国が滅びりゃどこで役立つんか」

沈黙がおりてきた。伊藤は志道をじっと見つめた。志道も無言で見かえしてきた。

「行くか」志道がぼそりときいた。

「ああ」伊藤はうなずいてみせた。「行く」

志道が真顔で踵《きびす》をかえし、ドアへ向かいだした。伊藤もその後につづいた。

するとシャーロックが駆けてきて、伊藤の前に立ちふさがった。「待ってください。その判断は間違っています」

伊藤は半ばうんざりしながら静止した。「僕らの会話はわからなかっただろう」

「いいえ。新聞記事とおふたりの表情から察しはつきます。日本に帰国されるおつもりでしょう。祖国の乱心などほうっておくべきです。自分の身を第一に考えてください」

「乱心じゃない。攘夷だ」

「ジョーイ？　誰ですか」

「人じゃなくて思想だよ。理解できなくて当然だ。そこをどいてくれ」

シャーロックの顔に憂いのいろが浮かんだ。「出国した時点で死罪が確定してるんでしょう？　日本に帰れば殺されます！」

店内は静まりかえった。シャーロックの切実なまなざしが伊藤に向けられていた。ひどく大人びていると感じた少年の、初めて見せた子供らしい表情だった。

やはり聡明《そうめい》な少年だと伊藤は思った。単刀直入に正解だけを口にする。しかし内面には人並み以上に情が溢れている。そんな素顔が垣間見《かいまみ》えただけでも嬉《うれ》しかった。

伊藤はため息をつき静かにいった。「なあ、シャーロック君。僕は夜の闇にまぎれ英国船に乗りこんでから、ずっと死を覚悟してきた。海の上でも、ロンドンに着いてからも、いつ幕府の追っ手が現れるかもしれないと思ってきた」

「心休まる日はなかったんですね」

「いや。僕ら五人とも、毎晩ぐっすり眠っていたよ。昼は大学の勉強で大忙しだったからね。国のため命を捨てられるのなら、これ以上の本望はない。僕らのなかにあるのはそれだけだ」

「殺されたのではなんの意味もありません」

「死ぬときまったわけではないよ。説得してみせる。こう見えても政治家向きと恩師から評価されているのでね」

志道が日本語で口をはさんだ。「松陰《しょういん》先生はおめえに学才がないともおっしゃったぞ」

伊藤は志道を目で制してから、シャーロックに向き直った。「イギリスがどんなに進んだ国か、藩主に申し伝える。きっとお判《わか》りになる」

シャーロックがすがるような表情とともにいった。「なら僕も一緒に行きます」

「おい」マイクロフトが仰天したようすで歩み寄ってきた。「なにをいいだすんだ」

だがシャーロックは兄に目もくれず、伊藤に訴えつづけた。「僕なら大英帝国の優位性を論理的に解き明かせます」

マイクロフトはシャーロックの腕をつかんだ。「家出するたび距離が延びてるが、日本は汽車の切符を買えばなんとかなる距離じゃないんだぞ。パートリッジ先生を困らせたいのなら別の手を考えろよ」

「そんな動機じゃない」シャーロックはきっぱりといった。「春輔さんは命の恩人です。恩義に報いる必要があります」

「その気持ちが本当なら、春輔さんにはまず真っ先にいうべきことがあるんじゃないのか」

シャーロックに戸惑いのいろが浮かんだ。目を泳がせながらシャーロックはおずおずといった。「そのう、春輔さん。ありがとうございました」

マイクロフトがため息をつき、伊藤に告げてきた。「弟は謝るのと礼をいうのが苦手で」

「わかるよ」伊藤は微笑してみせた。「きみらは子供と思えないほど観察眼に優れ、知識が豊富で、推理力にも長けている。大人が馬鹿に見えることもあるだろうな。でもその秀才ぶりは、ぜひきみらの祖国のために役立ててくれ。いま人生を棒に振って、才覚を無駄にすることはない」

するとマイクロフトがうなずいた。「僕は役人になるつもりです」

「そうか。立派だね」

シャーロックがふくれっ面になった。「兄さんは運動が苦手だから、デスクワークと収入の安定を優先したいだけだろ」

　マイクロフトもむっとしてシャーロックに突っかかった。「理科の試験で地動説すら答えられなかったくせに……」

　ひとりっ子の伊藤にとって、兄弟喧嘩《げんか》の仲裁は苦手だった。だが同時に羨《うらや》ましくもあった。似た者どうしを意識しあえる仲なら、こんなふうにすなおな感情をぶつけあえるのだろうか。

　伊藤はホームズ兄弟に割って入った。「ほら。本来は争うべきでない仲間どうしがいがみ合ってる。僕はそれをやめさせに行くんだよ。納得してくれたか？」

　シャーロックとマイクロフトは困惑をのぞかせ、ばつの悪そうな顔で押し黙った。

「あのう」シャーロックが遠慮がちにつぶやいた。「春輔さん。そんな小さな身体で、どうすれば三人もの大男を叩《たた》き伏《ふ》せられるんですか」

「武術だよ。柔術と剣術」

「一緒に行けば学べますか」

　ウェイトレスのエノーラが鼻で笑った。「まだそんなこといってんの？　身体で覚えることになるでしょ。まっぷたつにされたうえで」

　伊藤は苦笑とともに首を横に振った。「丸腰の少年相手に、いきなり斬りかかる武士などいないよ。シャーロック君。また会える日がきたら武術の手ほどきをしよう。体力づくりを怠ってはいけないよ。それじゃ達者で」

志道とともに店をでようとする。するとシャーロックが伊藤の手をとった。握手に力をこめながら、シャーロックがささやいてきた。「どうかご無事で」

潤みがちな瞳《ひとみ》には一片の曇りもない。まさしく十歳の少年のまなざしにほかならなかった。不思議な少年だと伊藤は思った。理性ばかりが勝っているようで、誰よりも豊かな感受性を有しているようだった。

伊藤はシャーロックにうなずき、背を向けドアへ歩きだした。志道につづいて外へでる。風に吹かれ、テムズ川の濁ったにおいがここまで漂ってきていた。霧の覆う石造りの街並みが視界にひろがる。じきにこの眺めともお別れか。

志道が歩きながらいった。「変わった兄弟だったな。誰の子だ？」

「さあ」伊藤は志道に歩調を合わせ、感傷の気分を笑いにまぎらせた。「初めて会った。どこの誰ともわからない子供たちだ」

4

伊藤春輔は天保《てんぽう》十二年、一八四一年十月十六日の生まれだったが、当時はそんな名ではなかった。幼名は林利助《はやしりすけ》といった。

周防国《すおうのくに》の百姓の子として生まれる。十二歳になったころ、貧しかった父が他家の養子になった関係で、伊藤姓を名乗る。伊藤利助は父とともに長州藩の足軽となった。勉学は充分ではなかったが十五歳のころ、吉田《よしだ》松陰の私塾である松下村塾《しょうかそんじゅく》に入門した。松陰からは目をかけられ、俊輔の名をもらった。

翌年七月から三ヵ月間、松陰の推薦で長州藩の京都派遣に随行。帰藩したのち、一年近く長崎で勉学に励んだ。秋以降は長州藩の江戸屋敷に移住した。のちにロンドンへ同行した志道聞多ともそこで知り合った。

しかし当時、江戸幕府の大老である井伊《いい》直弼《なおすけ》らが、勅許を得ないまま日米修好通商条約に調印した。反対した者たちは幕府の弾圧を受けた。吉田松陰もそのひとりとして処刑された。

伊藤は悲嘆に暮れながら、同時に怒りを燃やした。ペリーの黒船来航以来、開国を主張する徳川幕府や薩摩藩に対し、長州藩は鎖国の維持を強く主張した。

攘夷《じょうい》。夷人《いじん》すなわち外国人を攘《はら》う、撃退し排斥する。

長州の若き藩士らは攘夷の名のもと倒幕をめざし、闘争に明け暮れた。のちにシャーロック少年の前で、攘夷をさも旧態依然とした思想のように伝えたが、当時の伊藤は攘夷の志士として活動した。じつは品川御殿山で英国公使館の焼き討ちにも参加したとは、ホームズ兄弟に打ち明けられなかった。公使館は建設中でまだ人がいなかったものの、事実を明かせばシャーロックとマイクロフトは衝撃を受けたにちがいない。

藩士になった伊藤は、春輔と名を変えた。春のような暖かさの感じられる人間になりたい、そう思ったからだった。伊藤のなかに心境の変化があった。攘夷にも疑問を持ちだした。幕府に与《くみ》する者を斬り、外国人施設に火を放ったところで、混乱が広がり国全体は弱体化するばかりに思えた。こんなことでは西洋に攻めこまれはしまいか。幕府を倒すためには、逆に西洋と一時的にも手を結び、技術を輸入して藩の力をつけるべきという考えが生まれた。

志道聞多からイギリスへ渡る計画を持ちかけられたのは、そのころだった。行動をともにしていた山尾庸三、野村《のむら》弥吉、遠藤謹助も志《こころざし》を同じくした。技術を学んで持ち帰るとの約束をもとに、藩主毛利敬親《たかちか》から密留学の許可を得たものの、当初は渡航の方法すら思いつかなかった。幕府に出国の事実を悟られれば、死罪は免れない。大々的に金を集めるわけにもいかない状況だった。

やがて長州藩と親しい大黒屋から、藩の鉄砲購入資金を担保とし五千両を借りられた。ひとり千両。大金だったが五人で海を渡りロンドンに住むことを考えれば、とても贅沢《ぜいたく》とはいえなかった。闇夜にまぎれ出航。上海《シャンハイ》からは二隻の船に分乗し、奴隷も同然に働きながら、長い航海の日々に身を委《ゆだ》ねた。長州藩の上役への陳情書が、江戸藩邸に届いたころには、すでに五人は海の上だった。

四ヵ月半の過酷な航海の末、ようやくロンドンに上陸、アレキサンダー・ウィリアムソン教授邸に滞在した。唯一、箱館の領事館員から英語を学んだ野村弥吉が、ほかの四人に英会話を教育してくれた。外では目に映るものすべてが驚異だった。博物館や美術館、海軍施設、銀行、工場。圧倒的な国力の差を知ればこそ、長州藩が英米仏蘭四ヵ国との戦争準備を進めている実態を無視できなかった。

ふたたび三ヵ月を超える船旅を経て、伊藤は志道とともに、なんとか無事に横浜へ帰還した。だが和平交渉は間に合わず馬関戦争が勃発《ぼっぱつ》、四ヵ国連合艦隊の砲撃により長州の砲台は破壊された。

伊藤はその後も和平のため奔走した。いまだ攘夷を唱える藩士たちによる妨害や暗殺計画をかいくぐっての危険な活動だった。藩内では幕府への恭順派と、攘夷派との政争が始まっていた。

幕府が長州征伐軍を送りこみ、長州藩が幕府へ降伏すると、高杉晋作《たかすぎしんさく》が反逆を起こした。伊藤は高杉のもとに駆けつけ、民兵組織である力士隊と遊撃隊を率い恭順派と戦った。さらに奇兵隊が味方に加わり、恭順派を倒したのち幕府の第二次長州征伐軍とも衝突した。四方から押し寄せる幕府軍を撃退し勝利をおさめると、以後幕府の力は急激に弱まった。

土佐藩の坂本龍馬《さかもとりょうま》が仲裁役になり、長州藩は薩摩藩と手を結んだ。薩長《さっちょう》同盟は幕府軍を圧倒し、十五代将軍徳川慶喜《とくがわよしのぶ》が大政奉還をおこない、江戸幕府は崩壊した。長州藩と薩摩藩は新たに発足した明治政府の中核となった。

明治維新後、まだ攘夷の思想は各地に残り、備前藩士や土佐藩士がフランス人水兵に危害を加える事件が相次いで発生。伊藤は事態収拾のため駆けめぐった。

それらの功績を認められ、伊藤は明治政府のさまざまな役職に相次いで登用された。外国事務局判事、初代兵庫県知事、初代工部卿《こうぶきょう》。大蔵兼民部少輔《みんぶしょうゆう》を務めたころ、伊藤は博文《ひろぶみ》と改名した。工部卿としては殖産興業を推進した。

身につけた英語はおおいに役立った。明治三年、一八七〇年十一月から翌年五月にかけ渡米。国際経済を学び、帰国後は日本最初の貨幣法である新貨条例の制定に貢献する。その年の十一月にふたたびアメリカに渡った。今度は岩倉《いわくら》使節団の副使として、サンフランシスコで演説をおこなった。翌々年の春にはベルリンでドイツ皇帝ヴィルヘルム一世に謁見《えっけん》、宰相ビスマルクとも会見した。

ロンドンで初めて見た汽車の衝撃は忘れがたいものがあった。鉄道建設は伊藤にとって悲願だった。大隈重信《おおくましげのぶ》とともに殖産興業政策の一環として推し進め、京浜間の鉄道は、一八七二年六月に品川と横浜間で仮営業を開始。十月には新橋までの全線が開通した。

一八八一年。ベルリンでの会見に触発され、伊藤はイギリス型の議院内閣制憲法を支持する大隈重信を退け、君主大権を残すビスマルク憲法の採用を決める。国会開設と憲法起草に向け着実に前進した。

明治十五年、一八八二年三月三日。憲法とはいかなるものか、西欧の現状を調べるよう明治天皇から命じられ、渡欧が決定する。十四日に出発。ベルリン大学やウィーン大学をめぐり歴史法学や行政について学んだ。内閣制度の創設と、大日本帝国憲法の起草および制定に関し、下地が整った。

伊藤の頭には白いものが交じりだしていた。渡欧中、気づけば四十一歳を迎えていた。激動の人生だった。近代国家の樹立まであと一歩にちがいなかった。

一八八三年二月十二日にベルリンをでて、ベルギーのブリュッセルに移る。三月三日、明治天皇の命を受けてからちょうど一年後、伊藤はふたたびロンドンの土を踏んだ。

以前とちがい、なにもかもが現実的に目に映る。もうロンドンを逃げ隠れしながら細々と生活するわけではない。常に大勢を引き連れ、国賓の扱いを受け、王室への謁見や学者たちとの面会に追われる。二ヵ月間、イギリス憲法を詳細にわたり研究する予定だった。

だが伊藤には、どうしても会っておきたいふたりがいた。兄のほうがかねての志を貫き、役人になっているのなら、所在をたしかめるのは容易なはずだった。

5

伊藤博文がひとりきりで外出することに、随員らは猛反対した。近代国家日本を構築しようとする前夜に、その中心人物たるものが街なかを出歩くとはなにごとであるか。誰もがそういって目を怒らせた。

だが伊藤の強みは英語力だった。内務省の職員に個人的な頼みごとをするのが可能だった。伊藤はマイクロフト・ホームズという名の公務員が存在するか否かきいた。

調べておきます、職員はそう返事した。

四月上旬、いつものように陰鬱《いんうつ》な曇り空の午後だった。伊藤は大英図書館の資料室に籠《こ》もるという名目で、随員一行から離れることに成功し、窓から抜けだした。四十代だろうと、百戦錬磨の肉体はまだ鈍ってはいない。庭を一気に駆け抜け、馬車に飛び乗ると、メモに記された住所を告げた。「ベーカー街221Bへ頼む」

マイクロフトは複数の官庁に対し会計検査の職務を担っている。連絡先が判明し、電報を打ったものの、面会に関しては丁重に断られてしまった。返事の文面はずいぶん他人行儀で、随所に戸惑いのようなものが感じられた。十代のころ、いちどきり会った外国人からの連絡に対しては、そんな反応も当然かもしれない。内務省職員が現在の伊藤の肩書きを詳細に伝えたのも、あまり好ましくなかったようだ。マイクロフトが恐縮してしまったとも考えられる。

代わりに弟の住所を教えてくれた。個人事業として探偵をおこなっているがゆえ、事務所兼住居は誰でも訪ねられるという。伊藤は馬車に揺られながら昂揚《こうよう》する気分を感じていた。探偵か。まさにシャーロックにうってつけの仕事だ。ただ依頼人に接するとなれば愛想や気遣いが重要な要素になる。相応の社交性は身についただろうか。彼は二十九歳になっているはずだ。どんな人物に成長しただろう。

ベーカー街は広い道幅を持つ街路で、ウエストエンドの中心を南北に走っている。

ハイド・パークの東北隅から北方《ほっぽう》へ向かい、リージェント・パークの西南端に至る。

馬車が速度を緩めたのは、ロンドン市内としてはこれといって特徴のない建物の前だった。濃い褐色の煉瓦《れんが》壁に、白い縁取りの上げ下げ式の窓が並ぶにすぎない。それなりの家賃で居住可能な下宿といったところだ。小ぶりな玄関の扉はアーチ式の上窓を持ち、そこに221Bの表記がある。

呼び鈴を鳴らすと、ほどなく扉が開いた。簡素なドレスを纏《まと》った老婦人が顔をのぞかせた。

建物の管理人の名は、マイクロフトから伝えられていた。伊藤はシルクハットを脱いだ。「初めまして。伊藤博文と申します。ミセス・ハドソンでしょうか」

「ああ」ハドソン夫人の顔に笑いがひろがった。「お早いお着きで。ホームズ先生のお兄様から、電報でうかがっております。立派なご身分のかたのようですが、お付きのかたは……」

「私ひとりです。急な訪問で申しわけないのですが、ホームズ先生はご在宅ですか」

「それが、六日からレザーヘッドのほうへおでかけになり、けさ戻るはずがまだ姿が見えないんです。いつも突然のことで困ってるんですよ。朝の七時前から若い女性がいきなり訪ねてきて、ホームズ先生を起こすようにいわれて」

「そうですか。医者のように大変なお仕事のようですね」

「同居人のワトソン先生は医師ですのよ。なかでお待ちください、紅茶をご用意しますから」

「ありがとうございます」伊藤は扉のなかへ案内された。階段を登ってすぐの部屋に通される。

部屋に入った直後、伊藤は絶句した。

暖炉や家具が洒落《しゃれ》て見えるのは、日本人の目を通すがゆえであり、この国としてはさほど凝った装飾のうちに入らない。広さも相応で、奥にはもうひとつ部屋があるようだ。おそらく寝室だろう。

ひどく散らかっている。安楽椅子やソファには本や書類が山積みになり、どこにも腰を下ろしえない。放置されたペルシャ靴から煙草の葉が溢《あふ》れている。石炭入れには葉巻。手紙は開封されないまま、ジャックナイフでマントルピースに突き刺してある。そのマントルピースの上にも、パイプや注射器、ナイフ、薬莢《やっきょう》が散らばっていた。壁にはいくつもの弾痕《だんこん》があり、線で結べばVRと読める。

机は実験器具と化学薬品で埋め尽くされていた。室内に漂う異臭はそのせいだろうか。バター皿に横たわっているのは、ミイラ化した指の骨に見える。テーブルにはバイオリンがケースごと置かれていた。

ハドソン夫人が引き下がると、伊藤は雑然とした部屋でひとりきりになった。火の消えた暖炉に歩み寄る。なんとも奇妙なことに、歪《ゆが》んだ火掻《ひか》き棒が床に投げだされていた。大きく捻《ね》じ曲《ま》げられたのち、元へ戻したように見える。よほどの怪力でなければ可能にならないが、まさかあの華奢《きゃしゃ》な少年の成長後のしわざではあるまい。

そのとき、階段に靴音がした。ふたりの男が談笑する声がきこえる。それにしても驚いたよ、そんな猛毒が検死で判明しなかったなんて。ひとりがそういった。

もうひとりの声はより低く、落ち着いた響きながら早口で、どこか変わった節まわしだった。その人物の声が告げた。きっと東洋で悪魔的な訓練を積んだ、ずる賢く無慈悲な人間だけが思いつくものだろう。ミルクで毒蛇を手なずけたうえで、口笛で戻ってくるよう訓練したんだ。

ドアが開いた。先に入ってきたのは、三十歳をいくらか上まわるとおぼしき、グレーのスーツ姿の男性だった。背はさほど高くない。首が太く体格がよく、口髭《くちひげ》をたくわえている。男性の顔にはまだ笑いが留《とど》まっていたが、伊藤を見つめると立ちどまった。男性はいった。「ホームズ、お客さんのようだよ」

背後から現れたのは、恐ろしく背の高い、ほっそりと痩《や》せた人物だった。身長は百八十センチ以上、フロックコートから伸びる腕と脚は細く、異様に思えるほど長い。実年齢より老けて見えるが、それは少年のころからそうだった。鷲鼻《わしばな》と落《お》ち窪《くぼ》んだ灰いろの目に当時の面影がある。だが顔つきは険しく、顎《あご》がでて角ばっているせいか、頑固で融通が利かなそうに感じられる。入室時の無表情と、直後に浮かんだ苦行に直面したようなしかめっ面が、その印象に拍車をかける。眉間《みけん》には深い縦皺《たてじわ》が刻みこまれていた。

漠然とした感慨が伊藤のなかにひろがった。伊藤はいった。「ひさしぶりだね」

スーツの男性はかしこまる反応をしめしたが、シャーロック・ホームズはちがっていた。仏頂面で目の前を横切り、マントルピースへ向かうと、パイプを取りあげた。無言でペルシャ靴を拾い、タバコの葉を詰めこむ。視線を合わせようともしない。

伊藤が面食らっていると、スーツの男性が申しわけなさそうな目を向けてきた。男性がいった。「初めまして。ホームズの友人のワトソンです」

ホームズは素早く片手をあげワトソンを制した。うつむいたままのせいで、誰に告げているかも判然としない言葉を口にする。「忙しいので、約束なしの面会には応じられない」

ワトソンが眉《まゆ》をひそめた。「そうでもないだろう。ヘレン・ストーナーには早朝か兄からの連絡は伝わっていないらしい。伊藤はホームズにいった。「急に押しかけて申しわけない。ただ機会がなくて、きょうしか来られなかったんだ」

ホームズは依然として目を合わせようとしなかった。指揮者のように指を振りながら告げてきた。「よくわかってますとも、春輔さん。いや、いまは伊藤博文というお名前でしたな」

伊藤のなかに安堵《あんど》がひろがった。「覚えていてくれたかね」

ホームズはそんな声を発したが、表情は澄まし顔のままだった。「鼻の右のほくろが記憶に残っていたので」

「現在の私の名を知っていてくれて嬉《うれ》しい」

「有名ですからな。いまや日本政府を支える数少ない重要人物のひとり。新聞には隅々まで目を通す習慣でして、嫌でも読まざるをえない。国旗の中央なる吾等《われら》が緋《ひ》の丸《まる》こそ最早《もはや》閉ざされし帝国の封蠟《ふうろう》の如《ごと》く見ゆらざれ、将《まさ》にその原意たる、旭日《きょくじつ》の貴き徽章《きしょう》、世界の文明諸国の只中《ただなか》に進み昇らん。なかなか感動的な演説です」

どこか茶化しているような口調が気になるものの、サンフランシスコでの演説をホームズが暗記していたという事実は、伊藤にとって喜ばしいものだった。「イギリスが若き日の私に、近代国家という概念を教えてくれたおかげだよ」

ホームズはパイプをくわえ、マッチで火をつけた。マントルピースに片肘《かたひじ》をつき、煙をくゆらせる。なにも喋《しゃべ》ろうとはしなかった。

ワトソンが伊藤にたずねてきた。「なにかご依頼でしょうか」

「いや」伊藤は応じた。「ロンドンは二度目なので、ひさしぶりに顔が見たくなってね。シャーロック君は忘れているかもしれないが、ちょっとした約束事もあったので」

ホームズが初めて視線を向けてきた。その目つきは醒《さ》めきっていた。「ホームズと呼んでください。その約束事というのが武術に関することなら、私はふたつの理由であなたの助けを必要としていないといえるでしょう」

ドアをノックする音がした。ワトソンが戸口に歩み寄り、ドアを開けた。ハドソン夫人が紅茶のセットをトレーに載せ立っている。

ワトソンが応じた。「ああ、ハドソンさん。いま取りこみ中なので、私が受けとります。砂糖はどこに？」

伊藤はホームズにきいた。「ふたつというのは？」

「まずあなたはすでに四十一歳で、肉体的にも往年の冴《さ》えはないものと推察される。無理をして腰を痛め、日本政府から賠償を求められるのも本意ではない」

「わが国の政府はそんな要求などしないよ。これは私の個人的な訪問だ」

「第二に、フリート街に腕のいい日本人の師範が開いた道場があり、僕はすでに柔術の手ほどきを受けている」

「そうなのか。しかし武道は柔術だけではないが……」

「必要ありませんな。二年前に会った琉球武術の師範も日本人だったが、腕も脚も短くて、僕の左ストレートのほうが先に彼を打ち倒した。剣術も同様で、フェンシングの突き技をもってすれば、一瞬にして相手の喉元《のどもと》をとらえられる。どちらにしても、組みあうときに背丈が合わなくて」

伊藤は思わずむっとした。政治家になって十六年、忍耐力も培われたと自負してきた。だがホームズの物言いは、それとは別の感情を刺激してくる。武術に対する侮辱には、憤りをおぼえずにはいられなかった。

ワトソンがドアから戻ってきた。片手でトレーを保持し、もう一方の手でテーブルの上を器用に片付ける。「なんの話をしてたんだい?」

「別に」ホームズはパイプを口にくわえたままだった。「ティーカップが三つとは、ハドソン夫人もいらぬ気をまわしたものだ。すぐお引き取りになる通りすがりの客に」

さすがに聞き捨てならない。伊藤はホームズに目を向けた。「昔のよしみで無礼は大目に見ようとしてきたが、そんな態度で探偵が務まるのかね」

「立腹なさったのですか。なぜ邪険にするのか理由をお知りになりたいと？」

「ああ。是非ききたい」

　ホームズがいった。「英国公使館を焼いた」

伊藤は口ごもった。室内に沈黙がひろがった。

　気まずさばかりがこみあげてくる。伊藤はうわずった自分の声を耳にした。「当時の日本は複雑な状態にあり、長州藩士は……」

　ホームズはまた鼻を鳴らした。「攘夷。そうおっしゃるのですか。伊藤さん。僕がジョーイという人の名かと勘違いしたとき、教えてくれればよかった。あなたが日本を発《た》つ寸前に実行したこと、英国公使館の焼き討ちをね。それこそが攘夷だと」

「……話していたら気を悪くしただろうな」

「少なくとも子供ながらに同行したいとはいわなかったでしょう」

「そこはすまないと思う。しかし話すべききっかけとも考えなかった」

「アレキサンダー・ウィリアムソン教授に対してはどうです？　その奥方には？　攘夷の意味が正確に伝わっていれば、誰もあなたたち五人を家に迎えようとはしなかったでしょう。あなたたちもそれを承知していて黙っていた。ちがいますか」

「攘夷という思想は改革の過程だった。ロンドンへ来てみて、見解の誤りに気づいたんだ」

「倒幕のため大英帝国の武器や技術を必要とした。それだけのことです。真の文明は民族の血から生じる。あなたがたは本質的に野蛮だ」

伊藤はしだいに憤怒《ふんぬ》の感情を抑制できなくなった。「きみは聡明《そうめい》と思っていたが、私でなく日本人全体を蔑《さげす》むのか」

「いや」ホームズの物言いは刺々《とげとげ》しさを増した。「僕のあなたに対する態度は失望によるものだ。子供心に紳士と信じたがそうではなかった。特にあなたの奥方に対する姿勢。ひとり目の妻は、結婚しておきながら長いこと顔を合わせようともしなかった。ふたり目と再婚したあとも、外で女遊びに余念がない」

絶句せざるをえない。外に漏れているはずのない私生活の内情だった。伊藤は茫然《ぼうぜん》としてきいた。「どうしてそんなことを……」

「当時はわからなかったが、あなたを助太刀したのは娼婦《しょうふ》だった。チープサイドの娼婦は現実主義者で、行為に及んだ客と二度と顔を合わせようとしない。あなたは彼女に興味を持ち知り合いになったがなにもせず、おそらく金だけ渡した。あれはその礼だった。あなたの女遊びを仲間が咎《とが》めたのは妻がいるからだ。ただ年齢的に結婚して間もないはずが、その妻を国に残しイギリスでの長期滞在を決めるからには、愛情などほとんどなかった」

「決めつけないでもらいたい。だが、ふたり目というのはどこで……？」

「あなたほどのお立場が、僕に会うだけなのにお忍びでやってきた。自由のない状況からこっそり抜けだした。随員らの監視がそこまで厳しいのは、行く先々でのあなたの素行に原因がある。イギリスの新聞のゴシップにさせまいと周りが必死なのは、あなたが既婚者だからだ。藩士だったころほったらかしにしていた妻と、いまの地位を築いても関係がつづいているとは思えない。再婚していると考えるのが論理的だ」

伊藤は圧倒されていた。初めてシャーロック少年に会った日を思いだす。まさしく心を見透かされているとしか思えないほどの、恐るべき推理力だった。

たしかに伊藤は、出張のたび芸者遊びを咎められていた。仲間内では箒《ほうき》というあだ名をつけられていた。女が掃いて捨てるほどいる、そういう意味だった。

困惑とともに伊藤はいった。「私の個人的な欠点は認める。きみに武術を指南しようなど、思いあがった考えだったかもしれない。しかし、どうか忘れないでほしい。日本人が野蛮だとおっしゃったが、それは事実ではない」

ホームズは頑《かたく》なに譲らなかった。「僕の考えは変わらない」

またかちんときた。伊藤は声を荒らげた。「それは私たちが本質的に野蛮だと信じている、そういう意味か」

「さっき申しあげたとおりだ」

「ずる賢く無慈悲な人間が、悪魔的な訓練を積む東洋だからか？」

ホームズが伊藤を見つめてきた。灰いろの目になんらかの変化が生じた。

伊藤はまくしたてた。「イギリスの植民地政策は、あなたたち国民が思っているほど正当なものではない。清国《しんこく》から大量の紅茶を輸入し、貿易赤字に陥ったからといって、その解消のためアヘンを売りつけた。清国政府がイギリスの貿易商からアヘン二万三千箱を没収し捨てたのは、どうしようもなく正しい判断だった。なのにイギリスは武力で反撃し圧倒した。清の弱体化に乗じ、日本にまで開国を迫ってきた。あなたたちが東洋を邪悪と思うのと同様、私たちにとって西洋は来攻者にほかならなかった」

ホームズはパイプに視線を落とした。「抗議はグラッドストン首相にどうぞ。あいにく僕はしがない探偵でして」

「逃げを打つのか。だが庶民の依頼を受ける探偵業にも無縁の話ではない」

「どういう意味ですか」

「私は西洋に科学が溢れていると思っていたが、あなたたちは東洋が神秘の宝庫と信じる向きがあるようだ。前にロンドンへ来る途中、上海に寄港した。インドの蛇使いなら大勢、出稼ぎに来てた。笛の音で操れると見せかけ西洋人をだまし、投げ銭を受けとっていた。本当は笛に反応する蛇なんかいない。蛇の入った籠《かご》をこっそり蹴《け》ると、興奮した蛇が顔をのぞかせるだけだ」

ワトソンが驚きのいろを浮かべ、伊藤にたずねてきた。「本当ですか」

「東洋人ならだまされる人間はいない。琉球にも似た見世物があったが、とっくに廃れた」

「おい」ワトソンは笑顔でホームズにいった。「きいたかい。それが真実なら、きみの推理には致命的な欠陥があるかもしれないってことだ」

ホームズは憤然とした面持ちで窓辺に向かった。「僕は忙しい。なにもしていないように見えても、いま抱えている未解決の事件を推理することに全頭脳を費やしている」

「でもホームズ……」

「ワトソン!」ホームズは背を向けたまま、まるで犬でも追い払うように手を振った。

しばし静寂があった。ワトソンはため息をつき、伊藤に諦《あきら》め顔を向けてきた。「大変失礼をしました。ただホームズは事件を解決し帰ってきたところで、ひどく疲れていて」

伊藤のなかに後悔の念が生じた。思わずかっとなってしまった。政治家として恥ずべきことだ。

「いえ」伊藤は頭をさげた。「こちらこそ一方的に押しかけ申しわけない。数々のご無礼、どうかご容赦願いたい。シャーロック・ホームズ先生、ご健勝をお祈りしております。あなたの類稀《たぐいまれ》なる推理力により、今後も多くの人々が救われますよう」

ホームズは振りかえらなかった。伊藤は状況に落胆を禁じえなかった。なにより自分の忍耐のなさに失望した。こんな苦い再会を果たしたくはなかった。

伊藤はドアへと歩きだした。ワトソンがついてきた。下までお送りしますよ、ワトソンがそういった。

階段を下り、玄関を外へでる。ベーカー街の賑《にぎ》わいのなかで、ワトソンが伊藤を見つめてきた。「お会いできてよかったです。興味深い話もありがとうございました。きっとホームズは蛇について詳細に調べることでしょう」

力なく苦笑が漏れる。伊藤はすっかり悄気《しょげ》た心持ちでいった。「いや。私こそ自分の未熟さを思い知りました。ホームズ先生にはくれぐれもよろしくお伝えください」

伊藤はワトソンに背を向け歩きだした。

ホームズのひとことが脳裏にこだまする。子供心に紳士と信じたがそうではなかった。彼は責めるような目で毒づいた。あのまなざしには失意のいろが混在していた。どんな理由があるにせよ、祖国の公使館に対する襲撃犯と向かい合い、心穏やかでいられる国民はいない。そのうえ人格にまで疑いを持ったのなら、伊藤に対しあのような態度をとるのも無理はなかった。

馬車をつかまえ乗りこんだ。大英図書館、そう告げた。ふいに哀感が鋭く胸をよぎる。だが耐えきった。こんなものかもしれない。人並みの情を求めるには、身勝手すぎる生き方を送ってきた。いまさら過去は変えられない。

ホームズはグリムズビー・ロイロットが曲げた火搔き棒を丹念に眺めた。ワトソンが部屋へ戻ってきたとき、その仕草に徹すると心にきめていた。

書類や本を読みふけったのでは、蛇の知識に関し動揺しているように見える。かといってなにもせずパイプを吹かしていれば、ふてくされているように誤解される。

階段を登ってくる靴音が響く。ワトソンが入室してきた。

火搔き棒をかざしながらホームズはつぶやいた。「力の込め方を間違ったようだ。あと三インチ左を握っていれば、ちょうど曲げられたところをまっすぐにできた」

ワトソンはティーカップに紅茶を注ぎながら、軽い口調でいった。「伊藤氏はきみにとって英雄だったんだな。いくら子供のころの純真な思いを傷つけられたとしても、あんなに辛《つら》くあたることはないだろう。いまになって罪悪感にさいなまれるぐらいなら、なおさらだよ」

ホームズはあやうく手を滑らせ、火掻き棒を取り落とすところだった。瞬時に取り繕ったが、ワトソンは鼻を鳴らした。

友人のその反応がどんな意味か、深く考える気も起きない。ホームズは火掻き棒を投げだした。「僕がしがない探偵にすぎないといったのは嘘《うそ》ではないが、誇り高き大英帝国と女王陛下のため働いているのも、揺るぎない真実だ」

「だが」ワトソンが紅茶をすすりながらいった。「彼のいうことにも一理あるよ。清国との戦争は、文明による秩序をもたらすためじゃなかったのか？　東洋に誤解が広まっているのか、それとも大英帝国は本当に利益のためだけに攻撃を加えたのか」

「近代的な文明を築きえた国にこそ、客観的で公正な判断が可能になる」

「本当にそうなのかな」

「なにがいいたいんだ、ワトソン」

ワトソンは真顔で見つめてきた。「深い意味はないよ。ただアフガニスタンを思いだしてね。伊藤氏のいわんとすることが、なんとなくわかる気がする」

戦場での経験はない。ホームズは黙りこむしかなかった。

しばし時間が過ぎた。マントルピースの角にあった瓶を手にとる。モロッコ革のケースから皮下注射器を取りだした。ホームズはつぶやいた。「ひとりにしてくれないか」

「おい」ワトソンが表情を険しくした。「何度いったらわかる。コカインが頭脳を覚《かく》醒《せい》させるように感じるのは錯覚にすぎない。医師である僕の前ではやめてくれ」

「だからひとりにしてくれというんだよ」ホームズは注射針を調整した。左手の袖口《そでぐち》を捲《まく》りあげる。無数の刺し傷を眺めながら、新たに針を突き立てられそうな箇所をさがした。

ワトソンは怒ったように、ティーカップを乱暴に戻した。「次はアヘンにしたらどうだ。東洋の神秘とやらが理解できるようになるかもな」

靴音が遠ざかる。ワトソンは部屋をでると、後ろ手にドアを叩《たた》きつけた。

ホームズはため息とともに目を閉じた。つまらない自尊心を捨て去ればどんなに楽だろう。あいにく人格は変えられない。研ぎ澄まされた観察眼も飽くなき推理力も、このいささか風変わりな人格に根差している。異質さが能力を支える。人とちがっていればこそ、凡人ではありえない。

6

一八九一年五月十日の深夜、イタリア西部は豪雨に見舞われていた。地中海に面したリヴォルノ港のはずれでは、高波が埠頭《ふとう》に打ちつけては、奥まった馬車道の路面までしきりに洗う。海面はうねり隆起と陥没を繰りかえし、はるか遠方の灯台の光を見え隠れさせている。暗黒の空にときおり稲光が閃《ひらめ》き、いくらか間を置いて雷鳴が轟《とどろ》いた。

シャーロック・ホームズは小屋のなかで毛布にくるまり寒さをしのいでいた。ここへ来るまでに全身がずぶ濡《ぬ》れになった。焚火《たきび》にでもあたりたいが、目の前に灯《とも》る一本の蠟燭《ろうそく》で我慢せねばならない。

出入り口に靴音がきこえた。シャーロックは腰かけていた木箱から立ちあがった。傘を畳みながら入ってきたのは、アルスターコートがはちきれんばかりの肥満体だった。額の生え際は大きく後退している。背丈はシャーロックを超えているものの、顔はさほど大きくはない。肉付きがよく頬が垂れぎみなのを除けば、本来は面長とわかる。灰いろの目と鷲鼻は、両親にいわせれば兄弟に共通する目印だったが、シャーロックは共感できなかった。兄の顔つきは自分とはまるでちがう。

四十四歳になったマイクロフトは、分厚く膨らんだ革製のカバンを携《たずさ》えながら、シャーロックのわきにあるトランクを一瞥《いちべつ》した。「おまえは死人だろう。昼下がりの運河沿いをふらつくのは感心しない。人目につく場所だぞ」

兄が日中ずっと尾行していたとは思えない。にもかかわらず行動を読まれたことに、シャーロックはいささかの驚きも感じなかった。「客の顔も気にかけず、使い古しのトランクを格安で売ってくれるのは、午後一時から三時まで気まぐれに営業するセルジュの店ぐらいだからな。兄さんの聡明さは疑ったことがないよ。探偵になればよかった」

マイクロフトがぶっきらぼうにきいた。「トランクの中身は着替えか?」

「紳士の身だしなみに必要な最低限の荷物だ。ダライ・ラマに謁見願えたとき、ボロ着では失礼にあたる」

「会えんよ」

「なんだって?」

「チベットは鎖国中で外国人は入れない。清朝《しんちょう》の支配下にあり、その清国に対してはアヘン戦争以来、大英帝国の影響力が及んでいる」

「清朝は無策により、チベット人から信頼を失っているはずだ」

「海に面していないチベットへ行くには、清かインドの港に上陸するしかない。大英帝国が清の港という港に目を光らせているのは当然、想像がつくな？　イギリス領インド帝国の女帝は、わがヴィクトリア女王陛下が兼任なさっていることも、まさか知らないわけではないだろう」

「密航だ。大手を振って観光客として入国するわけではない」

「そのトランクに入っている付け鼻や顎鬚《あごひげ》で欺けると思っているのなら、視野を広く持ったほうがいい。シャーロック。私もおまえも井のなかの蛙《かわず》だ」

シャーロックは苛立《いらだ》ちを募らせた。「兄さんは机に向かいっぱなしかもしれないが、僕は海を渡って活動してる」

「海といってもドーバー海峡だ。フランス政府から公的な依頼を受けたからといって、世界をわかった気になるな。だいいち身元不詳で三十七歳のイギリス人がぶらりとたずねて、ダライ・ラマに会えると本気で思っているのか。よくて修行僧に謁見がかなうかどうかだ」

「行ってみなければわからない」

「太陽の沈まぬ国を甘く見るな。いまや全世界のあらゆる領域が大英帝国の植民地であり、それ以外にも影響が及んでいる。死んだはずの男を迎えてくれる場所はどこにもない。宿や食事を求めたとたん、現地で身柄を拘束され、電信で本国に問い合わせがなされる。人体測定法によりスコットランドヤードがおまえの素性を割りだすまで、一ヵ月とかからん」

「人目を避けて生きる」

「ならラマ僧はむろんのこと、ハルツームでカリフに会うのも無理だ。何者かとたずねられたらどうする？　死んだと見せかけているがじつはシャーロック・ホームズだと答えるか？　イスラム教国では死を偽ること自体が死刑に相当する。おまえの旅の計画は夢想もいいところだ」

「兄さん。助けてくれるつもりで、ここに来てくれたんじゃなかったのか」

マイクロフトは黙ってシャーロックを見つめた。懐から折りたたまれた紙を取りだし、シャーロックに手渡してくる。

シャーロックはそれを受けとった。「やっと船長への紹介状を渡す気になったか」

「私は会計検査が専門だが、政府筋の何人かが才能を認め、こまごまとした相談をまわしてくる。いくつか貸しがあったのを利用し、その船もようやく段取りをつけられた。もぐりの貨物船だがな」

「親愛なるルロイ・カータレット船長殿」シャーロックは文面を読み進めた。世辞や謝礼、頼みごとを経て、末尾に記された最終寄港地が目に入った。シャーロックは思わず声を張った。「横浜⁉」

「途中、カルカッタや上海にも立ち寄るが、船底でじっとしてろよ。上陸など絶対に考えるな。身元が判明したとたん国際問題になる。おまえは有罪、私もクビだ。いまもおまえはイタリアに不法入国しとる。フローレンスで捕まらなかっただけでも幸運だ」

「嫌だ」シャーロックはマイクロフトを見つめた。「どうして日本に行かなきゃならない」

「東京は近代都市になりつつあり、警察も機能している。治安は相応に維持されているそうだ。下船したら伊藤博文伯爵の自宅を訪ねろ」

「伊藤……」

「絶対に英国公使館には接触するな。おまえは死んでいるんだからな」

「彼には連絡済みなのか？」

「いや。手紙すらだせるはずもない。他人の目に触れたらたちまち通報される」

「なぜ伊藤博文に会う必要がある」

「わからないか？」マイクロフトは声を荒らげた。「死人が素性を伏せたまま暮らすには、司法を曲げられるだけの大物の助けが必要になる。日本は昨年、帝国議会が開院され憲法が施行された。伊藤伯爵は初代内閣総理大臣だ。しかも彼は元密航者だった。私たちはそのころの彼と知り合いだった。きっと理解し助けてくれる」

「つい四半世紀前まで、彼らは攘夷の名のもと大勢の外国人を斬っていた。近代化など表面上の繕いにすぎない可能性がある」

「攘夷は悲劇だが、あくまで西洋の支配に屈しない姿勢を貫いたからこそ、独立国家が形成された。大英帝国も日本の司法や行政には介入できない。死人をイギリス警察から匿《かくま》ってくれる国は日本しかないんだ」

「イギリス警察に恨まれるおぼえはない。僕は犯罪王モリアーティを倒すため命を懸けたんだ」

「伊藤伯爵もそういうよ。彼らの攘夷は日本の未来のためだったと」

「問題をすり替えないでくれ。モリアーティが死んでロンドンには平和が戻った。だが僕が生きていたとわかれば残党が地下に潜る。死を偽ったのは警察の正義に力を貸すためだ」

「おまえにとってはそうだろう。しかし警察にしてみれば、おまえは殺人事件の容疑者だ」

激しく雨の叩きつける窓に稲光が走った。一瞬、マイクロフトの顔が半分だけ白く染まった。

覚悟はしていた。重低音がガラスを揺さぶる。

覚悟はしていた。だがあらためて指摘されると、固唾を呑まざるをえない。シャーロックは茫然とつぶやいた。「僕が容疑者？」

「当然だ」マイクロフトがあっさりといった。「目撃者はなし、モリアーティも滝壺《たきつぼ》の底。おまえの正当防衛を立証する手段はない。置き手紙の内容からは殺意が読みとれる」

「殺すなんて書いていない」

「きょうかぎり彼の社会への悪影響を除去できると思うと嬉しさを禁じえない、そう書いただろう。先に手をだした可能性もあるから、容疑者死亡のまま立件される」

「ほかにも敵がいた。モリアーティ以外にも、崖《がけ》の上に残党が潜んでいた」

「なら最低でもその男を捕まえないかぎり、社会復帰は無理だな。すなおに自白してくれるとも思えんが」

「モリアーティは凶悪な犯罪者だ。証拠はすべて手紙に書き、ワトソンに預けてある」

「凶悪な犯罪者だからといって殺していいわけじゃないだろう。シャーロック。おまえが自分の命と引き換えにでも奴を葬ろうとしたのはわかる。だがおまえは生き延びた。社会的には死んでいる。すなわち生きながらにして死の過酷さを背負うことになったんだ」

また雷鳴が轟いた。シャーロックはその場に立ちすくんだ。

マイクロフトは物憂げにつぶやいた。「法と秩序は絶対だ。それゆえの文明国だ。大英帝国の警察力が及ばない国に逃げねばならないというのは、そういう理由だよ。おまえは永遠に死んだものとして扱われる必要がある。おまえとモリアーティ、ふたりとも死んでいるからこそ、英雄的な行為だったというワトソンの主張が成り立つ。それでも法的には疑問だ。事実、モリアーティの弟が反証の準備を始めている」

シャーロックは驚いた。「弟が？」

「兄の潔白を証明し、名誉を回復したがっている。モリアーティの弟は、兄を殺したのがシャーロック・ホームズだと主張するだろう」

「兄弟は似た者どうしだな」

「崖の上にいたという男から真実をきかされたのかもしれない」

「モリアーティが転落するまで、僕も崖の上の男について存在を察知していなかった。

目撃者はいないと信じていたから、身を隠すことで死を装えると思った」

「誤算だな。じつは目撃者がいて、しかも敵の一味だったとは」マイクロフトは真顔で虚空を見つめた。「疑問なんだがね。モリアーティは本当におまえを殺そうとしたのか」

稲光とともに衝撃が走った。シャーロックはきいた。「どういう意味だ」

「崖の上に手先がいた。いまも弟が熱心に兄の名誉回復に努めている。モリアーティは本当に、追い詰められた末に錯乱した孤独な犯罪者だったのかね」

「僕が揃えた証拠は彼を追いこんでいた。絞首台行きは必至だった」

「なら殺す必要はないだろう。ただ警察に逮捕させ、裁判にかければよかった」

「生かしておけば彼の天才的な頭脳によって、緻密《ちみつ》な逃亡計画が練りあげられてしまう。彼は南米の秘境にまで詳しいとうそぶいていた。やがてまたロンドンに戻り、犯罪を再開しないともかぎらない」

「そうとも。追いこまれていなかったから逃げる余地があったし、ふたたび犯罪に手を染める可能性もあった。そう考えればつじつまが合うじゃないか。モリアーティはおまえの突きつけてくる証拠をひっくりかえせると確信していた。切羽詰まったふりをして、おまえとふたりきりで会い、じつはおまえを殺すつもりだった。案外モリアーティのほうが死を偽るつもりだったのかもな」

シャーロックは首を横に振った。「そんなはずはない。モリアーティが有罪になるのは、これからの裁判の行方を見ればあきらかだ」

「意見が合わないな。まあいい。いつものことだ」

そのひとことが胸にひっかかった。シャーロックはマイクロフトに軽蔑《けいべつ》のまなざしを向けた。「弟の間違いに気づいていながら、兄として一歩譲ってやった。そんな恩着せがましい態度は子供のころからしばしばあったが、いまもそうなのか」

「おい、シャーロック。ささいなことで突っかかるのはよせ。真実はまだわからん、それでいいじゃないか」

「ささいなこと？　まさしく僕の生死についての問題じゃないか。なのに兄さんは体裁ばかり気にしてる」

「私がか？」

「そうだ。僕をイギリスから追い払いたがっている。会計検査の仕事を失いたくないばかりに、死を偽った殺人容疑者の弟が、国内で逮捕される事態を恐れてる」

「冗談をいうな。おまえのためを思って手を尽くしたんだぞ」

「兄さんのためだろう」

沈黙のなか、降りしきる雨の音だけが響いてきた。蠟燭の炎が隙間風に揺らぎ、小屋のなかを明滅させる。

無言でうつむかざるをえない。シャーロックはそんな心境だった。社会人になってからは、兄の知性を尊敬できるようになったと自負していた。大人のつきあいができるようになった、そう信じた。しかしそれはおそらく、知性以外の面で兄に勝り公平な立場になった、そんな前提があったからだろう。事実、シャーロックは行動力に自信があった。マイクロフトは出不精で人付き合いを嫌う。孤独を愛する者ばかりが集うディオゲネス・クラブの会員でもある。シャーロックは常に精力的に動きまわった。身軽さこそ自分の長所と誇っていた。

だが最近になり、マイクロフトは変わった。ギリシャ語通訳を救ったのをきっかけに、人の役に立つ喜びをおぼえたのかもしれない。先日もそうだった。シャーロックはマイクロフトに馬車の手配を頼んだだけだ。なのにマイクロフト自身が御者に成りすまし、馬車でワトソンを迎えた。以前のマイクロフトからは想像もつかない行動力だった。いまもこうしてイタリアにまで急行している。

条件が等しくなってくると、また頭脳の優劣を競わざるをえなくなる。マイクロフトにそのつもりがなくとも、シャーロックにとっては重要な問題だった。

本来、兄のことはあまり好きではなかった。七歳も年上なだけに経験に優れ、親からも一家の跡継ぎとして目をかけられていた。服も持ち物もお下がりばかりだった。この世で最も自分に近い存在、分身も同然であるがゆえ、エゴのぶつかり合いが絶えない。感覚が近すぎて、遊び相手にも相談相手にもならない。

マイクロフトが革のカバンを投げて寄《よ》こした。「おまえから預かった金を返しておく。スカンジナビア王家とフランス政府からの謝礼金がほとんどだな。隠居生活を送るには充分な額だ」

シャーロックは憂鬱な気分でカバンをトランクに載せた。「東洋の国で細々と暮らすのにも」

「冷静に、客観的に考えてみろ。伊藤伯爵は組閣時、わが国の議員ジャスパー・ウィルソン・ジョーンズの義理の息子、ピゴットを法制顧問に迎えた。憲法はドイツ式でも、イギリス政治への尊敬と理解が感じられる。伊藤伯爵なら頼りにできる」

「日本で伊藤の靴磨きでもしながら、名もなきイギリス人として余生を送れと?」

「私の読みでは、ロンドンの法廷はおまえの目論見《もくろみ》どおりにはいかないね。モリアーティの残党のなかでも、大物が少なくともふたり、無罪放免になるだろう」

「あくまで僕の提示した証拠が不充分だというのか」

「そうだ。イギリスはいずれふたたびおまえを必要とする。どんな根まわしができるか、それこそやってみなければわからん。復帰の見通しが立てば連絡する」

「どれぐらいかかる?」

「十年か二十年か、もっとかもな。おまえが生きていたとわかった場合にかけられる容疑のすべてに、時効が成立するころ。そう考えるのが最も現実的だろう」

シャーロックは口をつぐんだ。マイクロフトの思考は憎らしく感じられるほど的確だった。モリアーティ裁判の行方についてのみ受けいれがたいが、死者に理解をしめし受けいれてくれる国家の要人など、たしかに伊藤博文以外には考えられない。

思わず愚痴が漏れる。シャーロックはつぶやいた。「モリアーティの弟がしめす兄への愛と忠誠心だけは尊敬に値する。僕にはとても真似《まね》できない」

「兄弟は似た者どうしだと、おまえさっきいわなかったか」

シャーロックは憤りをおぼえた。「僕と兄さんはちがう」

「あいかわらず感謝の言葉もないな。賛成しかねるなら、その紹介状を破って捨ててもいい」

子供じみた仕返しだとシャーロックは思った。ほかにどうにもならないと知って、わざとそんな言い方をしたのだろう。

マイクロフトが静かに告げてきた。「シャーロック。おまえが生命保険に加入してなくてよかった。受取人が私でもワトソンでも、詐欺罪で告訴されるところだった」

「別れ際の言葉としては最低の部類だ」

「ありきたりの慰めなど、かえって疎ましく感じると思ってな」マイクロフトは懐中時計を取りだし文字盤を眺めた。「間もなく出航だ。十七番埠頭の小ぶりな貨物船。遅れるなよ。達者でな、シャーロック。手紙は互いに遠慮しよう」

皮肉めかした物言いとは裏腹に、兄がわずかに情をのぞかせたようにも感じられたが、それをたしかめるすべはない。話はすでに終わっていた。マイクロフトは背を向け、傘を広げながら小屋をでていった。

シャーロックは暗がりのなかに立ち尽くした。窓から差しこむ稲光の明るさも、いつしか衰えている。遠雷が耳に届いた。吐息が白く染まる。いまのが兄との別離だった、ようやくそう実感した。亡霊は孤独だとシャーロックは思った。現世に居場所のひとつも与えられない。

滝壺に落ちておくべきだった。永遠に等しい地獄の航海の途中、ホームズは連日のようにそう思わされた。

7

優雅な船旅にはほど遠い。帆と蒸気機関を併用する、ひどく古びた貨物船に与えられた居場所は、船室などではなかった。樽《たる》を間仕切り代わりに四方に並べただけの、船底の一角だった。ほかにも大勢の東洋人が乗り合わせていた。みな密航者のようだ。日本人ではなく清国人らしい。言葉が通じないため、意思をたしかめあうことすらなかった。ホームズは船酔いにぐったりと横たわるばかりの日々を送った。少量のパンとスープすら喉を通らない。

なにもせずにいられたわけではない。航海の初日から、いつの間にか水夫にバケツとモップを持たされていた。マストに帆を張る作業も手伝わされた。風の強い日には、両手に巻きつけたロープがきつく締まり、指がちぎれるのではと思えるほどだった。

激しい肉体労働にともなう辛さも、夜間の荒波に揺られる恐怖ほど苦痛ではなかった。七月には連日のようにハリケーンが襲来し、船底が浸水した。帆を畳む作業に駆りだされ、何人かの清国人がマストから転落し負傷した。ホームズはバケツで水の掻きだしに追われた。船長を除くすべての乗員が参加している以上、傍観はできなかった。八月に入り、インド洋に近づくと、今度はサイクロンに見舞われた。そのたび船は航路を逸《そ》れたらしく、毎晩のように船長室から怒声がきこえてきた。

待遇改善のため何度か船長と話し合いを持とうとしたが、まったくの徒労に終わった。カータレット船長は一日じゅう浴びるほど酒を飲み、常に酩酊《めいてい》状態というありさまだった。その事実を知り、ホームズは如実に死の危険を感じた。いっそ船を乗っ取ろうかと考えたが、仲間を募ろうにも言葉が通じなければ不可能だった。水夫はみなスペイン人とイタリア人、密航者は清国人で占められていた。

どんな航路をたどっているかわからないが、船の進みは異様なほど遅かった。最新鋭艦なら五十日で着くはずが、三ヵ月を経てもまだインド洋をうろついている。

体力も気力も失《う》せ、甲板もしくは船底で脱力する毎日がつづいた。髪は伸びほうだい、髭《ひげ》も剃《そ》る自由がなかった。奴隷船も同然の扱いだったが、本来は長距離航海用でない船だからこそ、航路を偽り各国の検査をすり抜けられるらしい。いくつかの港に立ち寄る過程で、軍艦のわきをなんの支障もなく通過するのを見て、ホームズはようやくその事実を悟った。

この世のすべてが幻に思えるほどの眩暈《めまい》と頭痛、嘔吐《おうと》感、脱水症状や空腹に苦しんだ。半ば意識を失っていたある日、船底に下りてくる靴音が荒々しく響いた。船長の声が呼びかけた。着いたぞ。

ホームズは清国人の密航者らとともに、敗残兵のごとくふらつきながら階段を登った。甲板にでると、空が青みがかっていた。澄んだ空気と肌寒さから、夕暮れではなく早朝だとわかった。右舷に清国人たちの背が並んでいる。誰もが興奮したように声を発していた。

おぼつかない足どりで手すりへ近づく。ホームズは海上を眺めた。思わず息を呑んだ。

平底の帆船や小さな釣り船が無数に浮かんでいる。小柄ながら清国人とはあきらかに異なる、たくましい半裸の漁師たちが身体を揺すり長い櫓《ろ》を漕《こ》ぐ。浮世絵で見たのとまるで同じ眺めだった。夜が明けてきた。港の向こうに連なる山々、はるか彼方《かなた》に、白く幻想的な円錐《えんすい》形の輪郭が浮かんでいる。陽が昇るにつれ赤みを帯び、山裾に漂う靄《もや》の上に、透き通るように清らかな峰がそびえていた。富士山だった。

ホームズの疲労は一瞬にして吹き飛んだ。日本だ。これが極東の伝説の国か。

船は横浜へ入港した。船長は餞別《せんべつ》の言葉すら投げかけず、ただ集団を桟橋へ送りだした。迎える人の姿もない、閑散とした埠頭に、ホームズは重いトランクを抱え降り立った。

一瞬、茫然と立ちどまる。港沿いに西欧風の建築物が連なっていた。コロニアル様式に近い。まるでインドか、あるいはほかの大英帝国の植民地の様相を呈している。

警戒しながらゆっくりと歩を進めていくと、路地を一本入っただけで景色が様変わりした。瓦《かわら》屋根の木造家屋が密集している。着物をまとった男女が、剝《む》きだしの土の路上を行き交っていた。馬の代わりに人が牽引《けんいん》する二輪車が目の前を通りすぎていく。みな背が低く、そのぶん建物の間口から乗り物まで、すべてがコンパクトにできていた。商店の看板は読めない字で埋め尽くされている。清国風の漢字のほか、ミミズが這《は》いまわったような文字が連なる。一見雑然としているようで、いたって清潔とわかった。掃除が行き届いている。ロンドンのように道端に汚水が溜《た》まっていたりはしない。

ホームズは兄からもらったカバンを開けた。イギリスの通貨のほか、何枚かのメモや地図がおさまっていることは、船上で確認済みだった。

英語の地図は重宝する。船が着いたのは外国船が入港する埠頭とは異なる、離島と行き来する航路専用の区画らしい。おかげで入国手続きも受けずに済んだようだ。海上では酷《ひど》い目に遭ったが、案外兄の判断は正しかったのかもしれない。

長いこと薄汚れたブレザーを着たままだった。みすぼらしい身なりではいつ警官に呼びとめられるかわからない。ホームズは細い路地に目をとめた。半裸の漁師たちが桶《おけ》で井戸水を汲《く》みあげ、頭から浴びている。ひと仕事終えたところらしい。ホームズが歩み寄ると、漁師たちは奇異な目を向けたものの、拒絶する仕草は見せなかった。どうやら井戸は誰でも使用可能のようだ。

ホームズはその場で服を脱ぎ水浴びをした。ロンドンでは奇行にちがいないが、ここではかまわないと思えてくる。周りは半裸の男だらけだ。

白いシャツにアスコットタイ、フロックコートに明るいいろのズボン、革靴を身につける。髪はずいぶん伸びていたが、シルクハットのなかに入れこんだ。髭も伸びほうだいだったが、これはそういう慣《なら》わしの外国人と見なされるかもしれない。

着替えている最中、近くを子供たちが駆けまわった。荷物を盗まれるのではと警戒したが、誰もそのような挙動に及ばなかった。着替えを終えて歩きだしてからも、子供たちは笑いながらついてくる。物乞《ものご》いを疑ったがそうでもないようだ。ただホームズの容姿を珍しがっているらしい。子供たちは母親とおぼしき婦人らに駆け寄り、ホームズを指さした。なにか言葉を交わしている。見上げてくる母親たちの表情から察するに、背の高さに驚いているようだった。

なんとも無邪気な反応に思える。ここがつい二十数年前、攘夷を叫んだ国だろうか。

フランス人らしき一行を見かけた。地図を見ると元町という辺りらしい。近くに関内居留地という区画があり、外国の公館や商社が建ち並んでいるが、近づくわけにはいかなかった。ホームズは鉄道の駅へと向かった。

道端に両替所があった。日本の紙幣は機械で印刷されていて、清国の通貨に似ていた。どれが幾らなのか判然としない。とりあえず価格の低そうな一枚をチップに差しだしたが、両替商は笑顔のまま突きかえしてきた。どうあっても受けとろうとしない。どうやらチップの習慣自体がないようだった。

計算も異様に速かった。金額が合っているかどうか、黒板に書かれたレートと何度も見比べたほどだった。間違いはなかった。両替商はまるで目に見えない算盤《アバカス》を操るかのように、なにもない机の上で指を動かし、答えを弾《はじ》きだしていた。この国の両替商は数学教授並みの暗算力を有するのか。

地図と辺りを見比べる。川に架かる橋は弁天橋と大江橋。駅はそのすぐ先にあった。

駅舎はアメリカ風の煉瓦造りで、そこへつづく道の両脇にはガス灯が連なっている。意外なほど近代的で、しかも西洋化していた。植民地とはちがい、さまざまな国の技術を寄せ集めている。これを明治維新後、二十四年で成し遂げたのだろうか。

乗り場をさがすため、ホームズは通行人に声をかけざるをえなかったが、驚いたことに誰もが親切だった。みな接客のように笑みを浮かべ、しかも片言ながら英語を話す人間がほとんどだった。ホームズの背丈は、まるで見慣れない動物が運ばれてきたかのように、日本人たちの関心を惹《ひ》くらしい。特に子供たちや若い女性らが物珍しそうに近づいてくる。おかげで相談相手には事欠かなかった。ホームズは行く先々で道を尋ねながら歩いた。誰もがさも嬉しそうに、ぎこちない英語を口にする。ひとりとして謝礼を要求しない。

人々の温かさに救われる思いだった。同時に、言葉が通じにくい国で動きまわる困難さを痛感した。フランス政府に招かれたときは通訳がいた。ひとりで異国を旅するのはこんなに大変だったのか。憎らしいがあらためて兄の判断の正しさを知る。大英帝国の植民地でこんなふうに尋ねまわっていたら、たちまち警官に目をつけられてしまうだろう。

この国では、警官に道を質問することさえ可能だった。駅前に警備小屋のような建物があり、そこに警官が常時詰めているようだ。制服姿の彼らはみな衛兵のように背筋を伸ばしている。なのにホームズが話しかけると帽子を脱ぎ、やはり笑いながら片言の英語で熱心に説明してくれる。警官とは名ばかりのロンドンの給料泥棒どもに見習わせたい。

ようやく乗りこんだ列車に揺られながら、窓の外を眺めた。刀を携えて歩いている侍はひとりもいなかった。髷《まげ》も見かけない。男性の髪形は西洋人と変わらず、女性も長い髪を編んで背に垂らし、リボンを結わえている。スーツやドレスと着物姿が半々に入り混じっていた。建物も同様だが、洋館よりも純和風の木造建築が目につく。どこも活気に溢れていながら、秩序が保たれていた。壊れやすそうな陶器の類いを店先に並べている。これもロンドンでは考えられないことだった。八百屋の店先から果物をかすめとる子供の姿もない。庶民の家は小さく、豊かとはいいがたい暮らしぶりのようだが、それもイギリス人の主観でしかないのかもしれない。のんびりと往来する人々に不満そうな顔は見当たらない。誰もが秋の訪れを穏やかに感じているようだった。

そう、いまはもう九月だ。正確な日付はわからない。一週目か二週目、それぐらいだと船長がいっていた。ロンドンにホームズの死が知らされてから四ヵ月。裁判はどうなっただろう。ワトソンは、友人の死の衝撃から少しでも回復しただろうか。もの思いにふけっているうちに、一時間以上が経過した。新橋駅へ着いた。辺りはまさに大都会だった。煉瓦造三階建ての壮麗な建物は、去年完成したばかりの帝国ホテルだという。そこにも外国人が多く出入りしていた。ホームズは目抜き通りを避け、閑静な住宅街へと入っていった。

地図に従って歩く。この辺りは豪邸が建ち並んでいた。高輪《たかなわ》南町三六番地、地図に書かれた伊藤の住所を訪ねる。日本では例外的なほど広大な庭を有する洋館があった。だが門に掲げられた表札に違和感をおぼえる。伊藤という漢字とは異なるようだ。

ホームズは通りかかった年配の婦人に話しかけた。表札を指さしてきいた。「伊藤さん？」

「イワサキさん」婦人は笑いながら応じると立ち去った。

困った。建物は真新しく、建て替えられたばかりのようだった。伊藤は土地を譲り、別の場所へ引っ越したのだろうか。

初めて日本を訪ねた興奮が徐々に薄らいでいき、本来の疲労感が押し寄せてきた。立っていられないほどだった。コカインの世話になりたいところだが、持ってきていない。洋上で身柄を拘束されたときのことを考慮すると、麻薬の類いを所持するのは賢明ではない、そう思えたからだった。この国でも購入できるだろうか。

また辺りを駆けずり、通行人に声をかけ尋ねまわった。まずいことに、伊藤という姓は日本ではポピュラーらしかった。イギリスでいうならスミスやジョーンズほどではないが、テイラーやデイビスていどには溢れているようだ。とはいえ、初代内閣総理大臣の伊藤博文といえば、誰もが知る人物にちがいなかった。なのに引っ越した先は曖昧《あいまい》で、ホームズはいくつもの住宅街をたらいまわしにされた。

陽が高く昇り、しだいに傾きかけてきた。辺りが暗くなっていく。焦燥に駆られるというより、疲弊しきってなんとか歩くのみというありさまだった。ひきずるトランクが鉛のように重く感じられる。黄昏《たそがれ》どきを迎えたころ、ホームズはようやく一軒の純和風家屋にたどり着いた。平屋建てだが規模は大きく、門の向こうには広々とした日本庭園がひろがる。表札には伊藤とあった。同じ表記は街じゅうで見かけた。ここという確証はない。しかしもう限界だった。

門扉《もんぴ》はなく、庭へ立ち入るのに支障はなかった。小川に鯉《こい》が泳いでいるのを見た。いったんうつむいた顔があがらない。全身が急激に重くなった。ホームズは前のめりになり、そのまま芝生の上に突っ伏した。

どれぐらい時間が過ぎただろう。朦朧《もうろう》とする意識のなか、近づいてくる足音をきいた。わずかに視線をあげると、白いドレスをまとった少女がいた。日本人で十代半ば、ほっそりと痩せている。あどけない表情に大きな瞳《ひとみ》が見開いていた。少女はホームズを見下ろし、凍りついたようにたたずんでいた。

ホームズは話しかけようとしたが、唸《うな》り声しか発せられなかった。少女は怯《おび》えたような顔で身を翻《ひるがえ》し、屋敷《やしき》のほうへ駆けていった。

しばらくして少女は、ひとりの婦人を連れてきた。年齢は四十代前半、少女と同様に痩せていて、洋風の装いだった。母親かもしれない。飾り気のない淡いいろのドレスだったが、オーダーメイドとわかる。裕福な家庭なのは間違いない。

婦人は驚きのいろを浮かべ、日本語でなにか喋った。少女の手を引き、またも屋敷へ引きかえしていった。

頼むから意思の疎通を試みてほしい。ホームズはそう願った。山小屋にアライグマが入りこんだような対応では、こちらからも訪問の理由を伝えられない。

また意識が遠くなってきたとき、婦人と少女がひとりの男性を伴い戻ってきた。

男性は五十歳ぐらい、ひとりだけ和風の装いで袴姿《はかますがた》だった。髪は薄く白髪で、額は禿《は》げあがり、口から顎にたっぷりと鬚をたくわえている。木刀を携えているのは、剣術の稽古《けいこ》中だったのかもしれない。不審な侵入者との報《しら》せをきいて駆けつけたらしく、険しい表情を浮かべている。鼻の右に大きなほくろがあった。

ホームズがその男性を伊藤博文と確信を持ったのに対し、伊藤のほうはホームズと気づいていないようだった。髭が伸びているせいにちがいない。

だがやがて伊藤は目を丸くし、英語でたずねてきた。「まさかシャーロック君か？　いや、ホームズ先生。なぜこんなところに」

鈍い感慨がこみあげてきた。苦笑が漏れ、目に涙が滲《にじ》みそうになる。だがそれは一瞬にすぎず、急速に意識が遠ざかった。安堵したせいかもしれない。ホームズは脱力し、視界が暗転した。

8

断続的に意識が戻った。誰かが肩を貸してくれているらしい。いつしか引き立たされ、ゆっくりと歩きだしていた。屋敷には複数の使用人がいるようだ。男女が入り乱れてホームズを支え、邸内へ運びこもうとしている。みな小柄だった。まるでガリバー旅行記だ、ホームズはぼんやりとそう思った。

また意識が途切れた。やがて目が開いた。仰向《あおむ》けに寝ているとわかった。板張りの天井は和室にちがいない。しかし壁紙は洋風だった。頭を起こすと、ドイツ製とおぼしき家具や調度品が目に入った。ベッドに横たわっている。室内の装飾はヨーロッパ各国の寄せ集めだが、ふしぎな調和がもたらされていた。

起きあがって床に両足をつく。絨毯《じゅうたん》の感触がある。靴はなく裸足《はだし》だった。めまいを堪《こら》えながらゆっくりと起きあがった。窓の外を眺めると、夜の闇がひろがっている。月明かりの下、日本庭園がおぼろに浮かんでいた。

伊藤邸のなかのようだ。ドアを開けてみると、その向こうは洋式のバスルームだった。シャワーも浴槽もある。蛇口をひねると、たちまち湯が溢《あふ》れだした。

ありがたい。ここは来客用の洋間にちがいなかった。ホームズは服を脱ぎ、身体を徹底的に洗いだした。四ヵ月もの過酷な船旅でこびりついた汚れは、井戸水を浴びて落としきれるものではなかった。なにより入浴を欲していたところだ。

風呂《ふろ》を終え、タオルで身体を拭《ふ》きながらベッドルームへ戻る。トランクがない。髭《ひげ》剃《そ》りも着替えも、そのなかにおさめられている。

底の浅い木箱に衣類らしきものがあった。着物のようだ。ホームズはそれを羽織った。やはり外国人の来客に備えてか、丈は充分に長く、裾《すそ》は足首まで達した。街角で見かけた人々を想起し、記憶を頼りに帯を巻いた。姿見の前に立つと、それなりの格好に思えた。

英語で女性の声が告げた。失礼します《エクスキューズミー》。壁と思っていた部分が横滑りに開き、その向こうで和服の婦人がひざまずいていた。いや、日本で正座と呼ばれる姿勢のようだ。庭先で見かけた四十代前半の女性だった。両手の指を床につき頭をさげる。婦人は英語でいった。「このたびは遠路はるばる、ようこそお越しくださいました。伊藤の妻、梅子《うめこ》と申します」

ホームズは恐縮しながら、梅子と同じく床に座った。以前にムスリムに教わったようにひれ伏す姿勢をとったが、ふっと梅子が笑う声がきこえた。どうやらちがうらしい。

澄まし顔を取り繕いながらホームズは視線をあげた。「こちらこそ恐縮に存じます。突然の訪問にもかかわらず、よくしていただいて」

梅子は微笑とともに顔をあげ応じた。「主人が夕食をともにしたいと」

「謹んでお受けします」

では。梅子はそういってゆっくりと立ちあがった。身のこなしは舞踊のように優雅そのものだった。

ホームズも腰を浮かせた。梅子は浴室の音をきき、着替えが終わった頃合いを見て姿を現したにちがいなかった。まるで探偵のようだった。なんと気が利くのだろう。寝ていても部屋に踏みこんできて朝食の支度を始めるハドソン夫人とは、大きな意識の差を感じる。

板張りの廊下は庭に面していた。以前に読んだ和式建築の本で得た知識によると、縁側というらしい。梅子がまた廊下で正座し、日本語でなにかをつぶやき、障子を開けた。

部屋のなかへといざなわれる。ホームズは入室しようとしたとたん、梁《はり》に頭をぶつけてしまった。

畳の上に正座する和服姿の少女が、くすりと笑った。さっき庭で会った少女だった。隣りにも和服をまとった若い女性がいる。二十代前半で、印象は梅子に似ていた。少女に対し咎《とが》めるようにささやく。朝子《あさこ》。

少女の名は朝子というらしい。ふたりは並んで壁際に座っていた。伊藤博文は部屋の奥ではなく、手前側で障子を背に正座している。彼の前には膳《ぜん》が据えられていた。これもホームズは書物を通じ知っていた。食事一式をコンパクトに並べた、ひとり用の小型テーブルだった。

もうひとつの膳は部屋の奥、掛け軸が飾られた床の間の前にあった。座布団が敷いてある。そちらがホームズの座る席らしい。西洋なら家の主人が陣取るはずの側に、客を座らせるのか。ホームズは伊藤に倣い正座を試みた。

　すると伊藤が笑いながらいった。「どうぞ脚を崩してお座りになってください。苦痛でしょう」

「いいえ。郷に入りては郷に従えといいますからな」ホームズは脚を曲げ、その上に腰を下ろした。

「ほう。身体が柔らかいですな。でも脚が痺《しび》れますよ。私は失礼して」伊藤は胡坐《あぐら》をかいた。

　たしかに、すでに足の指先が感覚を失いつつある。耐えがたいほどの苦痛ではないが、家の主人の許しがでているというのに、やせ我慢すべきでもないだろう。ホームズも伊藤と同じようにした。

　女性たちはむろん脚を崩さない。梅子は朝子らの隣りに腰を下ろした。やはり正座だった。三人とも顔もしかめずその姿勢をとっている。ホームズは申しわけない気分になった。思い直し正座を試みようとする。

　伊藤が片手をあげて制した。「そのまま、ホームズ先生。私たち日本人にとっては、さほど窮屈な姿勢でもないのです。女性たちに苦行を強いているわけでもありません」

　ホームズは胡坐に戻った。「なるほど。それならいいのですが」

「家内の挨拶《あいさつ》はもう済んだでしょうな。娘の生子《いくこ》、それに朝子です」

若い女性の名は生子だった。朝子とともに深々と頭をさげる。生子は英語で告げてきた。「ようこそお越しくださいました。お目にかかれまして光栄です、ホームズ先生」

流暢《りゅうちょう》な発音だった。ホームズはきいた。「朝子さんも英語を話せるのですか」

「はい」朝子が笑顔で応じた。「お噂はかねがね父から」

「ほう。どんな」

「あのぅ」朝子はいたずらっぽい笑みとともにつぶやいた。「わたしたちを見て、なにか推理できますか」

梅子が顔をしかめた。「朝子」

「いえ」ホームズはいった。「だいじょうぶです。失礼なことは申しあげません。引っ越しされたにもかかわらず、東京市内にお住まいでよかった。郊外の温泉地にある別邸におられたら、お会いできませんでしたからな」

朝子は顔を輝かせ生子を見つめた。

生子が信じられないというように目を瞠《みは》った。「小田原の別邸のことは、絶対口外しないようにいわれております。どうしてご存じなのですか」

ホームズは微笑してみせた。「なに、ほんの観察です。それに梅子夫人は、本当にできたお人だとも思います。大変心が広く、寛大で……」

伊藤がなにかを察したように妻子らに告げた。「きょうはもういいから下がりなさい」

朝子は抵抗の素振りをしめした。「ロンドンについてもっとききたいことが……」

梅子が鋭くいった。「朝子。およしなさい」

不服そうな表情を浮かべた朝子に対し、伊藤がなだめるようにいった。「ホームズ先生とは明朝以降話すといい。もちろんホームズ先生の許しがでればだが」

ホームズは肩をすくめてみせた。「僕はかまいません」

ようやく朝子の顔に笑みが戻った。三人の女性は深く一礼し、厳かに立ちあがると、障子の向こうに消えていった。

ふたりきりになると伊藤がため息をついた。「きみだとはすぐに気づけなかった。その髭のせいかな」

「奥様が広い心の持ち主であることは、あなたも同意されるでしょう。娘さんがたの目鼻立ちを見ればわかります。梅子さんにとって生子さんは実の娘でしょうが、朝子さんはちがいます。あなたは甘やかしているが、梅子さんはよく辛抱して同居している」

伊藤が苦い顔でささやいた。「小田原の別邸のことは、誰から情報を得た？」

「梅子さんや生子さんからです。なにもおっしゃらずとも、長年にわたり健康状態が思わしくないことは、お顔を拝見すればわかります。あなたは大物政治家だから、家族の療養のため民間の宿泊施設を利用するのは好ましくない。ふさわしいのは東京に近い温泉地です」

「あいかわらず的確だね。どうもうちの家系は病弱になる運命らしい。私は唯一の例外のようだ。父母は私以外に子供ができなかったし、私と梅子のあいだにできた長女は、わずか二年半の命だった」

「お気の毒です。しかし男児に恵まれなかったというのは、ほかの女性と浮気する理由にはなりませんな」

「自分の欠点は承知していると前にもいっただろう。梅子もああ見えて、もとは芸妓《げいこ》でね」

「有能な奥様です。複雑な伊藤家をしっかり支えておられる」

「ホームズ先生」伊藤は硬い顔でいった。「失礼とは思ったが、持ち物については調べさせていただいた。世間に公表していないこの仮住まいに、知り合いとはいえ外国人が突然姿を現した以上、危険な物をお持ちでないかたしかめる必要があった。どうかご容赦願いたい」

思わずどきっとした。ホームズは伊藤を見つめた。「まさか通報なさったのでは……」

「いや」伊藤は首を横に振った。「カバンのなかにマイクロフト君……お兄様からの手紙が入っていたからね。事情は呑《の》みこめた」

ホームズの心は沈みがちになった。「一国の総理大臣に、死人を匿《かくま》う義理などないとお思いでしょう」

「もう総理大臣ではないよ。憲法を作成するため辞任した。いまは枢密院《すうみついん》議長を務めている」

「枢密院といえば天皇の最高諮問機関だ。やはり大物ですな。僕はただの民間人にすぎない。しかも故人の」

「同じだよ。幕府に見つかれば死罪という状況で、私はロンドンに渡った。きみの尊敬するアレキサンダー・ウィリアムソン教授夫妻のおかげで、私と四人の同志は生き永らえた。いまイギリスへの恩を返せることを、心から喜ばしく思う」

ホームズは茫然《ぼうぜん》と伊藤を見つめた。伊藤の穏やかなまなざしが見かえしていた。

思わず言葉に詰まる。ホームズの胸のうちに熱いものがこみあげてきた。感情に揺さぶられるのは苦手だった。ホームズはつぶやいた。「心から感謝します」

「こちらこそ」伊藤は膳から小さな器を取りあげた。「乾杯しよう」

それが酒を飲むための杯だと、ホームズは知っていた。伊藤に倣って杯を手にした。

すると伊藤が徳利《とっくり》を傾け、無色の液体をホームズの杯に注いだ。

伊藤の目がホームズの手を見つめた。ホームズは自分の手に目を落とした。ロープを巻きつけた痕《あと》がくっきりと残っている。しばらくは消えないだろう。ロンドンにいたころの伊藤と同じだった。航海の苦難を察したからか、伊藤の顔に同情のいろが漂った。

しばし沈黙があった。伊藤はみずからの杯にも酒を注ぎ、高く掲げた。「二度目の人生に」

ホームズは感慨とともに杯を打ちあわせた。杯を呷《あお》る。温かかった。口もとに近づけると、バナナのような華やかな香りが鼻をついた。体温と同じぐらいに思えた。それだけに胃のなかに馴染《なじ》む。艶《あで》やかな飲み口だった。まろやかな甘みに爽《さわ》やかな酸味が伴う。ワインとは異なる芳醇《ほうじゅん》な旨味《うまみ》がひろがった。

ようやく人間的な食事にありつける。そう思っただけでも涙が滲《にじ》みそうだった。ホームズはすなおに心のなかを打ち明けた。「まさかお会いできるとは思わなかった」

「ここは有栖川宮家《ありすがわのみやけ》の別邸だが、自由に使っていいとおっしゃってね。ひさしぶりに純和風の生活を楽しんでいる。よくこの場所を突きとめられたね」

「おかげで東京府東京市内の地理が少しばかり理解できた。治安のよさや人々の親切心があればこそだったが。街並みも機能的だ。横浜のガス灯はロンドンを思わせる」

「私が設けさせたんだよ」

「あなたが?」

「ロンドンの思い出は私の胸に深く刻みこまれていてね。鉄道が走るなら駅前にガス灯もと思って。浅知恵だったかな」

「いえそんなことは」ホームズは笑ったが、すぐに胸が締めつけられるような思いに浸った。「あなたが正しかった」

伊藤は妙な顔をした。「なんの話だ?」

「ここへ来る船はカルカッタと上海に寄った。兄からは下船しないよう釘《くぎ》を刺されていたが、僕は好奇心に逆らいきれなかった」

「ああ」伊藤が微笑した。「港にはインド人の大道芸人が大勢いただろう」

「あなたのいうとおりだった。インド人たちは籠《かご》を蹴《け》っていた。それに長い船旅のあいだ、読書の時間にも恵まれた。蛇には鼓膜がない。内耳という聴覚の内部器官だけがある。音を感知できないわけではないが、哺乳類《ほにゅうるい》のように笛の音を聴きとれるかといえば疑問だ。蛇は動物食だし、ミルクも飲まない」

「ワトソン博士は、きみの推理が崩れることを心配していたようだが……」

「いや。大筋では変わらない。ロイロットという男は、笛とミルクで蛇を操れる気になっていた。実際には通気孔をくぐらせようと頭から押しこんだのだろうし、ロイロットの部屋は飼っている動物のせいで湿っぽく室内も暗くしていたから、蛇もねぐらを求めて戻ってくるのが常だった。そんな蛇を支配下に置いていると錯覚したからこそ、油断してみずから毒牙《どくが》にかかったのだ」

伊藤はぽかんとした顔できいていたが、やがて微笑を浮かべた。「その事件のことは知らないが、真相に到達できたのならよかった」

ホームズは肩を落とさざるをえなかった。「蛇についての専門書をカバンにしのばせたのは兄だった。彼もワトソンの書いた物語を読んで、僕に間違いを教えたかったんだろう」

「マイクロフト君の聡明《そうめい》さに感謝すべきだね」

またかちんときた。伊藤はシャーロックのマイクロフトに対する感情を知らない。

ホームズは杯を呷った。「あくまで僕の立場上だが、自身の個としての存在意義が、兄の存在により貶《おとし》められてしまう。自分はひとりだけなのに、そっくり同じ遺伝のうえ年齢的に人生経験で勝る兄がいたのでは、価値も半分以下にならざるをえない」

「そんなことはないだろう」

「あなたには兄弟がいないからわからない」

「子供は何人もいる。兄弟姉妹たちだ」

「母親がちがえば、かえって優劣を競う気にはならないのかもしれない。兄弟とはいえ半分は別人だから」

「ホームズ先生。冷静沈着なお人なのに、ときどき妙な思考にとり憑《つ》かれることがあるようだ。お兄さんは出国の手助けをしてくれたのだろう？　弟想《おも》いのいいお兄さんじゃないか」

　また黙りこまざるをえない。そんな心境だった。伊藤のいったとおりだと信じたいが、猜疑心《さいぎしん》が頭から離れない。マイクロフトは親切を装いながら、自身の問題解決力を弟に誇示したいだけではないのか。そんなふうに斜に構えたくなる。

　突き詰めれば嫉妬《しっと》と劣等感、それだけかもしれない。しかしマイクロフトがわずかでも優位性を感じているのだとすれば、苛立《いらだ》ちをおぼえる理由としては充分だった。

結局、兄とは反りが合わない。どうしても受けいれがたいものがある。

伊藤が箸《はし》を手にとった。小鉢をしめしながらいった。「食べよう。ホームズ先生、これは蕨《わらび》の煮浸しですよ」

ホームズも小鉢を手にとった。箸を操るのは難しい。だがその食物が、スコットランドのハイランド地方に生えるブラッケンであることは、すぐに気づいた。ブラッケンは雑草ではないのか。食べる習慣など、もちろんイギリスにはない。

だが口に運んでみると、ほどよい弾力を残す柔らかさが、好ましい歯ごたえに感じられる。つゆの甘さと酸っぱさの兼ね合いも抜群だった。

伊藤はまるでホームズの心を見透かしたようにいった。「先入観にとらわれたのでは、せっかく美味《おい》しい物を食べる機会も失ってしまう。そう思わないかね?」

ホームズは難しい顔をしてみせた。すなおに意見を受けいれてばかりいたのでは、威厳が失われる。そんな感情も生じてくる。

とはいえ、ここは伊藤博文の国だった。文化から人間性まで、すでに多くの予想に反していたことは認めざるをえない。

箸を置き、ホームズはうつむいたままつぶやいた。「これからどうすればいいのか」

伊藤が穏やかに告げてきた。「心配いらない。私と行動をともにすればいい」

「しかしそれは妙な光景だろう。僕はここへ来るまで多くの日本人に興味をしめされた。のっぽのイギリス人は目を引く。枢密院議長についてまわっていたのでは、みな変に思う」

「私と一緒にいるからだいじょうぶなんだよ。ピゴット・ウィルソン・ジョーンズを法制顧問に迎えたときにも、四六時中話し合っていた」

「ああ。ジャスパー・ウィルソン・ジョーンズ議員の、義理の息子さんだな」

「そう。日本の議員たちは英語を流暢に話せないから、外国人を見ると敬遠する。私といればなんらかの顧問だと思われる」

「だいじょうぶかな。日本にいる外国人と会うこともあるだろう？　イギリス人とも」

「そのときは適当に話を合わせればいい。ホームズ先生、不安な気持ちはわかる。私もロンドン生活を始めたとき、同じ心境だった。けれども時とともに慣れ、大胆になっていくものだよ。きみがチープサイドで見たようにね」

ホームズは思わず微笑した。力なくつぶやく自分の声をきいた。「僕もあなたのように勇気が持てるかな」

「もちろん。きみは私よりずっと強く賢い」伊藤はふたたび杯を掲げた。「日本へようこそ。シャーロック・ホームズ先生」

9

揺れないベッドがどれだけ快適か、ホームズは心から実感した。四ヵ月ぶりに深い眠りにつき、爽やかな朝を迎えられた。目覚めたとき、見慣れた船底ともベーカー街の寝室とも異なる視界に、わずかに戸惑いをおぼえたほどだった。すぐに伊藤邸で世話になっていることを思いだした。

朝から使用人がやってきて、ホームズは別室に通された。そこには理髪師が控えていた。伊藤とその家族を受け持っているらしい。髪を切られ、髭を剃られると、以前のようにさっぱりした自分の顔が鏡のなかにあった。

自室へ戻ったとき、トランクや革製カバンが置いてあるのに気づいた。衣類はすべて取りだされ、クローゼットのなかに吊《つ》るされていた。

至れり尽くせりだ。こうでなくては文明的な暮らしとはいえない。ホームズはカラーに糊《のり》のきいたシャツをまとい、モーニングを羽織った。シルクハットを携える。革靴はなかった。屋内では履いてはならないようだ。姿見の前に立つ。靴下のままの足もとを除き、ベーカー街で暮らしていたころと寸分たがわぬホームズが映っていた。

和室のひとつに卓袱台《ちゃぶだい》が据えられ、そこに朝食が用意されていた。ホームズはひとり胡坐をかいて座った。たくさんの小鉢にほんの少しずつ食材がおさまっている。魚と山菜は区別がつくが、それ以外はなんなのか見ただけではわからない。

失礼します、少女の声が呼びかけた。障子が開き、朝子が顔をのぞかせる。よそ行きのような明るいいろのドレスをまとっていた。髪もきれいに結っている。手にしているのは新聞らしい。

朝子はさも嬉《うれ》しそうにホームズの顔を見つめた。ホームズは妙に思ったが、髭を剃り様変わりしたせいかもしれない。朝子が近づいてきて、ホームズのわきに座った。

「おはようございます。朝刊、お読みになりますか」

「ありがとう」ホームズは新聞を受けとったものの、当惑せざるをえなかった。すべて日本語だった。「僕の推理力をもってしても、これらの文章の解読には数ヵ月を要しそうだ。漢字が一種の象形文字であることは知っているんだが」

すると朝子は笑顔で身を乗りだした。「この字、見てください。木。ツリーの意味です」

「ああ。なんとなくわかるね」

「それと、これ」朝子が林という字を指さした。「フォレストです。そしてこっちは森。ウッズを意味します」

ホームズは笑った。「わかりやすいね。だんだん木が増えていくのか」

「この字はですね、火です。ファイア。燃えている感じがするでしょう。ふたつ縦につながっているのが炎。ただの火よりもっと燃え盛ってる印象。火炎って、二文字つなげて表現することもあります。火の字が増えていけば、それだけ激しいと感じます」

「なるほどね。これは東京市内のどこかの駅近くで、放火があったという記事だね？」

朝子が驚きのいろを浮かべた。「お読みになれるんですか」

「いや。火という文字の使用される頻度と、新聞の記事が掲載されている位置から、わりと大きな事件だと思っただけだ。東京という漢字と、駅という漢字については、きのうすっかり馴染んでね」

「そうだったんですか」朝子が微笑した。「いい勘しておられます」

「この紙面の記事は事件や事故ということだな。ここに大きな見出しがある。なんて書いてある？」

「ええと。雑貨盗難相次ぐ。関東各地の民家に空き巣が入り、陶器や人形、版画が連続して盗まれている。届出のあった件数はすでに百件を超え、警視庁は警戒を強めている」

「陶器や人形、版画。価値がある物だろうか」

「いいえ。とても値がつかないような古い雛人形《ひなにんぎょう》や市松人形、愛好家が作成した木彫りの版画や、庶民の床の間に飾ってあった花瓶などで、ぜんぜん価値がつかない物ばかりとあります。質店にも持ちこみはないようです」

「興味深い。珍しい物ではないんだね？」

「どの家庭にもございます。正直、青空市でも売れ残る物ばかりでしょう」

また障子が開いた。生子が厳かに正座しおじぎをする。朝子以上に洒落《しゃれ》たドレスを着て、光沢のある髪飾りをつけていた。化粧もきちんと済ませている。

生子は顔をあげたとき、朝子の存在に気づいたらしい。表情を険しくし英語でいった。「なにしてるの。お客様の邪魔しちゃ駄目でしょ」

朝子が立ちあがった。「お姉様こそ、ホームズ先生になんの用よ」

ふたりが日本語で口論を始めたとき、母の梅子が姿を現した。彼女もお茶会用のようなドレス姿だった。長い髪を整え、化粧にも隙《すき》がない。ロンドンの流行を考えるなら、いささか時代遅れの装いではあったが、日本では富裕層にのみ可能なお洒落なのだろう。

梅子が眉《まゆ》をひそめた。「ふたりともなんですか。お父様がおでかけになるのよ。早く外へでなさい」

ホームズの前では令嬢のように振る舞っていた朝子は、顔をしかめて生子を挑発している。生子が不満のいろを浮かべながら廊下へ向かった。朝子も駆けていく。梅子が恐縮ぎみに微笑しながら頭をさげた。ホームズは立ちあがった。どうやら朝食をとる機会は逃したらしい。

玄関へ赴くと、庭先に使用人が勢揃《せいぞろ》いしているのが見えた。梅子のほか、生子と朝子もそわそわしながら立っていた。まるで家族総出でパーティーにでかける前のようでもある。

伊藤博文はフロックコートに蝶《ちょう》ネクタイを身につけ現れた。ホームズも用意された靴を履き、伊藤につづいて庭へでた。芝生の上には三脚に据えられた蛇腹式のカメラがあった。レンズはこちらに向けられている。写真師らしき男が準備をしていた。

ホームズは戸惑いながら伊藤にきいた。「なにをするのかな」

「一緒に記念撮影をお願いしたい」

「困る。僕は死人だよ」

「私も好ましくないと考えたんだが、娘たちが是非にというんでね」

ふと気づくと、朝子が近くでホームズの顔を見上げていた。さも嬉しそうな笑みを浮かべている。生子はそこまであからさまではなかったが、しきりに前髪を気にしながら、ホームズをときおり横目で眺めてくる。

伊藤が耳うちしてきた。「写真は絶対に外にでないようにする。協力してもらえないだろうか。一家が揃う機会なんてめったにないので」

ホームズは面食らった。「ふだん一緒にいないのか」

「もちろんひとつ屋根の下で暮らしているが、朝子がきてから梅子はどうも私に冷たい」

「それは当然だろうな」

「朝子のほうも反抗して使用人を手こずらせてばかりだ。こんなに大人しくしている朝子はひさしぶりだよ。家族がひとつにまとまっている」

「五歳ぐらいになる長男が同居していたら、もう少々ややこしいことになっただろうな。男の子ができておめでとうと申しあげたいが、梅子さんにとっては実の子じゃないから複雑だろう。次男も同様だ。赤ん坊なのでまだ事情が呑みこめないだろうが」

伊藤が目を瞠った。「文吉《ぶんきち》と真一《しんいち》のことをどうして知ってるんだね」

「ゆうべ兄弟姉妹とおっしゃったし、通りかかった書斎に写真があったので。ふたりともあなたには似ているが、梅子さんには似ても似つかないうえ、おそらく別々の女性が母親……」

「ああ、もうわかった。いいから、家族の平安のために頼むよ」

写真師の呼びかけにしたがい、玄関前に並ぶことになった。梅子が控えめな笑みとともにホームズに頭をさげてくる。彼女も記念撮影にはやぶさかでないらしい。伊藤同様、家族がまとまるのは嬉しいことなのだろう。

朝子はホームズの腕に巻きついてきたが、梅子にたしなめられ、不満顔ながら寄り添うだけになった。反対側には生子が身を寄せてくる。ホームズが目を向けるたび、生子は照れたような笑いを浮かべ視線を落とした。

ようやく一家の整列が完了した。ホームズは背筋を伸ばしポーズをとった。写真師の号令とともに、ホームズと伊藤家は一枚の写真におさまった。

門の前に馬車が横付けされた。使用人たちが頭をさげる。ホームズは伊藤とともに馬車に乗りこんだ。見送る朝子が明るく笑いながら手を振った。伊藤は満足そうにしていたが、ホームズは困惑していた。愛嬌《あいきょう》を振りまくのは苦手だった。

馬車は天皇の住む宮城《きゅうじょう》へ向かった。濠《ほり》に囲まれた広大で緑豊かな敷地は、かつての名を江戸城といった。二重橋を渡った先、建物は一新されていたが、外観はホームズも写真で見たことのある京都御所にうりふたつだった。和風木造で、屋根には銅瓦《どうがわら》がふいてある。

明治宮殿だと伊藤がいった。広さ五千八百坪、ホームズが理解できる単位に換算すれば、四・七エーカーもあるらしい。宮中儀礼のための表宮殿、天皇が政務をおこなう中段、そして天皇の住居である奥宮殿の三つの区画から成り、それぞれ接続されている。渡り廊下でつながる別棟は宮内省庁舎だという。

正面に立派な唐破風《からはふ》屋根の車寄せが存在したが、馬車はその正面でなく右手に停《と》まった。伊藤によれば、正面の車寄せは国賓や公使専用のようだ。

馬車から降り立つと、職員とおぼしき人々から警備員までが揃っておじぎをした。ホームズは伊藤とともに歩いた。車寄せはひとつの独立した建物で、内部は洋風の繊細な装飾に彩られていた。そこを抜けた中庭の先に、正殿という巨大な建物が存在した。今度も外見は純和風だが、内部は高い二段式の天井を有する広々とした洋間で、極彩色の塗装が目に眩《まぶ》しく映った。ヴェルサイユ宮殿に匹敵する壮麗さを漂わせながらも、天井画の意匠には和風の紋様を採用している。床は板敷きで、建具も洋式だったが、和洋折衷の装飾が内部を彩る。シャンデリアにすら東洋の趣《おもむき》がある。エキゾチックな眺めだとホームズは思った。

日本人は洋間であっても、仮に畳を敷き詰めた場合の数で広さを算出するようだった。伊藤によれば、正面の謁見所なる部屋が百六十畳、左右にある東溜の間と西溜の間がいずれも百七十五畳とのことだった。

東溜の間に入ると、フロックコートや燕尾服《えんびふく》姿が二十人以上、立ち話をしていた。全員が四十歳を超えているように見える。みな伊藤に目をとめるや深々と頭をさげた。伊藤が日本語でなにかいうと、男たちは雑談を再開した。伊藤のいったとおり、誰もホームズに気を留めない。これは居心地のいいポジションを得た、ホームズはそう思った。

ホームズは伊藤にきいた。「彼らが枢密院の議員か」

「そう」伊藤が英語で応じた。「正式には議員でなく顧問官という。ほかに副議長と書記官長がひとりずつ、書記官が三人いる。憲法の草案審議をおこなうための機関だよ。国政には絶大な影響力を持つ」

「その議長となるとある意味、総理より上かも」

「いや。宮中席次は第三位でね。総理だったころより一個下がった。大日本帝国憲法も無事公布されたいま、返り咲きを狙っているよ」

どことなく奇妙な光景だとホームズは感じた。会議に入るのなら、テーブルが用意されるはずだ。懇親会とも思えない。事実、議員たちの顔に笑いはなかった。みな深刻そうに言葉を交わしている。

ホームズはささやきかけた。「伊藤さん。なにかあったようだが」

「別になにも。もう済んだことだよ。気にしないでいてくれたまえ」

そのとき、職員らしき男性が血相を変え駆けこんできた。日本語でなにか声を張ると、室内は静寂に包まれた。みな表情をこわばらせている。張り詰めた空気が漂っていた。

伊藤はため息をつくと、何人かに日本語で呼びかけた。はいと応じた男たちが歩みでる。伊藤が正殿へと引きかえすと、男たちも歩調を合わせた。五人いる。さっき伊藤が説明した副議長と書記官長、書記官三人と考えるべきだろう。ホームズもそのあとにつづいた。

一同は中庭へでていく。西洋人がふたり、車寄せを抜け歩いてきた。ひとりは白髪頭に丸顔で、伊藤以上に顎鬚《あごひげ》をたくわえた五十代だった。金ボタンのついた立て襟のフロックコートをまとっている。もうひとりはロシアの白い軍服を着た将校で、フロックコートよりはいくらか年下のようだった。いずれも笑顔は見せず、口もとを固く結んでいる。

副議長以下の日本人らは恐縮しながら並んで立った。ホームズもその傍らに控えた。

伊藤ひとりが来客たちに歩み寄っていく。

フロックコートの男は、伊藤を見るなり訛《なま》りの強い英語で話しかけた。「伊藤枢相《すうしょう》。いつになったら誠意をしめしてくれるんだね」

伊藤がおずおずと英語で応じた。「大変申しわけありませんが、いましばらくお待ちいただけませんか。意見の調整に手間取っておりまして」

将校が鼻を鳴らした。「間違った判決が下ったがゆえ、裁判のやり直しは迅速におこなうべきと思いますがね。とりわけ今度のような国家間の重大な事件については、即時の対応こそ求められるのはあきらかでしょう」

「ええ」伊藤はいった。「その通りではありますが、司法については枢密院とはまた別の組織系統が……」

フロックコートが声高に制した。「津田三蔵《つださんぞう》を極刑とすることに、伊藤枢相も賛成だったではないか。別の組織系統とおっしゃるが、日本は未熟な国ゆえ、立法議会も実質的に枢密院の影響下にある。司法に対しても同様にできんとは思えんのだがね」

これは面白い。ホームズはひさしぶりに昂揚《こうよう》した気分になった。どうやら副議長以下の五人は、英語がわからないらしく、ただ静観するしかないようだ。ロシア人との会話は伊藤ひとりが引き受けている。二対一とは公平ではない。ならば助太刀するのも悪くないだろう。

ホームズは歩み寄りながらいった。「おはようございます、ドミトリー・エゴロヴィチ・シェーヴィチ公使。お会いできて光栄に存じます」

伊藤が振りかえって目を剝《む》いた。ふたりのロシア人も面食らった表情を浮かべている。

シェーヴィチはホームズを見つめてきた。「イギリス人か、誰だね。私を知っているのか？」

「お噂はかねがね。といいましても、新聞で拝読したていどですが。身のこなしから貴族ご出身なのはあきらかで、英語にもロシア風の発音のほか、イタリア語とスウェーデン語の訛りが感じられる。由緒正しきシェーヴィチ家出身のあなたは、外交官としてローマやナポリのほか、スウェーデンにも駐在したはず」

「ほう」シェーヴィチの表情は険しさを増した。「まるでいま気づいたかのような口ぶりだが、伊藤枢相と一緒にいたところを見ると、英国公使館のまわし者じゃないのかね。さしずめ日本政府に泣きつかれて、ヒュー・フレイザー公使が応援を寄《よ》こしたんだろう」

伊藤があわてたようすでシェーヴィチに弁明した。「とんでもない。こちらのかたには別件で顧問をお願いしているだけです」

ホームズはシェーヴィチにいった。「松方正義《まつかたまさよし》総理とは事前に朝食の約束をおとりになったのに、伊藤枢相に対しては突然訪ねてきて不満をぶつけるとは、貴族であるあなたにふさわしからぬ行為でしょう。日本側は軍人が食事に同席しなかったのに、このカネフスキー中佐を番犬のように連れていき威嚇したのも感心しませんな。武力行使をちらつかせ一国の総理を脅そうとは、いささか乱暴ではありませんか」

ふたりのロシア人はみるみるうちに顔面を紅潮させた。シェーヴィチは声高にまくしたててきた。「やはり日本はイギリスにしがみつくつもりか。朝食の席には総理と数人の側近しかいなかった。それがもう英国公使の耳に入っているとはな」

ホームズはすかさず人差し指を立て、シェーヴィチを制した。「どうかお静かに。ここは天皇陛下のお住まいでもあります。私は誰からも報告を受けていません。すべてはあなたにお会いしてわかったのです」

「なんだと?」

「髭と襟に味噌《みそ》汁《しる》の痕が残っています。正装で慣れない和食をとらざるをえなかったのは、朝食の約束があったからです。立場上あなたがいかに強気でも、相手が日本の要人では容易にメニューの変更を申しでられない。なんらかの裁判の結果に不満のようですが、司法関係者との会食なら、議論がもの別れに終わっても、次に圧力をかける相手は行政関係でしょう。けさ話したのが大臣ていどなら、次は総理をだせと要求したでしょうから、枢密院に怒鳴りこむ必要はない」

「それで松方総理と朝食をとったと？　だが日本側に軍人の同席がなかったことなど、伝え聞かねばわからぬはずだ。カネフスキー中佐の名まで知っていたではないか」

「中佐の名はロシア軍の常でバックルの縁《へり》に刻んであります。軍服はありったけの勲章と装飾品で彩っているが、ロシア軍では少佐の階級が廃止されているのに、それを表す銀バッジまで身につけている。本来は帽子につける物だ。派手さを誇示したくて、破棄された徽章《きしょう》まで引っぱりだしたのだろうが、軍人が同席していれば笑われる」

カネフスキーはばつの悪そうな顔になり、横目にシェーヴィチを眺めた。

シェーヴィチも目を泳がせていたが、やがて苦々しげに伊藤を睨《にら》みつけた。「なんの顧問か知らないが、好き放題に喋《しゃべ》らせている以上、責任をとる覚悟はおありだろうな」

ホームズはシェーヴィチを見つめた。「伊藤枢相にはなんの落ち度もない。僕は自発的に発言した。貴族にふさわしからぬあなたの言動に、多少なりとも反省を促すべく……」

伊藤が向き直り制してきた。「ホームズ先……」

直後、伊藤がしまったという顔になった。ホームズも一瞬、困惑をおぼえたものの、伊藤に対し微笑《ほほえ》みかけた。枢密院議長とロシア公使の議論に首を突っこんだ以上、どのみち名無しのイギリス人ではいられない。このうえ偽名や詐称で罪を増やそうとも思わなかった。

シェーヴィチが目を瞬《しばたた》かせた。「まさかきみは、シャーロック・ホームズか」

カネフスキーは信じられないという表情を浮かべた。「何ヵ月も前に死亡記事がでていましたよ」

伊藤が焦燥のいろとともに応じた。「記事はなんらかの手違いのようです。ホームズ先生は枢密院の顧問としてお招きしたというのが、正確なところです。ただしややこしい事態を避けるため、訂正記事がでるまでのあいだ、ホームズ先生がここにおられることはご内密にお願いしたいのですが」

シェーヴィチの眉間《みけん》に皺《しわ》が寄った。「ややこしい事態を避けるため？　本音はちがうだろう。顧問というが、ホームズ氏の職業は探偵のはずだ。顧問なら教えられることはひとつしかない。スパイ教育のために招いたんだ」

カネフスキーも目を怒らせた。「イギリスと背後で密約を交わしたんですな」

伊藤が首を横に振った。「けっしてそのようなことは……」

ホームズは声高にいった。「いかにもその通り。日本も近代国家に生まれ変わった以上、諜報《ちょうほう》機関を持たねばならないでしょう」

シェーヴィチが憤りをあらわにした。「わが国の目をかすめてスパイの養成など、断じて許せん」

「いえ」ホームズはとぼけてみせた。「密約とか、目をかすめるとか、まるで当てはまりませんな。いまこうして事実を明かしてみせたでしょう。たとえ僕の助言に基づき日本に諜報機関が成立することがあっても、スパイがあなたがたの国に放たれるわけではない。こうして情報を開示しているのだから信用していただきたい」

カネフスキーはシェーヴィチにうったえた。「タイムズ発の死亡記事は、偽装にちがいありません。死んだと見せかけたのは密命を帯びてのことでしょう。日本の諜報機関発足に寄与するのがイギリスの目的です」

シェーヴィチが鋭い目つきを伊藤に向けた。「あなたも呑気《のんき》な人だ。これがイギリスによる植民地化政策の第一歩と気づかないのか。いずれ女王の傀儡《かいらい》政権が誕生する。内乱が頻発し清国の二の舞になる。国民がアヘン中毒にならぬよう警戒しておくことだ」

伊藤がなだめるようにいった。「心配ありません。わが国では江戸幕府の時代から、アヘンは禁止されていたので」

「清国も禁止していたぞ。イギリスが強引に輸入させたんだ」シェーヴィチは硬い顔でホームズを見つめてきた。「本国と相談のうえ、きみに関する死亡の事実をイギリス当局に直接問い合わせる。英国公使館はあてにならんからな。どうせ向こうは知らぬ存ぜぬをきめこむだろうが、そのときは覚悟したほうがいいぞ」

カネフスキーも脅すように告げてきた。「すでに死んでいる人間を殺しても、罪には問われないだろうからな」

イギリスの陰謀と信じて疑わない公使と将校が、容赦のない脅しをかけてくる。ホームズは内心、愉快な気分で応じた。「結構。しかしせっかくこうしてお会いできたのです。あなたがたの問い合わせに対し、イギリスがなんらかの反応をしめすまで、普通にお付き合い願いましょう。僕は逃げも隠れもしないので」

シェーヴィチが詰め寄ってきた。「ホームズ君。わが皇太子殿下を襲った悲劇により、この東洋の小国は混乱の渦中にある。だがそれに乗じ介入を企てようとしても無駄だ。女王にそう報告するんだな。われわれはけっして日本から目を離さん」

それだけいうと、シェーヴィチは踵《きびす》をかえした。カネフスキーもホームズを睨みつけ、シェーヴィチにつづいて立ち去った。

わが皇太子殿下、シェーヴィチはそういった。ホームズは伊藤を見つめた。「ロシア皇太子ニコライになにが起きた？」

伊藤は仏頂面で見かえした。深くため息をつきながら、長い顎鬚を指先で撫《な》でた。

10

中庭の奥には豊明殿《ほうめいでん》という饗宴所《きょうえんじょ》がある。宴《うたげ》の場だけにやはり広々として、壮麗な内装に彩られている。いまは誰もいない。

伊藤はホームズをそこへ連れていき、扉を閉じた。ふたりきりになると、伊藤は堪えていた憤りを表出させた。「どういうつもりなんだ！　あれだけ素性を隠したがっていたのに」

ホームズはがらんとした広間をうろつきながら、妙に上機嫌そうにいった。「そんなに怒らないでくれないか。うっかり僕の名を口にしたのはあなただよ」

「それは」伊藤は思わず言葉を詰まらせた。「たしかにそうだが、まだ誤魔化しようがあった。あんなふうにいったのでは、もう取り返しがつかないだろう。きみは死を偽装したうえ不法入国、私はそのことを知りながら匿った男だ」

「そうはならない。というより、それが発覚するのはひと月も先だよ。あなたはシェーヴィチ公使に、タイムズの死亡記事は手違いだといった。さすが政治家だけにその場しのぎが巧《うま》い。シェーヴィチらは僕をスパイ養成顧問と信じたから、英国公使館の人間には問いたださない。どうせきいてもしらばっくれるだけだろうと思っている」

「ああ」伊藤は納得せざるをえなかった。「シェーヴィチ公使はイギリスに直接問い合わせるといったな。イギリス側で事実をたしかめようにも、スコットランドヤードは死亡と認識しているし、きみがここにいる以上、駐日英国公使館に質問の手紙をだすぐらいしかできない」

ホームズは微笑した。「だが英国公使館ではなにも把握していない。当面、行き違いがつづく。ちょっとした混乱だ。すべてがあきらかになるまでロシア側も強硬姿勢はとれず、僕も自由に動ける」

「しかし、一ヵ月後には責任を問われることになる」

「心配いらない」ホームズは澄まし顔を向けてきた。「あなたは僕から、死亡記事が誤報に過ぎないとの説明を受け、疑いもなく信じたと主張すればいい。渡航できたことがなによりの証明だ、僕からそうきかされたとね」

「それではきみが逮捕される。きみひとりの偽装だったと結論づけられるじゃないか」

「そのとおり。なにか問題あるかね」

「あるとも。きみが犯罪者になってしまうのを、黙って見てられると思うか」

「事実、罪を犯した」ホームズは立ちどまり、虚空を眺めるような目とともにつぶやいた。「モリアーティ殺害の嫌疑をかけられるのは免れない。よく考えてみたんだがね、僕は彼に対し殺意を抱いていた。それ以外に方法がなかったとはいえ、法を超越した判断だ。自分の死を覚悟していたことが免罪になるわけではない」

「だから有罪を受けいれるというのか？」

「どうなるかはわからない。しかし自分の身を裁判に委《ゆだ》ねようと思う。以前にも青いガーネットを盗んだ男を自分の判断で見逃したが、責任はついてまわる」

「本気か」伊藤は驚きとともにホームズを見つめた。「しかしお兄さんの手紙によれば、モリアーティという男の一味にはまだ残党がいて、しかも弟が出張ってきているそうじゃないか。裁判になれば、きみを刑務所送りにしようとする動きも起きるだろう」

「それでもかまわないんだよ。死んでいたとしたら、なにもできなかったんだからね。裁きの行方を知る機会を与えられただけでも、僕は幸運なのかもしれない」

伊藤は思わず唸《うな》った。「ホームズ先生。本当にそれでいいのか」

「ライヘンバッハの崖《がけ》の上に残党が潜んでいた時点で、僕の計画は崩れている。判決に従い、堂々と務めを果たしたうえで、社会復帰する。まだモリアーティの残党が跋《ばっ》扈《こ》していれば、ふたたび対決し打ち負かす」

「どういう心境の変化なんだ。四ヵ月もの航海を耐え抜いたのに」

「迷っていたんだよ」ホームズの顔に翳《かげ》がさした。「生き永らえてから考えようと思っていた。あなたのおかげで、この国で無事に暮らしていける立場を得た。心から有《あり》難《がた》いと感じている。けれども、それではただ生きているだけだ。僕はこの雄大な富士の裾野と呼ぶべき大地で、酸素を二酸化炭素に変えるだけでしかない」

「未来はどうなるかわからん。機が熟するのを待っていればいい。私はそうしてきたんだよ」

「僕はあなたとはちがうよ。探偵だ。生あるかぎりこの頭脳を無駄にしたくない。憲法の草案審議に追われているわけでもないのに、枢密院の全員が集まるほどの事態だ。たぶん国会や司法機関のほうも戦々恐々としているのだろう。ロシアとなにか起きているのなら、僕の知性を役立ててほしい」

伊藤はためらいながらいった。「たしかにこの四ヵ月、日本は追い詰められた状況にある。ロシアとの関係がぎくしゃくしていて、国家の行方を左右しかねない事態だ。悪くすれば戦争にもなりうる」

「日露はわりと友好的な関係にあったはずだが、いつの間にそんなことに」

「これは高度に政治的な問題だ。申しわけないがやはり、探偵であるきみに相談するわけには……」

ホームズが語気を強めた。「僕に恩返しの機会を与えないつもりか」

伊藤は驚いてホームズを見つめた。「恩返し？　そんなものは必要ない。きのうもいったように、私こそイギリスへの恩を返しているんだ」

「あなたにとっては取るに足らないことかもしれないが、僕はあなたに命を救われている。チープサイドのゴロツキは、子供が相手だろうが手加減しない。あなたの勇気あるおこないを忘れた日はなかった」

ホームズの声は静寂に反響した。いつまでも尾を引いているように伊藤には思えた。あれは自分にとってささいな行為でしかなかった。そのほんの数年前まで、斬るか斬られるかの血なまぐさい世界に生きていたからだろう。ロンドンに住む十歳の少年には、強烈な印象を残していたのかもしれない。人生の価値観を変えるほどに。

伊藤はため息をついた。「心意気には感謝する。しかし私たちに起きた事件は、ロンドン市民のいざこざとは趣を異にしていて……」

「探偵という職業を軽んじないでいただきたい。二年ほど前、三国同盟に関し英伊関係を定める重要な文書が紛失したのだが、僕が取りかえした」

「ロシアかフランスのスパイと争ったのかね」

「いや。しかし金と引き換えにそれらの国に文書が渡る可能性はあった。国家規模の一大事だからといって、僕が物怖《ものお》じする人間でないことは理解していただけると思う」

「そこは心配していないよ」伊藤は自分が安堵《あんど》しつつあると悟った。本音では誰かを頼りたかったにちがいない。「ホームズ先生。ひとつききたいんだがね」

「なんなりとどうぞ」

「シェーヴィチ公使との揉《も》めごとから、きみは急に元気になったように見える。察するに、事件に立ち向かうことに使命感や喜びを見いだしているのだろう。きみをその気にさせたのは、本当に私への恩返しのためかね。それとも事件に取り組みたいという欲求かな」

ホームズは目を伏せ、どこか気どったように鼻を鳴らした。「両方かな。伊藤さん。あくまで僕を関わらせまいとするなら、梅子夫人の依頼でも受けよう」

「……家内がなにを依頼する？」

「きっとあなたの行方を知りたがる。午後にでも花街の土を調べてきて、それがあなたの靴に付着していた場合、梅子夫人に報告する」

「おい。それは脅しか？　私はもうきみに相談する気でいたのに」

「結構」ホームズは部屋の隅へ行き、積んであった食卓用の椅子のひとつを引っぱりだすと、腰を下ろした。前傾姿勢で両手の指どうしを這《は》わせる。「では教えてもらおう。ロシア皇太子ニコライになにがあったか」

伊藤も壁ぎわの棚へ向かった。「ここは各国公使を接待する場所としても使われていてね。朝食時には新聞も用意される。英字新聞は、ええと、この辺りだったか」

過去の新聞が溜めてある。五月の欄を探し、一部を引き抜いた。それを開いてホームズに手渡す。「よほど自由のない航海だったんだな。ニコライ殿下の身に起きたことは、世間にも報道されている」

ホームズが新聞を受けとった。一面記事を眺め、深刻そうにつぶやいた。「襲撃されたのか。それも日本国内で」

「わが国最大の湖、琵琶湖《びわこ》の近くでのことだ。前年にはきみらの国からヴィクトリア女王の三男アーサー王子が来日なさったし、海外の要人をお迎えしても心配はいらないと考えていた」

「攘夷《じょうい》の時代でもないだろうしね」

ホームズは新聞を畳んだ。「なにが起きたか一部始終をきかせてくれ」

「あらましはそこに載ってる」

「いや。あなたの口からききたいんだよ。イギリス人記者の見聞とは質が異なるはずだ」ホームズは音楽鑑賞を始めるかのように目を閉じた。「頼む」

伊藤は困惑したものの、自分が説明する以外に方法はないと悟った。ため息とともに告げた。「事件は五月十一日に起きた。きみが滝壺《たきつぼ》に落ちた一週間後だな」

11

ロシア帝国は、ユーラシア大陸の北半分を占める巨大な国家だった。すでに一世紀ものあいだ、地中海方面へ領土を広げるべくオスマン帝国と争っていたが、イギリスの圧力により歯止めがかかった。

よってロシアは、代わりに南下を画策するようになった。清国から日本方面へと支配拡大を狙いだした。寒いロシアでは冬に近海が凍り、船がだせなくなる。不凍港の確保は急務といえた。清国には大英帝国が進出しているため、極東でも英露による勢力圏争いが始まった。

皇帝アレクサンドル三世は、二十二歳の皇太子ニコライに、ウラジオストックのシベリア鉄道起工式典に出席するよう伝えた。ニコライはその前年から、弟や従弟《いとこ》とともに中東とアジアを歴訪していた。最後にウラジオストックへ上陸し、サンクトペテルブルクへ戻る手筈《てはず》だった。

とはいえただの旅行ではなく、最新鋭の巨大軍艦に乗っての訪問であり、各地に軍事力を誇示する外交政策の一環だった。

旅の出発点はヨーロッパで、ウィーンからギリシャへ向かった。次いでエジプト、英領のインドとセイロン、シンガポールと渡り、フランス領インドシナ、オランダ領東インド、シャム、英領香港《ホンコン》、清国の上海と広東《カントン》と旅した。ウラジオストックへ帰る前に、日本にも立ち寄ると伝えてきた。

維新からたった二十四年。近代化して間もない貧困の国、日本にとって、超大国ロシアの皇太子訪問はまさしく一大事だった。しかもニコライは軍艦を降り、日本国内を漫遊する意向だという。

前年にイギリスのアーサー王子が来日し、上村松園《うえむらしょうえん》の『四季美人図』を購入したと報じられたため、負けていられないと思ったのかもしれない。日本側も、ロシア皇太子に対し粗相があっては国際問題になると、万全の態勢で臨むことになった。

接伴委員長には陸軍大佐でもある有栖川宮威仁《たけひと》親王。補佐は川上操六《かわかみそうろく》陸軍中将。通訳は、岩倉使節団の留学生としてロシアに十年滞在した、万里小路正秀《までのこうじなおひで》が務めることになった。

攘夷そのものは過去となり、もちろん法治国家では犯罪となるが、いまだその思想にとらわれる向きもないではない。特にロシアは軍事力をちらつかせ、日本の北方を威圧しつづけてきたため、反感を抱く者も少なからずいるようだった。接伴掛は戦々恐々とし、ニコライの訪日中は警備に全力を注ぐべきと判断、道中に制服と私服の警官を多数動員することにした。

四月二十七日、最新鋭のロシア軍艦が鹿児島へ三隻、神戸に四隻寄港。ニコライの乗った御召艦《おめしかん》パーミャチ・アゾーヴァは長崎に入港した。まるで侵攻も同然の規模だった。

ニコライの弟は、アジア歴訪中に風邪で体調を崩し、予定を切りあげ帰国していた。よって日本への訪問はニコライと、従弟のギリシャ王子ゲオルギオスのふたりだった。日本政府は国賓待遇で迎えた。

スーツにネクタイの私服姿で、ニコライは日本国内の漫遊を始めた。復活祭が近いうえ、ニコライ自身の誕生日も間近に迫っている。日本側は配慮し、ニコライの旅程をさだめなかった。だがそのあいだにニコライはお忍びで長崎の街を散策しだした。

ロマンチック小説の得意なフランスの作家ピエール・ロティの『お菊さん』に影響され、ニコライは本気で日本人の嫁を探したがっていた。実際、駐日ロシア人将校には日本人妻を娶《めと》っている者も多く、ニコライはそれを知りいっそう日本人女性に熱をあげたようだった。芸者を招いての宴は連日のごとくつづいた。

庶民の家も積極的に訪問した。日本人はみな親切で愛想がよく、清国人とは正反対、ニコライは通訳の万里小路にそう打ち明けていた。

よほど日本文化が気にいったらしく、ニコライは右腕に竜の刺青《いれずみ》を彫った。五月四日、ライヘンバッハでホームズがモリアーティを滝壺に叩《たた》きこんだころ、ニコライは長崎県知事主催の歓迎式典を受けていた。その日は有田《ありた》焼《やき》や諏訪《すわ》神社《じんじゃ》を見学した。六日には鹿児島へ入った。薩摩藩最後の藩主、島津《しまづ》忠義《ただよし》公爵は外国人嫌いで知られていたが、ニコライに対しては親密に接した。甲冑《かっちゅう》を着けた老武士百七十人が侍踊りを披露、島津自身も犬追物《いぬおうもの》を披露した。皇太子に随伴していたウフトムスキー公爵は不快そうに顔をしかめたが、ニコライは喜んでいたと複数の証言がある。

九日には瀬戸内海経由で神戸へ寄港、汽車で京都へ向かった。京都では通常、八月の旧盆におこなう五山送り火を、五月ながら特別に実施した。十日に大宮御所や京都御所、東本願寺、西本願寺、二条離宮、賀茂別雷《かもわけいかづち》神社を訪問。飛鳥井《あすかい》家の蹴鞠《けまり》や賀茂競馬も見学した。ニコライは京都がおおいに気にいったようで、かつての首都として日本のモスクワと評した。

そしていよいよ事件の十一日を迎えた。昼過ぎ、京都から琵琶湖への日帰り観光で、滋賀県庁にて昼食をとった。その帰り道だった。

人力車の列は、先導につづきニコライ、ゲオルギオス王子、威仁親王の順だった。さらに随員や武官、荷物運びなどの後続車両も多くいた。大津町の京町通りは、皇太子を歓迎する人々で埋め尽くされていたが、みな頭《こうべ》を垂れるのを義務付けられた。天皇陛下をお迎えするときと同様だった。警備の警官らも最敬礼、すなわち最も深いおじぎをしていた。よって誰ひとり歓声を発する者はなく、静かに粛々と皇太子らが通り過ぎるのを待った。人力車の車輪がきしみ、街頭に並んで掲げられた国旗が微風にはためく。もの音はそれだけだった。

ところがそのとき、警備を担当していた滋賀県警察部巡査のひとりが、突然サーベルを抜きニコライに斬りかかった。巡査の名は津田三蔵。年齢は三十六歳。

ニコライは右耳上部を斬りつけられた。重いサーベルによる斬撃《ざんげき》を受けたため、頭《ず》蓋骨《がいこつ》の陥没をともなう裂傷が生じた。人力車から飛び降りたニコライは、脇の路地へ逃げこんだ。

しかし津田はニコライを追いかけ、なおも斬りかかろうとした。そのときゲオルギオスが竹の杖で、津田の背を打った。津田はひるんだが微動だにしなかった。しかし隙が生じた。ニコライの人力車夫だった向畑治三郎《むこうはたじさぶろう》が、津田の両脚を引き倒した。同じくゲオルギオス付き車夫の北賀市市太郎《きたがいちいちたろう》が、サーベルを拾い津田の首に斬りつけた。

威仁親王は駆けつけようとしたものの、野次馬に阻まれてしまい、津田が取り押さえられたのちようやくニコライに近づけた。ニコライの頭部右側には、十センチ足らずの切り傷があった。深さは外見上わからなかったという。

威仁親王は事態の重大さを悟った。随行員に命じ、急ぎ顚末《てんまつ》を書きまとめさせると、東京の明治天皇のもとへ電報で上奏した。

12

ホームズがきいてきた。「そのときあなたはどうなさったのかな」

伊藤はホームズを見かえした。「むろん急遽《きゅうきょ》東京へ戻った」

「いつごろ?」

「人力車から夜汽車に乗り換え、午前一時に新橋駅に着いた」

するとホームズがあきれたような顔になった。「伊藤さん。ロシア皇太子が来日中だったというのに、そんなときにも暇を見つけて情事とは」

「な」伊藤はあわててホームズに駆け寄った。「なにをいうんだ。私は小田原の別邸、滄浪閣《そうろうかく》にいたんだ。高輪南町の家は売却したし、滄浪閣を本邸にするつもりなんだよ。別邸は新たに大磯に建設する予定だ」

「事実のみをお伝え願いたい。小田原という地名なら、ゆうべ地図でたしかめた。東京とさほど距離もない。滄浪閣という別邸は政府関係者も把握しているだろうし、あなたがおられたのなら、もっと早く連絡がつくはずだ。有栖川宮家が東京市内の別邸を提供したのは、あなたがこの件で滄浪閣にいなかったことを咎め、そうするよう義務付けたからだ。ニコライ皇太子が負傷した日、あなたはおそらく箱根の温泉宿あたりで芸者遊びを……」

なんと鋭い男だ。伊藤は声を張った。「わかった、降参だ。私は塔《とう》ノ沢《さわ》温泉にいた」

「最初からそうおっしゃっていただきたい。それで新橋駅に着いてからは?」

「宮中から迎えの馬車が寄こされていた。この宮城へ急行したが、お上《かみ》は奥宮殿でご就寝あそばされていた」

「お上？」

「天皇陛下のことだよ」

「ではお起こしできなかったと」

「いや。恐れ多くもお上は夜着のまま私を寝室に召し、意見をおききになった」

「陛下はいきなり質問を切りだされたのか？」

伊藤は苦い気分とともに唸った。「最初はお叱りを受けた。ほどほどにするようにと」

ホームズが軽蔑《けいべつ》のいろを浮かべた。「天皇陛下からも心配されているとは」

「もちろん深く反省し、お詫《わ》び申しあげた。だが政治家としての私には信頼を置いておいでだ」

「そうだろうね。でなければ寝室に立ちいらせてはもらえない」

ふと気になり、伊藤はホームズにたずねた。「きみだって暇と金があれば、芸者遊びを試してみたいと思うだろう？」

「まったく興味ない」ホームズは伊藤を見つめてきた。「それで天皇陛下はなんとおっしゃった？」

「お上御《おん》みずから京都へ行幸され、ニコライ殿下に謝罪なさると……。威仁親王が上奏のなかでそのようにおすすめになり、お上もお受けになられた」

「とんでもなくおおごとに発展したものだな」

「それはそうだよ。日本にまだ超大国ロシアと戦える力がないことは、誰の目にもあきらかだ。四千万人が住む島国と、一億二千万人が暮らす大陸の国。ロシアの陸海軍兵力は日本の六倍、海軍軍事費も八倍。到底太刀打ちできるものではない。戦争になれば日本は滅ぶ」

「天皇陛下はニコライにお会いになられたのだろうか」

伊藤はうなずいた。「お上は朝から汽車にお乗りになり、夜には京都に到着なされた。ロシア側の侍医の要請もあって、面会は翌日になり、お上は京都御所にお泊まりになった。翌十三日、ニコライ殿下がおられる常盤《ときわ》ホテルへお見舞いあそばされた」

「あなたは一緒に行かなかった？」

「東京で対処を話し合う緊急会議があったのでね。そのときはさすがに遊んではおらんよ。九時間遅れで京都へ向かったところ、お上がニコライ殿下にお会いになっておられる部屋に、お目通りがかなった。意外だったよ。威仁親王や通訳の万里小路ですら立ち入れなかったのだからね。数年前にお上は式典でニコライ殿下とお会いになられ、私も同席した。それも理由のひとつだったかもしれん」

「ロシア側の警戒心の強さは、取り立てて異常というほどではないね。警官に襲撃された直後では」

「お上はニコライ殿下にお詫びなされた。本来、ニコライ殿下は東京も訪問なさる予定だったので、お上も歓迎の意を伝えられた」

「ニコライはどう答えたので？」

「東京へ行くかどうか、父母の指示を仰がねばならないとの返事だった。だが日本国民の厚意には感謝しているとのことだった」

「皇帝アレクサンドル三世や皇后が、重傷を負った息子に日本見物を継続させるとは考えにくいな」

「そのとおりだ。結局、東京への訪問はなくなった。五月十九日に引き揚げるとの通達があってね。お上はニコライ殿下を神戸御用邸での晩餐《ばんさん》に招待する方針であられたが、これもロシア側に断られてしまった。逆にロシア軍艦内で午餐会を開き、お上をご招待したいと伝えてきた。私は猛反対したよ。政府閣僚らも同意見だった」

「だろうね。そのまま軍艦が日本を離れたら、天皇陛下が誘拐されてしまう」

「お上はロシアを信用するとおっしゃった。午餐は無事に済み、お上も宮城にお帰りになられた」

「勇気あるおかただ」

「二十日、予定より一日遅れてロシア艦隊は帰路についたが、問題はそのあとだ。日本国内は恐怖に包まれた。報復攻撃があるにちがいないとの噂が乱れ飛んだ。学校が休校になったり、神社や寺で祈りが捧《ささ》げられたりした。山形県最上郡金山村《もがみぐんかねやまむら》では、津田という姓や三蔵という名をつけるのが禁じられた。京都府庁前では、死をもってロシアに詫びるとして、女性が剃刀《かみそり》で喉《のど》を突いて自殺した」

はん。ホームズが鼻を鳴らした。

伊藤は面食らった。「笑ったのか？」

「ニコライと個人的な知り合いでもないのに、過剰反応をしめし自分の命を絶つとはね。余計に騒ぎを大きくするだけだ」

ホームズの反応に戸惑ったものの、伊藤は当時の状況をあるがままに告げた。「混乱がひろがったのはたしかだ。死んで償おうとした彼女を賞賛する声もあれば、攘夷とばかりにニコライを襲った津田三蔵を持ちあげる反対意見もあった。ただどちら側の人間だろうと、戦争が起きるにちがいないと考えていた」

「あなたはどう対応なさったのかな。英語が喋れる以上、まずシェーヴィチ公使との会談が待っていたと思うが」

「ああ」伊藤は陰鬱《いんうつ》な気分になった。「彼は私にいったよ。犯人の津田三蔵がどんな刑罰に処されるのか注目している。もし極刑を免れるようなことがあれば、両国の関係はどうなるかわからん、とね」

「けさと同じような脅しだな。事件からもう四ヵ月、まだ同じことの繰りかえしか」

「いや」伊藤は首を横に振ってみせた。「いちどは収束したかに見えた。その後、どうにも理解しがたい事態に陥ったんだよ。ホームズ先生。この謎について、明快に解き明かしてくれると有難いんだが」

13

明治維新が間一髪成功したおかげで、日本は幸運にも欧米の武力行使を免れ、植民地支配を免れた。それが伊藤の認識だった。だがいまのところ、ロシアに対抗できる軍事力はない。おそらくロシアは賠償金もしくは領土の割譲を要求してくるだろう、そう予想した。

事実、シェーヴィチは伊藤にいった。去年アーサー王子が斬りつけられていたなら、イギリスは四国か九州の割譲を要求したでしょう。わがロシア帝国が北海道を求めないとどうしていえようか。ただし津田三蔵が死刑になれば、そのかぎりではないが。ニコライの訪日以前、青木周蔵《あおきしゅうぞう》外相が独断でシェーヴィチと密約を交わした事実もあきらかになった。ニコライが日本国内でなんらかの危害を加えられた場合、犯人には皇室罪を適用する、そんな内容だった。

約束してしまったものは撤回できない。日本政府は、この事件を所轄する裁判官らに働きかけた。刑法一一六条に規定されている、天皇や皇族に対し危害を与えた者に適用すべき大逆罪により、津田に死刑を類推適用すべし。

伊藤はこの方針を支持した。世論が反対にまわった場合、戒厳令を発してでも断行すべきと主張した。東京の伊藤邸に集まった松方首相、西郷従道《さいごうつぐみち》内相、山田顕義《やまだあきよし》法相とも意見の一致をみた。逓信大臣の後藤象二郎《ごとうしょうじろう》は、津田を拉致《らち》し射殺することが善後策になるといった。伊藤は怒りをおぼえた。そんな低レベルの議論をしているのではない。法で罰せられなければ暗殺という短絡的思考では、幕末に逆戻りではないか。津田は判決により死刑に処せられねばならない。

ところが大審院の児島惟謙《こじまいけん》院長が、刑法一一六条の適用に反対した。刑法一一六条は、日本の皇族に対し適用されるものであって、外国の王族への犯罪は想定されていない。法律上、外国の王族は民間人と同じ扱いにせざるをえない。負傷させただけで死刑を宣告するのは、法律上不可能だった。

児島は、政府筋からの働きかけを受けた裁判官たちを集め、真意を問いただした。司法、行政、立法の三権分立がなされなければ近代国家にはなりえない。司法権は完全に独立し、いかなる国家権力の影響も受けてはならない。でなければ諸外国は日本が法を破りうる、信用できない国家と見なすだろう。それでもいいのか。

当初、死刑に傾きつつあった裁判官たちはみな、児島の問いかけに居ずまいを正したらしい。山田法相や西郷内相による裁判官らへの面会申しいれを、揃って拒絶してきた。裁判前に訴訟関係者に会うことは、公正さを欠くというのが理由だった。

裁判官たちは伝えてきた。もし法に従った結果、ロシアと開戦の火ぶたが切られたなら、裁判官らも兵となり日本防衛のため戦う。司法の独立だけは守らせてほしい、と。

すべては五月中のできごとだった。二十七日、異例の早さで津田への判決が下された。刑法二九二条、一般人に対する謀殺未遂罪を適用。判決は無期徒刑。津田は死刑を免れた。

伊藤は愕然《がくぜん》とした。西郷内務大臣を連れ児島に詰め寄った。拳《こぶし》で机を叩《たた》き伊藤は怒鳴った。法律を守って戦争を起こすのか。

児島が静かに答えた。開戦か否かは政府の判断です、そういった。戦争になった場合は裁判官らと同様、児島も戦地に赴くと約束した。

政府は長州藩と薩摩藩の出身者で占められていた。伊予宇和島《いようわじま》藩出身の児島は、圧力に屈しなかった。

判決直後、西郷内相が責任を負って辞職。六月には山田法相も病気を理由に辞任。むろんシェーヴィチに皇室罪適用を密約し、事態をややこしくした青木外相も、すでに左遷されていた。

シェーヴィチは津田の無期徒刑を知り激怒、公使館職員らとともに日本から退去する準備を進めた。すなわち戦争準備だった。命令したのはロシア皇帝にちがいなかった。アレクサンドル三世も裁判の行方を見守り、津田の死刑を望んでいたのだった。

日本の陸海軍は臨戦態勢に入った。海岸沿いの砲台を整備し、日本海に艦隊を展開した。またしても津田を暗殺すべきという意見が政府内に持ちあがり、伊藤は頭を抱えた。

かつて長州藩が無謀にも英米仏蘭四ヵ国との戦争に突入した、あの悪夢の再現だった。ロンドンから日本へ帰り、和平交渉に奔走したものの、事態は変えられなかった。

しかもあのとき、列強の過剰な要求を撤回させたのは高杉晋作だった。その高杉はもういない。

ロシアから宮廷と政府による連名の書簡が届いたとき、いよいよ宣戦布告かと伊藤は覚悟をきめた。だが文面を読んだとたん、長く深い安堵《あんど》のため息が漏れた。

貴国の法規に基づくものであるならば、判決に満足するのほかなし。ロシアは日本の判決を受けいれた。賠償金や領土の要求もなかった。極東の戦争危機は、ロシアの全面的な理解と譲歩により回避された。

ホームズが唸《うな》るようにいった。「なるほど。ふしぎだ」

伊藤は妙に思った。「まだ謎については触れていないよ」

「いや。いまの時点でロシア側の態度が腑《ふ》に落ちない。ロシアは極東の覇権をイギリスと争っている。今回の事態は日本に侵攻するための、またとない口実となりえた。事実シェーヴィチには帰国命令が下っていたと思われる。それがどうして方針を変えたのか」

「後日の新聞も読んでほしいが、ニコライ殿下の帰国直前、ロシア軍艦には日本じゅうから手紙と贈り物が届いたんだよ。軍艦が停泊する港では、人々がひざまずいて合掌した。ニコライ殿下はそれを見て感動したとも伝えられている。きみは一笑に付したが、自害した女性の件も、広く報道されることで国際世論が同情に傾いたと思う。実際ニコライ殿下は、侍従武官長バリャティンスキーの名で感謝状を新聞に寄せている」

「皇太子の心は広かったかもしれないが、父君のアレクサンドル三世がそこまで温厚とは思えんね。アレクサンドル二世はテロリストに爆殺されている。それを機に皇帝の座を継いだアレクサンドル三世は、平和が言葉でなく武力で齎《もたら》されるという信念の持ち主だ。ドイツとの友好を重視したアレクサンドル二世の外交方針を否定し、スラヴ民族の連帯と統一にも冷淡だ」

「書簡には皇帝の署名もあったよ」

「あなたにききたいが、もしロシアが北海道を要求してきたら差しだしたかね」

伊藤は禿《は》げあがった額を指先で掻《か》いた。「仮定の質問には答えにくい」

「正直に」

「いまの日本ではロシアに勝ち目がない……。いや、やはりわからん」

「事実それだけ武力の圧倒的な差があった。アレクサンドル三世がこの機を逃すとは、どうも考えにくい。弱腰外交とも受けとられる。ロシア政府内にも反発があっただろう」

「たしかにギールス外務大臣は、死刑判決が下ったうえでロシア皇帝が減刑を求めるのであれば、ロシアの面目も保たれ万事めでたしと考えていたらしい。無期徒刑という判決にはおおいに不満だったようだ」

「ロシア国民はどうだろう。開戦を叫んだりしなかっただろうか」

「当初ロシアの新聞は、ニコライ殿下を救ったのがゲオルギオス王子ひとりだけであり、日本人は傍観していたと報じた。ロシアの民衆に怒りがひろがったようだが、お上がニコライ殿下を見舞われた事実が伝わると、政府に報道管制が敷かれた。その手の記事は新聞にでなくなった」

「ますます奇妙だ。まるで立場が逆、大国に対する小国の態度だよ。ロシアという国全体が天皇陛下に脅威を感じているようだ」

「お上は偉大であらせられるからな」

「あなたたちにとってはそうでも、アレクサンドル三世が他国の君主を恐れるとは思えんね。オスマン帝国を侵攻しイスタンブールまで進撃した男が、なぜ手をこまねくのだろう。シベリア鉄道も極東進出のため敷設するのに」

伊藤は思わずむっとした。「なら事態はきみの納得するほうへ向かったわけだ。七月になり、状況はまた蒸しかえされた。日本海をロシアの軍艦が埋め尽くしている。シェーヴィチが津田三蔵の裁判やり直しを要求してきた」

「いったん書簡で認めたものを、またひっくり返したのでは、それこそロシアの国際法違反だと思うが」

「ところが連中は、いまさら青木外相が密約時に交わした公書を持ちだしてきた。先に書面にしたものがあるなら、そちらが優先されるというんだ。まるで皇帝や政府はその件を知らなかったといわんばかりだ」

「ふん」ホームズが鼻を鳴らした。「アレクサンドル三世が本来の姿に戻ったわけだ」

「それが、皇帝の意向ばかりでもないらしくてね。日本への強硬姿勢を呼びかけているのは、ほかならぬニコライ殿下らしい」

「ほう。皇太子までもてのひらを返したのか」

「きくところによれば、公の場でも私たち日本人を黄いろい猿呼ばわりしている。野蛮人で信用できず、殲滅《せんめつ》すべき民族であるとまで主張したとか」

「頭蓋骨《ずがいこつ》が損傷するほどの怪我《けが》を負わされたのだから、そういう暴言を吐いてもおかしくない。あるいは脳の機能に異常を生じたか。後遺症がひどくなり凶暴になったとも考えられる」

ありえないと伊藤は思った。「ニコライ殿下の怪我はたいしたことなく、いたって元気そうだった。お上にお見舞いいただいたことに、むしろ申しわけなさそうな態度をとっていた。ロシア側の政府関係者や軍人からも、ニコライ殿下は日本を憎んでおらず、ひたすら恐縮し感謝していたとの証言がある。日本に対し事件前と変わらぬ親しみをしめしていたというのは、報道のとおりのようだ」

「なるほど、たしかに興味深い謎だ。ニコライの気まぐれに留《とど》まらず、海軍が動いている。宮廷や政府の態度が二転三転。父君アレクサンドル三世とニコライは、いまや足並み揃えて強硬論か」

「皇太子が帰国後、皇帝から強く説得されたのではという説もあるが……」

「だとしても以前の親日姿勢をかなぐり捨て、日本人を黄いろい猿呼ばわりとは、極端すぎる変化だ。皇帝がもともと日本を倒したがっていたのなら、当初から息子の心情など脇に置き、戦争を始めただろう。なぜ書簡を送り、いったん矛をおさめたか説明がつかない」

「シェーヴィチ公使は本国の方針に振りまわされている。私たちはもっとだ。今度こそ賠償金や領土の要求があるかもしれん」

「ニコライ襲撃の実行犯、津田三蔵という男は、どこに収監されているのかな」

「北海道だよ。釧路《くしろ》集治監で刑に服してる」

「動機などの取り調べはおこなわれていないのか」

「急ぎ判決が下されてしまったからね。事情聴取はなおざりのままだ。刑が確定した以上、捜査は打ち切られている」

「喜ばしいね」ホームズは立ちあがった。「警察が動けないとなると、僕のような職業の人間の価値が高まる」

伊藤はきいた。「これからどうすればいい」

「いま東京湾の港にロシアの軍艦が大挙して停泊していると思うが」

「ああ……。たしかに、芝区の品川台場に九隻来ている。どれも中型艦だが」

「ならそこへ向かおう」

「いまからか？　そもそも軍艦が来ているとどうしてわかった？　きのう港まで行ったのか」

「いや。あなたの家を探しまわっていたんだから、港湾になど寄りつかんよ」ホームズは新聞を椅子の上に置いた。「さあ行こう。ふたりで日本を戦争の危機から救おうじゃないか」

ホームズの声は弾んでいた。表情も生き生きとしている。身のこなしまで機敏になっていた。伊藤は半ば呆気《あっけ》にとられながらホームズを眺めた。多様な問題を抱えていながら、まるでそのことを感じさせない。死人とは思えないほど元気だった。

扉に向かいかけたホームズが、ふと静止した。「そうだ。ひとつきいておきたい」

「なんだね」

「シェーヴィチは、イギリスが日本の支配を狙っていると信じたうえで、きみにいった。国民がアヘン中毒にならぬよう警戒しておくことだ、と」

「ああ。それがなにか？」

「極東ではそういう認識なのだろうか。アヘン戦争を起こしたのはイギリスだと」

「あの戦争はイギリスに起因している。それは否定できんだろう」

ホームズが難しい顔になった。「ふうん……」

「だからといってイギリス人を嫌いになったりはしないよ。政府や軍の意向もあるだろうし、そのときの決定者の責任だろう。歴史を振りかえれば、どんな国にだって瑕《か》疵《し》はある」

だがホームズは浮かない表情のまま、黙って歩きだした。扉を開け、足ばやに外へでていく。

伊藤は怪訝《けげん》な思いとともに後を追った。変わった男だ。天才的な頭脳を有しながら、心の浮き沈みが極端なまでに激しい。

14

ホームズは伊藤に、側近を同行させないよう勧めた。馬車も菊花紋章のついていない、ふつうの車両を選ばせた。伊藤は副議長と書記官長に、なにか抜けだすための言いわけを伝えたらしい。副議長らは困惑顔だったが、それは伊藤の普段のおこないのせいだろう。枢密院としてはきょう議長を欠いたとしても、差し迫った議題はなさそうだった。

大物政治家が護衛もなく外出するとなれば、緊張して当然に思える。だが伊藤に怖《お》じ気《け》づいたようすはいっさいなかった。堂々たる態度は、ロンドンのチープサイドでゴロツキを前にしたときと共通していた。政界の頂点を極めたとはいえ、波乱の人生を送ってきた元藩士ならではだろう、ホームズはそう思った。ただ日本においては、頑固者は伊藤にかぎらないようだ。

ふたり並んで馬車に揺られながら、ホームズはいった。「大審院というのは、イギリスにおける最高法院のことだな。児島惟謙という院長は、あなたの要請を退けた。

法治国家の成熟に、よほど執念を燃やしてるんだろう」

伊藤がうなずいた。「あんなに手ごわい男はほかにおらんよ。だがそのぶん信頼が置ける。いわれてみれば司法の独立は重要だ」

ホームズの視線は自然に落ちた。「兄のマイクロフトは、あなたの力が司法にもおよぶといっていた。いまにして思えば、兄も日本の三権分立は確立されていないと思っていたんだろうな」

「私が枢密院議長になったのは六月からだが、どんな立場であれ児島がいるかぎり、大審院への働きかけは無理だ。もしきみが死を偽って入国したことが問題視された場合、児島に対し私にはなにもできない。だから家に匿《かくま》うしかないと思ったんだ。不安にさせてすまない」

「いや、いいんだ。すべて僕のせいだよ。ここが極東であることに感謝だ、一ヵ月の猶予があるのだからね」

伊藤はため息をついた。「正直、気が重いよ。私はいちど児島が正しいと認めた。そしてまたロシアが難癖をつけてきて、前と同じ状況に陥った。今度も私が津田三蔵の死刑を求めるかといえば……」

「さすがに良心が咎《とが》めるだろうな」

「ああ。司法の独立を尊重すれば、そんなことはいえない。いまとなっては特に」

「いまとなっては？　どういう意味かな」

「日本が法治国家たる必要を、いっそう強く感じたんだ。きょうになってね」

「なぜきょう思いを強くした？」

伊藤は微笑した。「さてね。きみはいつも謎めかした物言いをする。私もいちどぐらい真似させてもらいたい」

ホームズは鼻を鳴らし、前方に向き直った。不可解なことがあると悟られるのは、ホームズにとって腹立たしいことだった。いまは平然としていればいい。

だが複雑な感情もこみあげてくる。伊藤さん、とホームズはつぶやいた。すぐにためらいが生じた。「なんでもない」

「なんだ？　どんなことでもいってくれ」

「……司法の独立を尊重するということは、法に重きを置くわけだな」

「もちろんそうだ」

「凶悪犯に対してであっても、私刑を加えるのは好ましくない。いまではそういう考えか」

「きみがモリアーティを殺すのでなく、警察に逮捕させ裁判にかけるべきだったかどうか、それをたずねているのか？　法治国家としては絶対条件だろうな」

「やはり」ホームズはささやいた。

「だが」伊藤はホームズを見つめてきた。「私だって幕末のおこないすべてについて、裁きがあったわけではない。不可避だったと周りが認めてくれたんだ」

「周りというのは長州藩の仲間か。僕の場合、味方はわずかしかいない」

「マイクロフト君とワトソン博士か？」

「兄は保身を気にしているだけだ。ワトソンひとりだよ」

「ホームズ先生」伊藤は穏やかにいった。「私の恩師、吉田松陰先生がおっしゃっていた。過ちがないことではなく、過ちを改めることを重んじよ」

「過ちを改めているつもりでも、それが正しいかどうか、誰がどう判断する？」

「自分で判断するしかないだろう。あなたは賢い。間違っているはずがないよ」

ぐらついていた心に均衡が生じてきた。ホームズはつぶやいた。「ありがとう」

「こちらこそ」伊藤はそういったものの、すぐに笑いを浮かべた。「いや、私から礼を口にするのはまだ早いな。戦争の危機を回避してもらわないと」

ホームズは思わず苦笑した。「もちろん。まかせてほしい」

馬車の窓から見える景色が、急に開けた。横浜とはまた趣の異なる港が、視界にひろがった。

淡い秋の陽射しに海面が煌《きら》めきを放っている。波は穏やかだった。手前の海岸には漁師の小舟ばかりが乗りつけている。浜辺にいくつもの洋館が建ち並んでいた。近海に点在する小島は石垣に囲まれ、船が接岸可能な桟橋と埠頭《ふとう》を備えている。

伊藤がいった。「台場という地名は、砲台があったことに由来する。幕府がペリー艦隊を追い払うため、急いで築きあげたんだが、ペリーはここを去り横浜に上陸しただけだった」

「いまは大砲もなさそうだが」

「この辺りの海岸近くは浅瀬だ。大きな船では座礁する。沖にある砲台用の人工島なら接岸可能だから、すべて停泊用に改造されたんだ」

馬車は小高い丘の上が行き止まりだった。ほかにも多くの馬車が並び、賑《にぎ》わいを見せている。ホームズは外へ降り立った。微風が潮の香りを運んでくる。

ホームズの注意が喚起された。小ぶりな帆走蒸気式の装甲艦、外見上は見分けがつかないほどそっくりな船体が九隻、海上に浮かんでいる。形状からしてロシア軍だろう。この海域はロシアが独占しているといわんばかりに、堂々と陣取っている。三隻が左舷を人工島に接岸、その向こうに三隻が同じように縦列に並んで浮かび、さらに奥にもう三隻が連なる。縦横三隻ずつの配置。まるで海軍の観閲式における新鋭艦のお披露目だった。

伊藤が近づいてきた。「二日ほど前にやってきた。人工島に接岸している三隻のうち、先頭が旗艦のコンドラト。その向こうがケサーリという艦名らしい」

「どうちがうのかな」

「さあ。ニコライ殿下の御召艦パーミャチ・アゾーヴァよりは、どれもずっと小さい。駆逐艦かもしれんが、性能の詳細は不明だよ」

「ほかの艦の名は？」

「それもわからん。ロシアが近づくのを許していないので」

「頼りないな。ペリーの黒船が来た時代に逆戻りか」

伊藤は苦虫を噛《か》み潰《つぶ》したような顔になった。「わが国がいかに追い詰められた状況か、わかってもらえたかな」

ホームズは黙って歩きだした。丘を下り、浜辺の洋館が連なる一帯へと向かっていく。伊藤が戸惑いがちについてきた。

その区画は塀に囲まれていて、ゲートにはロシア海軍の軍服が控えていた。ホームズが近づくと、ふたりの若い兵士らが行く手を遮った。

軽く会釈をし、ホームズは兵士たちにきいた。「英語を話せる人をお願いしたい」

すると兵士のひとりが、ロシア訛《なま》りの英語を口にした。「なんの用だ」

バッジから階級が読みとれる。матрóс 1-й статьи́。ロシア語はわからずとも、それが上等水兵を意味するとホームズは知っていた。バックルに刻んである名も一瞥《いちべつ》した。ホームズはいった。「ミトコフ上等水兵。旗艦コンドラトの艦長にお話がある」

だがミトコフは、カネフスキー中佐ほど鈍感ではないようだった。下っ端だけに自分の名を知る人間が多くないと認識しているせいかもしれない。ミトコフは鋭く睨《にら》みつけてきた。「わが海軍と関係のある要人しか立ち入れない。約束はおありか」

伊藤がミトコフにいった。「こちらはイギリスから招いた顧問だ。私は……」

ホームズは素早く片手をあげ伊藤を制した。ミトコフを見つめて告げた。「お目通りを頼む」

ミトコフに動じたようすはなかった。「コンドラト以外の艦をご存じか」

「ケサーリなら」

「ほかの艦は？」

「……ほかといわれると？」

「いま碇《いかり》を下ろしている艦を把握してもいないのに、関係者とは滑稽《こっけい》だ。お引き取りを」

伊藤が憤りの表情を浮かべた。「無礼な。私たちはだな……」

ホームズは伊藤の腕をつかんだ。伊藤が言葉を切り、ホームズを見かえした。ミトコフは頑《かたく》なな態度で立ちふさがっている。ホームズは伊藤をうながし、ミトコフに背を向け歩きだした。

門から遠ざかりながら、伊藤が不満そうに告げてきた。「私が身分を明かせば、なかに入れる」

「いや。入れるのではなく、あなたのもとに艦長が出向くだけだ。伊藤枢相では地位が高すぎる。内情を探るには特別待遇を受けず、ふつうに侵入せねば」

「ロシアが脅しに寄《よ》こしただけの艦隊に、なんの用があるんだね。そもそもどうして艦隊が来ているとわかった？　まだ答えをきいていないが」

ホームズははぐらかした。「あの上等水兵は慣れた口ぶりだった。常に艦名をたずね、通行を許すかどうか決めているんだろう」

海上を眺めた。船体に名称は見当たらない。

伊藤が察したようにつぶやいた。「ロシアの軍艦は、艦名を大書しない。だが国際条約に基づき、右舷と左舷にごく小さく艦名を英語表記している。船首と船尾にも刻んである。接近しないかぎり見えんだろうな」

「倍率の大きな望遠鏡を持ってくれば、手前の船についてはわかるかもしれない。だが二列目以降は陰になって見えないし、沖にでても中列の三隻は判然としない。おや、あれは？」

九隻のロシア軍艦が居座る海域は、何人《なんぴと》も寄せつけないかと思いきや、ちがうようだ。漁師の漕《こ》ぐ小さな船が、艦と艦の合間を縫うように、岸へ向かってくる。

伊藤がいった。「漁師は通行が許されているんだよ、仕事だからね。ただし厳しい規則がある。かならず南東から接近し、北または西へ一方通行に抜けねばならない。引き返そうとしたとたん拿捕《だほ》される。減速も停泊も許されない」

ホームズは水平線の彼方を指さした。「沖が東だな？」

「そうだ。漁師が海にでるのはここじゃないから、帰りに通りかかるにすぎない。彼らに成りすまして軍艦をひとまわり見物するなどは不可能だ」

海を正面にして左手、砂浜に漁師の船がいくつも乗りあげている。例によって半裸の男たちが仕事を終えたところだった。獲《と》った魚の陸揚げ作業に追われている。あたってみる価値はある。ホームズはそちらへ歩きだした。「漁師にきいてみよう」

伊藤が歩調を合わせながらいった。「艦名なんか読めるかどうか」

「漁師は目がいい。それに日本では庶民ですら英語教育を受けているだろう。きのうそう確信した。あるていどわかるだけでもいい」

忙《せわ》しく立ち働く漁師たちに、ホームズは近づいた。「おはよう。お尋ねしたいんだが、通ってくるとき艦名を見たかね」

漁師らは眉《まゆ》をひそめてホームズを見つめてきた。当然の反応だった。ホームズは伊藤を目でうながした。伊藤が気の進まなそうな顔で、日本語を発した。

白鬚《しらひげ》の男が伊藤博文だと気づいたようすもなく、漁師のひとりがなにか喋《しゃべ》った。伊藤が通訳した。「ジグザグに通り抜けたが、どれがどれだったかは覚えていない。読み方が正しいかもわからないが、ケサーリ、コンドなんとか、ラスなんとか、クリなんとかと書いてあったと思う。見た順番は不明だ」

「ふうん」ホームズは漁師らを見渡した。「ほかに誰か……」

別のひとりが応じた。ホームズは伊藤の通訳に耳を傾けた。「ケサーリとクリなんとかってのは俺も見た。ただどのルートを通ったか記憶していない。ティムルだとかWなんとかもあった。通りかかったのはそれら四隻だけだ」

さらにもうひとりが告げた。「俺はどう通ったか、よく思いだせない。ただ七隻見た。コンドラト、ヤなんとか、草履みたいな名、ケサーリ、アルセン、あとWなんとかかっていうやつ」

ホームズはきいた。「それだと六隻だが」

伊藤の通訳後、漁師は苦笑いを浮かべた。「あとは覚えてないな。順番もばらばらだよ」

ほかの漁師らは首を横に振るばかりだった。やはり大半は艦名など気にかけてもいないらしい。伊藤が当惑のいろを濃くしている。

だがホームズは漁師らに頭をさげた。「ありがとう。おおいに参考になった」踵《きびす》をかえし、来た道を逆戻りする。伊藤が小走りに追いかけてきた。「いったろ。漁師たちじゃあれが限界だ」

「充分だよ。そうは思わないか」

「わかったかぎりの艦名を並べ立てたところで、あの上等水兵はもっと突っこんだ質問をしてくるだろう。今度は門前払いどころか、身柄を拘束されるかもな」

「もっと楽観的に考えようじゃないか」ホームズは砂浜の看板を指さした。「ここへ来てから、漢字にひとつの特徴が見てとれる。左側に三つの点が記されていることが多い」

「ああ。さんずいだな。水飛沫《みずしぶき》を表している。これは海《シー》で、こっちは波《ウエーヴ》」伊藤は

〝泳〟という漢字を指ししめした。「この字はスイミングを意味する。察しのとおり、水に関係する字ばかりだよ」

「勉強になる」ホームズは歩きつづけた。「朝子さんからも漢字の基礎を習った。彼女の教え方は、あなたに似てうまい。教師が向いているんじゃないかと思う」

「朝子が教師に？」伊藤が苦笑した。「ならいいんだがね。きみの前では猫をかぶっている」

「猫を……？」

「あ、いや。日本じゃそう表現するんだよ。彼女は羊の皮をかぶったオオカミ《シーズアウルフインシープスクロジング》ってことだ」

「家で荒れるのは、あなたに原因がある」

「だからそれは、重々承知しているといっているだろう」

また門の前に着いた。ミトコフ上等水兵が、着飾ったドレス姿の婦人に通行を許している。弛緩《しかん》した表情を浮かべていたが、ホームズと伊藤を見ると、ふたたび醒《さ》めた顔つきに戻った。

ミトコフがきいた。「まだなにか？」

ホームズは堂々といった。「さっきはすまない。ロシア公使館の友人に艦名をきいてくるのを忘れたのでね」

「友人？」ミトコフは嘲《あざけ》るように口もとを歪《ゆが》めた。「なら旗艦の斜め後ろは、なんという艦名かな」

伊藤が表情をひきつらせた。こんな質疑応答を切り抜けられるはずがない、そう思ったのだろう。

だがホームズは動じなかった。「ラスカーのことか。一八八七年二月十日、バルト工場にて起工。翌年十月十日進水、就役はさらに翌年の七月一日だ」

ミトコフが目を剝《む》いた。あわてたように付け加える。「ケサーリの奥は？　北東に停泊する艦だが」

「ティムル。ラスカーの改良型で一八九〇年五月十一日就役。九隻はいずれもヴラジーミル・モノマフ級だが、ティムルは最速だ。先陣を切れる北東にいるのもうなずける」

「な、南東にある艦は……」

「ミトコフ上等水兵。くだらないお喋りをいつまでつづける気だね。いずれ下士官をめざしたいのなら教えておこう。コンドラトの真後ろでヤコフが停泊中だが、最も沖側でティムルの背後に控える二隻、クリメントやワレリーの整備を優先したほうがいい。新鋭艦でも故障があっては役に立たん。最後尾にザウルやアルセンを配置するのは当然の判断だろう。僕はイギリス人だが、シェーヴィチ公使やカネフスキー中佐に一目置かれ、海軍力増強について助言を求められている。人事に関しても口出しせんとは限らんぞ」

ミトコフはあわてたようすで脇にどいた。「申しわけありません。大変失礼をいたしました」

「わかればいい」ホームズはそういって門を抜けた。

伊藤も政治家だけに、眉ひとつ動かさずついてくる。区画内は洋風の街並みだったが、ロシアの軍服と、その家族らしき婦人や子供らが往来していた。ロシア以外の外国人はほとんど見かけない。この港は半ばロシアの占領下にあるようだ。伊藤が戦争を危惧《きぐ》するのも当然だった。

角を折れると、それまで澄ましていた伊藤が、ふいに興奮をしめしながらきいた。「なぜ艦名や位置がわかったんだね？　それも起工から就役の年月日まで」

ホームズは人差し指を唇にあて、伊藤に小声で話すよううながした。「なに、初歩さ。あの上等水兵が少々生意気だったので、こらしめてやっただけだ。ヴラジーミル・モノマフ級の軍艦なら、新聞で紹介された物については頭に入っていた。クリなんとかといわれればクリメント、ヤなんとかはヤコフ、ラスなんとかはラスカー、Wで始まるのはワレリーしかない。ゾウリみたいといえばザウル。ただ図面や写真は見たことがなかったので、どれがどれかはわからなかった」

「あの漁師らの証言じゃ、位置なんか割りだせないだろ?」

「そうでもない。漁師の到達点は浜辺の北端だ。ようするに南東から近づいて北西へ抜ける。最も西寄りの三隻の、接岸している側は通れない。ひとり目はジグザグに進んだといった。最初から最後尾の艦と艦のあいだを通ったんじゃ、そうはならない。まず南東の艦の右舷を通り、その舳先《へさき》で西へ折れ、次を北へ、次を西へ、最後に北へと抜けたんだ」

「だが彼は艦名しか記憶していなかった。見た順番は忘れていただろ。あとのふたりはどう通ったかも思いだせなかった」

「伊藤さん。せっかく情報を得たのだから、それを有効に活用するため頭脳を働かせるべきだよ。ふたり目は四隻しか見ていないといった。通りうるルートで四隻のみというのは、最も沖寄りの三隻の右舷を通過し、西に折れたとしか思えない」

「なるほど」

「したがって沖側の三隻は順不同でクリメント、ティムル、ワレリーとわかる。だがクリメントはひとり目も見ているので、北東角の艦はクリメントではない」

「……難しくなってきたな」

「三人目は七隻の名を見ている。それが可能なのは、南東の艦の右舷を通り、舳先を西に折れ直進、二隻先を北へ折れるルート。あるいは最初から二隻の後ろを西へ向かい、最後に北へ折れて直進した。そのいずれかしかない」

「きみがいうならそうなんだろうな」

「彼はワレリーを見ていた。よって北東の角はワレリーでもない。消去法でティムルになる。クリメントとワレリーが、南東の隅とその前の艦のいずれかなので、ひとり目が見たラスカーが中央の艦になる。残っているのは接岸中の前から二番目の艦と、その後ろの艦、さらにその東隣りの艦だが、通路をはさんで向かいあっているのは最後尾の二隻だから、これらがザウルとアルセンだ。三人目は、さっき説明したふたつのルートのうち後者を通っている。よって接岸中の前から二番目はヤコフ」

「……待ってくれ。ぜんぶ位置がわかってたわけじゃないのか？　クリメントとワレリーは、どっちがどっちの位置かわからないんだろ。ザウルとアルセンもだ」

ホームズは思わず笑った。「その通りだよ。だがミトコフ上等水兵が、中央にある艦名を真っ先に尋ねるであろうことは予想がついた。前後左右、どこからも見えづらい艦だからね。不明なところを質問されたら、わかっている範囲のことをありったけの知識とともにまくし立て、押し切るつもりだった」

伊藤は心から感銘を受けたように顔を輝かせた。「ホームズ先生。素晴らしい知恵と度胸だ」

ほどよい褒めぐあいに、ホームズは満足してうなずいた。「ありがとう。ではロシア側にどんな動きがあるか探るとしよう」

ホームズは歩きだした。足取りが軽くなったとみずから感じる。伊藤が歩調を合わせてきた。辺りを行き交う人々の姿を、ホームズは絶えず観察した。

伊藤が怪訝そうな顔できいた。「ここになにがあると予想しているんだね？」

「あなたの話では、七月以降にロシアが二度目の強硬姿勢をしめしたとのことだった。それから二ヵ月経《た》ったにしては、けさのシェーヴィチ公使の慌てぐあいは尋常でなかった。よほどせっつかれたと考えられる。すなわちシェーヴィチの恐れる大物が来日している」

「そんな報《しら》せは受けていない。港にいるのも中型艦ばかりだよ」

「お忍びの来訪だろう。事実を隠蔽《いんぺい》するためか、御召艦では海を渡らなかった」

伊藤が驚きのいろを浮かべた。「ニコライ殿下がお越しになっていると？」

「まだわからんが、けさのシェーヴィチの態度からすると充分ありうるだろうね。さすがに皇帝が来ているとは思えないし、皇太子なら妥当……」

ホームズははっとして立ちどまった。片手をあげ伊藤の動きも制する。

前方に見える煉瓦《れんが》壁の建物の前で、フロックコートと軍服が数名ずつ入り乱れ、立ち話をしていた。うちふたりは見覚えのある顔だった。

カネフスキー中佐が先に気づく反応をしめした。たちまち表情がこわばる。隣りで別の人間と会話しているシェーヴィチに、カネフスキーがささやきかけた。シェーヴィチの目がこちらを向いた。やはり硬い顔になった。

シェーヴィチは周囲にロシア語で話しかけた。別れを告げたらしい。一同は解散し立ち去っていく。シェーヴィチとカネフスキーのふたりだけが残った。

伊藤が歩み寄り、深々と頭をさげた。「公使。けさがたはどうも」

「なんだね」シェーヴィチは怒りのいろを浮かべた。「こんなところへ立ち入るとは、まったく非常識な。即刻退去願おう」

ホームズは近づきながらいった。「妙ですな。ここは品川台場、東京の一部でしょう。ロシアが武力にものをいわせ、半ば不法占拠しているからといって、伊藤枢相が入れないとは思えませんが」

シェーヴィチが苦々しげに睨みつけてきた。「きみには門戸を開いてはおらんぞ、ホームズ君。まんまと入りこむとは、さすが女王の手下きってのドブネズミだな」

「皇太子殿下がお越しと知り、枢相ともどもご挨拶《あいさつ》にうかがわねばと思ったしだいでして」

カネフスキーが噛みつくようにいった。「どこでそんな話を……」

即座にシェーヴィチがカネフスキーを押し止《とど》めた。カネフスキーが口をつぐんだ。

シェーヴィチはホームズと伊藤をかわるがわる見つめてきた。「なにか勘違いしておられるのではないかな。海上に御召艦など存在しないが」

ホームズは平然と告げてみせた。「中央でほかの艦に守られているラスカーこそ怪しい。それ以外にあんな配置での停泊はありえない」

「死人のくせに嗅《か》ぎまわるのはよしてもらおう。営倉に叩きこまれたいのか」

「僕になにかあったら、ここで起きていることを大英帝国に知らせるようなものだ」

シェーヴィチが頰筋《きょうきん》をひきつらせた。カネフスキーも押し黙ってシェーヴィチに目を向けた。

ブラフだった。イギリスの送りこんだスパイだと信じさせておけば、好都合な点が多々ある。少なくともいまのところは。

カネフスキーが唸るようにつぶやいた。「ホームズ。死んだと見せかけて海を渡りスパイ行為に及ぶとは、国際倫理上許されない。証拠が整いしだい告発してやる」

「日本の港の不法占拠は、国際倫理上許されるのかな」

シェーヴィチがさも不快そうに告げてきた。「ここは金を払って借りている。洋上に課した制約も、日本側との協議のうえだ。伊藤枢相にきいてみろ」

ホームズはシェーヴィチを見つめた。「協議といっても武力行使をちらつかせてのことでしょう。侵攻も少しずつ段階的におこなえば欧米諸国に悟られにくい。しかし僕がいる以上そうはいきません。ロンドンへ報告させていただく」

シェーヴィチが頭を掻きむしった。「お互い虫が好かん。とりあえず穏便に済ませ、ここから立ち去ってもらうにはどうしたらよいのかな」

「大津におけるニコライ皇太子襲撃事件の真相を知りたい」

「それは伊藤枢相に相談したまえ。襲撃犯は日本国内で逮捕され、収監されているではないか」

伊藤がシェーヴィチにいった。「私は腑に落ちないのです。いちど納得していただいたはずなのに、どうしてまたこんなことになっているのか」

「きっかけは日本だ。津田三蔵に必要な裁きを下すのを怠ったため、皇太子殿下がお怒りになった。皇帝陛下もご同様だ」

「あとになって怪我のぐあいが深刻になったとか？」

「そういうわけではない」

「なら皇太子殿下にお目にかかり真意をうかがわなくては」

「不可能だ。いまやたとえ天皇であっても、皇太子殿下に謁見願うことはかなわん。猿《マカーキー》とは口もききたくないとおっしゃっている」

ホームズが笑った。「猿ね。じつに興味深い。一時は結婚相手まで探していた日本人を、そこまで嫌うとは」

伊藤がシェーヴィチを見つめ神妙にいった。「お目通りがかなわぬのなら、五月のニコライ殿下のご来日時、随伴していたロシア関係者にお話をうかがいたい」

「なんのためにだね」

すかさずホームズはいった。「皇太子殿下のお心変わりの理由を知るためです。本人が駄目なら、一緒に旅した近しい人に見解をきくのが道理でしょう」

シェーヴィチの醒めた目がホームズに向けられた。「ギリシャへ飛んでゲオルギオス王子にお会いしたらどうだ。亡霊なだけにどこへでも出没可能だろう」

「僕はあなたがたの誠意に期待しているのですが」

カネフスキーが口を固く結んでシェーヴィチを見つめた。

シェーヴィチは渋い顔になった。「伊藤枢相。仮に要請をきいて、当時のニコライ皇太子殿下の随伴者に引き合わせたら、今後このイギリス人をうろつかせないと約束してくれるか」

伊藤はホームズを見上げてきた。ホームズはうなずいてみせた。シェーヴィチに向き直り伊藤がいった。「いいでしょう」

するとシェーヴィチの目が怪しく光った。「知っての通り皇太子殿下は、去年から中東とアジアを歴訪し、最後に日本にお立ち寄りになった。ロシアからの随伴者は、宮廷による厳重な審査のうえ選ばれた。そのなかの人物であればいいのだな?」

「ええ。実際に皇太子殿下の旅のお伴《とも》を務めたのであれば」

「事前に文書で確認させてもらう。あなたの署名捺印《なついん》がなされたら、随伴者をあなたのもとへ寄こそう」

「結構ですな。いつそうなりますか」

「きょうの午後にでも。宮城でお待ちになるといい。うちの法務担当者が文書を持ってうかがい、問題なければ、次いで随伴者を向かわせる」

ホームズはつぶやいた。「すると随伴者はいまここにいるのか」

シェーヴィチはホームズの言葉を無視する態度をしめし、踵《きびす》をかえしながらいった。

「ここからはすぐにお立ち去り願おう」

カネフスキーが苛立《いらだ》たしげにホームズを一瞥し、シェーヴィチの後につづいた。ふたりは振りかえることもなく立ち去った。

伊藤がため息をついた。「これ以上、ことを荒立てられんよ。いったん引き揚げるしかないと思うが」

「やむをえないだろうね」ホームズは海上に浮かぶ九隻の艦を眺めた。「だが進展はあった。この騒動の最重要人物、ニコライがすぐそこにいるとわかったのだから」

15

午後一時すぎ、ホームズは伊藤とともに明治宮殿の枢密院議長執務室にいた。最初に訪ねてきたのは、ロシア公使館の法務担当者だった。シェーヴィチが突きつけた条件をまとめた書面を差しだし、伊藤に署名捺印を要求した。

ニコライの随伴者二名の写真と履歴書も添えてあった。ひとりはソスラン・チェーホフ第八等参事官補、四十六歳。国家資産省勤務。ちぢれた赤毛で小太り、丸眼鏡をかけている。ロシア帝国の組織は複雑で、官吏と軍人の位階が混ざり合っているが、この肥満体ではまぎれもなく官吏だろう。ホームズはそう思った。参謀を長く務めていたようだが、それよりイギリスへの留学経験により英語が達者なことが、随伴者として採用された理由らしかった。

もうひとりはアンナ・ルシコワ女史、三十七歳。貴族出身で大学講師を経て、やはり国家資産省に勤務。英語とフランス語に堪能《たんのう》。ほっそりと痩《や》せた生真面目そうな顔つきの女性だった。ふたりともロシア宮廷が選抜した随伴者としての証明書が添えられている。

伊藤が署名を終えると、法務担当者は馬車で立ち去った。三十分ほど経過し、別の馬車が到着した。写真のままのチェーホフ参事官補とルシコワ女史が、執務室を訪れた。ふたりとも腰が低く、とりわけチェーホフのほうはどちらかというと頼りなさを感じるぐらい、おどおどとした態度をしめす男だった。

これはまずいとホームズは思った。仕事には真剣に向き合うタイプだろうが、ニコライの近くでてきぱきと物事をこなすようには見えない。随伴者といっても副次的な役割だったのでは。

面会して数分と経たないうちに、ホームズの危惧は裏付けられた。ふたりはなんと日本へ同行していなかった。

チェーホフとアンナは、いずれもニコライというより、彼の弟の随伴者だった。旅の初期段階で、風邪をひいたニコライの弟ゲオルギイが帰国を決めた。そのときふたりもゲオルギイとともに引き揚げたという。以降、ロシア国内で公務をするゲオルギイに同行した。日本で起きた事件にはまるで関知していない。

伊藤が椅子の背に身をあずけ、天井を仰いだ。「やられた。たしかに宮廷に選ばれた随伴者にはちがいない。さっき署名捺印した文書の条件にも当てはまる」

ホームズも失望の気分を笑いにまぎらすしかなかった。「青木外相のときの公書といい、シェーヴィチは書類を巧みに使うな。僕としたことが、まんまと術中に嵌《は》まったよ。ニコライの日本滞在時に随伴した人に限る、そう念を押しておくべきだった」

一縷《いちる》の望みをかけてか、伊藤が身を乗りだした。「おふたりにおうかがいします。日本からお帰りになった後、ニコライ殿下にお会いになりましたか」

チェーホフとアンナが戸惑い顔を見合わせた。ふたりは伊藤に向き直ると、揃って首を横に振った。

「はん」ホームズは鼻で笑った。自分のへまに呆《あき》れるしかない。さっきの文書が効力を持ち、ホームズはシェーヴィチに堂々と近づけなくなった。

赤毛連盟の被害者を髣髴《ほうふつ》させる外見のチェーホフが、臆《おく》したように告げてきた。「あのう。私もルシコワ女史も、先週急に日本へ行くようにいわれ、軍艦に乗ったしだいでして。ゲオルギイ殿下がパリで休暇をおとりになっており、私たちの手が空いたので、英語のわかる人間が必要といわれまして」

伊藤がホームズを見つめてきた。「なぜ動員されたのかな」

ホームズは思いつくままにつぶやいた。「開戦にしろ領土要求にしろ、おびただしい数の文書が交わされる。国際的な公正さを保つため、英語やフランス語の訳文も同時に作成される。一字一句間違いがあってはならないので、言葉のわかる人間がひとりでも多く立ち会わされる」

アンナが真顔でうなずいた。「それは前もっていわれました。翻訳は公使館の法務担当者がおこなうので、正しいかどうかだけチェックしてくれと」

捨て駒を押しつけられただけだ。ホームズは落胆とともにきいた。「弟君のほうは、兄君の負傷を心配しておいでしたか」

「もちろんです」アンナはいった。「風邪は帰国後ほどなく治ったので、ゲオルギイ殿下は公務を再開なさいました。そこに事件の報せが入り、ゲオルギイ殿下は非常に驚かれ、皇帝陛下と皇后陛下にも相談されました」

チェーホフがつづけた。「ただニコライ殿下から、怪我のぐあいはたいしたことないと返事がございましたので、ゲオルギイ殿下もほっとされたようです。対日関係も悪化せずよかったとおっしゃって」

ホームズはチェーホフを見つめた。「しかし最近になり、また緊張が高まっているのですが」

ふたりは同時に表情を曇らせた。チェーホフが目を剝いて告げてきた。「私もそれが心配なのです。以前はあんなに日本びいきであらせられたニコライ殿下が、いまでは、そのう」

「日本人を猿呼ばわりとか」

「ええ」チェーホフは深刻な顔でつぶやいた。「なぜあんなにお変わりになってしまったのか」

伊藤が眉をひそめた。「あなたは事件後、ニコライ殿下にお会いになっていないのでしょう?」

チェーホフはどきっとした反応をしめし、アンナに救いを求める目を向けた。アンナは困り果てたようすでうつむいた。

ホームズは身を乗りだした。「どうか正直におっしゃってください。お会いになったのですね？」

アンナがいった。「わたしどもは、中東とアジア歴訪の旅以外のことは喋らないよう、厳重に注意を受けておりまして」

「ルシコワさん。話す意思がないのであれば、そんな言い方はけっしてなさらないでしょう。もっとはっきりおたずねします。ここへ向かう軍艦で、ニコライ殿下と乗り合わせたのではないですか。ラスカーにお乗りだった殿下に」

ふたりは驚きのいろを浮かべた。チェーホフがハンカチを取りだし、額の汗を拭《ふ》きながら応じた。「そこまでご存じだとは……。あのう、伊藤枢相。それにホームズさんでしたな。ここだけの話にしていただけますでしょうか」

「もちろんです」

チェーホフは声をひそめた。「たしかにニコライ殿下はラスカーにお乗りです。私とルシコワ女史は、なんの説明もないままラスカーに乗艦したのですが、殿下がおられるのを見て心底びっくりしました」

「ニコライ殿下とは言葉を交わしましたか？」

「いえ……。私たちはニコライ殿下とは、あまり親しくさせていただいておりませんでしたので。それにニコライ殿下にはいつも取り巻きがおり、特に今回は軍の将校たちとしきりに話しておられて」

「会話の内容をききましたか」

「ええ。お部屋の前を何度か通りかかったので。しかし、そのぅ」チェーホフは言葉を濁した。申しわけなさそうなまなざしを伊藤に向ける。

伊藤は顔いろを変えなかった。「かまいません。どんなことでもおっしゃってください」

「では」チェーホフはなおも躊躇《ちゅうちょ》する素振りをしめしながらいった。「ウラジオストックを出航した日の夜、私は蔵書室に本を返しに行くところでした。ドアが半開きになっていて、ニコライ殿下がおられるのが見えました。ラスカーの艦長マティンスキーや、ナロジレンコ海軍中佐が一緒でした。ニコライ殿下が大声でおっしゃいました。黄いろい猿は危険だ、いまのうちに屈服させておくにかぎる、と」

アンナも怯《おび》えた顔で告げてきた。「わたしも寝室のベッドで、殿下のお声を耳にしました。何度も猿という言葉を口になされ、野蛮で嘘つきな民族とおっしゃられて」

チェーホフがため息をついた。「正直、私は信じられない気分でした。以前にお会いしたのは、ゲオルギイ殿下が風邪で体調を崩されるまでの旅の途中でしたが、ニコライ殿下は温厚なおかたでした。そればかりかエジプトやインドでも、早く日本へ行きたいと何度もおっしゃっていたのです。その後日本からも、芸者衆とお撮りになったお写真とともに、お手紙が送られてきました。これほど愛すべき国はない、そうお書きでした」

伊藤が唸った。「日本が国をあげて心配したり謝罪したりといった状況に、ニコライ殿下は感謝しておられたとききます。それは事実でなかったのですかな」

アンナが首を横に振った。「わたしどもは日本に随伴できなかったので、よくは存じあげません。しかしニコライ殿下は東京を訪問できなかったことを、さかんに悔やんでおいでだったと、近しい人たちからききました。日本の新聞に寄せた感謝の言葉も本当だと思います」

チェーホフが弱りきった顔でいった。「事件当時、御召艦で殿下に同行した軍人たちも、みな唐突な変化に困惑しています。私にもわけがわかりません。いったいなぜ殿下がお忍びで日本に向かわれ、いまも洋上で待機しておられるのか、理由もまるで不明です」

伊藤が深刻な面持ちをホームズに向けてきた。ホームズも黙って伊藤を見かえした。

チェーホフたちが知らずとも、ニコライ来日の目的は明白だった。シェーヴィチが伝えてきたとおりだ。津田三蔵の死刑をふたたび求めてきている。なぜいまになって報復したがるのだろう。どうしていちど鞘《さや》に納めた剣を抜こうとするのか。

16

枢密院の緊急会議に出席せねばならない、伊藤はホームズにそう告げてきた。憲法がらみの審議はなくとも、ニコライが近海洋上にいるとわかったいま、悠長にはかまえていられないのだろう。

午後四時をまわっている。ホームズのもとには津田三蔵の調書の英訳文がまわってきた。伊藤が用意させた物だという。ホームズは礼をいい、ひとり馬車で外出することにした。調書は馬車のなかで読めばいい。

皇太子による各国訪問に付き添ったのは、ロシアの随伴者ばかりではない。新聞各社の特派員らがついてまわった。伊藤が電報でフランスの日刊紙ル・フィガロ日本支社へ橋渡しをしてくれた。英語を喋れる記者が待っているらしい。ホームズはそこへ向かった。

馬車で移動中、窓の外に真新しい工場を目にした。ロンドンでも似たような構造の施設を見た記憶がある。

御者は有難いことにオーストラリア人だった。英語での意思の疎通に難がない。ホームズは大声できいた。「これは製氷工場じゃないのか？」

「そうです」御者は振り向きもせず怒鳴りかえしてきた。「去年できたばかりの青山製氷所です。日本も産業革命でして」

「気体のアンモニアを大げさな装置で圧縮して製氷する仕組みだ」

「ええ。技術自体は幕末からあったようです。それまでは富士山から氷を切りだして、東京まで運搬していたとか」

いまでもそうだと思っていた。日本の工業の発達は、想像以上の速さで進んでいるらしい。イギリスが一世紀以上かかった歴史を、たった二十年余りで成し遂げようとしている。

誰もが働き者のようだった。ホームズは道沿いに建ち並ぶ粗末な長屋を眺めた。あんな暮らしぶりだというのに、労働者は怠けたり暴動を起こしたりもせず、職務に従事している。ロシア国民の二パーセントは貴族で残りは農奴だが、たとえ総人口で劣っていても、日本の庶民の力は侮れない。ロシア人が明日のパンのために仕方なく働くのに対し、日本人はわずかな握り飯を報酬に全力で努力しつづける。近い将来において国力の差は案外、両者の領土面積ほどではなくなるかもしれない。世界に冠たる大英帝国も、本来は島国だったのだから。

馬車が到着するまでに、津田三蔵の調書に目を通しておく必要がある。ホームズは大判の封筒から書類の束を取りだした。

津田三蔵、一八五五年二月十五日生まれ、三十六歳。添えられている写真は、技術的に未熟だったせいだろう、ぼやけて判然としない。だが西洋人と同様の髪型に、軍服らしき詰襟を着て腕組みをしている青年の姿がある。十四年前、西南戦争のころと表記されていた。頑固そうな顔だちが見てとれる。

武蔵国で藩医の次男として生まれたのち、三重県伊賀上野《いがうえの》に移住。十五歳のころ上京し、東京鎮台に入営。以降は政府軍の軍人としての人生を送る。十七歳で陸軍名古屋鎮台に転じ、十八歳になると越前護法大一揆《えちぜんごほうだいいっき》鎮圧のため出動した。その年の七月、金沢分営に転属。

明治十年、すなわち一八七七年に西南戦争が勃発《ぼっぱつ》。津田は二十二歳になると同時に、金沢歩兵第七連隊第一大隊附の伍長となる。一ヵ月後、第七連隊は別働第一旅団に編入され、西郷軍を背後から攻撃すべく日奈久《ひなぐ》への上陸を決行。しかし津田は左手を銃で撃たれ、熊本の八代繃帯所《ほうたい》に入院。長崎の病院へ移り、五月下旬に退院。鹿児島の本隊に復帰し鹿児島や宮崎を転戦中、軍曹に昇進。十月二十二日、金沢へ帰還した。

西南戦争が終わってからも疲労が蓄積したせいか、病に倒れることが多く、入退院を繰りかえした。だが一八七八年十月九日、功績が認められ勲《くん》七等の勲章を授与された。

調書によれば、取り調べ中にも受勲について話題がでるたび、津田は誇らしげにしていたらしい。落ちぶれた士族の出だった津田には、勲章はなにより重要な物だったようだ。

二十七歳を前に陸軍を退役し、今度は警察官となった。三重県警巡査として松坂署に勤務した。ところが三十歳のころ、親睦《しんぼく》会で同僚に暴力をふるい免職となってしまう。とはいえ勲章が利いたのか、年内に警察官に復帰。滋賀《しが》県警に採用になった。

それからさらに六年が過ぎ、いまに至る。取り調べにおいて、津田は西郷隆盛《さいごうたかもり》がロシアにいると力説することがしばしばあった。

西郷隆盛は西南戦争で死んだ。だが実は生きていてロシアへ渡っていたとの噂が、かねてささやかれていたらしい。似たような経緯で日本にいるホームズにとっては、絵空事に思えなかった。

ただ事実はどうあれ、西郷隆盛の件は噂の域をでなかった。それでも津田はかなり本気にしていたようだ。ニコライの訪日が戦争前の下見だという風説も、まことしやかに流布していた。西郷も一緒に現れるのではという不安が、津田のなかで増大していった、そんな経緯も想像できる。

朝敵の西郷が日本へ戻れば、西南戦争の決着がうやむやになる。勲章を取りあげられてしまうのではないかと、津田は心底気に病んだ形跡がある、調書にはそう記してあった。

受勲を唯一の誇りとしていた男の病的な妄想といえばそれまでだった。のちに津田が精神病を患っていた事実も判明した。

武士たる道を歩むはずの男たちが、維新により刀を取りあげられたのち、多くは路頭に迷った。軍人として政府軍に身を捧《ささ》げるか、または慣れない労働者に鞍替《くらが》えせざるをえなかった。警察官になった津田は、なんとか士族としての面目を保ちえたと自負していたようだ。それも勲章という心の支えがあったがこそだろう。

津田がニコライに斬りかかったとき、攘夷《じょうい》、そう叫んだという目撃者証言がある。津田自身はよく覚えていないという。供述は曖昧《あいまい》で、動機もはっきりしていない。西郷隆盛生存への不安は、取り調べ中の会話の節々から感じられたというだけだった。津田はそれが理由だったとは断言しなかった。

一本献上したまで、そんな意味の供述が記録に残っている。一本とはひと太刀のこと、つまり傷つけるのは意図的な行為だったが、殺意は否認しているともとれる。ただし津田はニコライの頭部を容赦なく狙った。負傷させるだけが目的だったとするには疑問がある。

ホームズはため息をつき、書類を大判の封筒に戻した。

なぜ凶行におよんだか、この調書からは見えてこない。イギリスでも退役軍人が希望を失い、事件を起こす例はしばしばある。それらの類型と見なしてよいのか。なにかが胸にひっかかる。

事件後、津田の受勲は抹消された。あれだけ心の拠《よ》りどころにしていた勲章を取りあげられてしまった。当然といえる顚末《てんまつ》だった。津田は本当にそこまで想像がおよばなかったのだろうか。

ル・フィガロ紙の日本支社オフィスは、ほかの国の新聞社と大差ない眺めだった。デスクが所狭しと埋め尽くし、社員がひしめきあい忙《せわ》しなく立ち働く。フロア全体にタバコの煙が蔓延《まんえん》し、視界は霧のごとく白ばんでいる。

幸いな環境だとホームズは思った。隅にある応接用ソファに腰かけ、持参したパイプを遠慮なくふかした。

三十代の特派員、ロイク・ボルローが封筒を携えてきて向かいに座った。「枢密院からうかがっております。明治宮殿を建て替える予定とは驚きました。あなたが、建築家の、ええと……」

「ライオネル・ハーディングです」ホームズはさらりといった。「いわゆるお雇い外国人ですよ。本来あの建物はジョサイア・コンドル設計の石造りとなる予定だったのですが、予算の都合で木造になったのです」

「宮内省内匠寮《ないしょうりょう》の反対もあったとききましたが」

「ええ。しかし伊藤枢相が説得されました」

「それで建て直しが決まったんですか。でもなぜあなたがニコライ皇太子について気になさるので？」

「外国の要人が宮城暮らしを始める可能性も考慮せねばと思いまして」

ボルローが目を丸くした。「宮城暮らし？」

「ロシアが占領するかもしれないと思いましてね。あなたならご存じと思いますが、ヨーロッパでは戦争のたび、城や宮廷の主《あるじ》が移り変わっていった。それが歴史というものです」

辺りを見まわしてから、ボルローが声をひそめてきいた。「戦争が起きるとお思いですか」

「可能性は否定できませんな。港をロシアが占拠し、九隻もの軍艦を浮かべているではありませんか」

「私どももそれが気になっています。何度も取材を申しこんでいるのですが、拒絶されていまして。台場の建物区域に侵入を試みたものの、入り口の水兵が頑固で、艦の名と位置を答えられないと通してくれないんです。けんもほろろに追いかえされました」

「それはお気の毒に」

ボルローが難しい顔になった。「正直、ロシアの対応はよくわからんのですよ。いつもバタバタしています。ニコライ皇太子による中東とアジアの歴訪も、ごく初期に弟君が風邪をひき帰国すると、有能な随伴者らも引き揚げてしまったのです」

あのチェーホフやアンナも、随伴のなかではまともなほうらしい。ホームズはたずねた。「それが後々、大津での襲撃を許す理由になったんでしょうか」

「遠因にはなったと思いますね。ニコライ皇太子の旅程を、ロシア側はきちんと管理できていなかったんです。シャムではロシア軍の嘱託の写真師が、予定を知らず艦内で待機しつづけ、いっさいの写真を撮り忘れる事態が起きまして」

「ロシア側はシャム国内のようすを記録していないのですか」

「そうなんです。どの新聞社もシャムでは現地のスタッフにまかせっきりで、上陸しなかったので、まるで気づきませんでした」

「報道関係者もシャムへ入国しなかった？」

「あの国だけ事情がちがったんです。ヨーロッパの植民地ではなく独立国でしたからね。取材の許可が下りるのが間に合わなかったんです。でも現地の新聞社の記者が、手記も写真も引き受けてくれました。私たちが近海の船上で油を売っていたので、軍の嘱託写真師も艦内からそれを見て、安心しきっていたようです」

「するとロシア側の失態はあなたがたのせいですな」

ボルローは苦笑した。「いや、写真師のせいですよ。エジプトやインド、セイロンでは彼がちゃんと働いていたのを記憶しています。でもシャムでは公式な記録が欠落してしまったので、ロシア宮廷はわが社をはじめ各国の新聞社に、手記や写真を譲ってくれと打診しました」

「新聞各社から買い取って、軍が記録を怠った穴埋めをしようと？」

「ええ。手記は写しでもだいじょうぶですが、写真は今後も宮廷の記録とするので、権利とネガを買いたいというんです。結構な値をつけてくるので、本社も応じる方針です」

「御社としては、写真を手放してもいいんですか」

「将来的には新聞に写真を載せられるようになるでしょうが、いまの印刷技術では無理ですし、せいぜいトレースした線画を掲載するのみです。特に事件でも起きなければ、記事を書く参考にもなりません」

「あなたがたが撮った写真の数も膨大でしょう」

ボルローがうなずいた。「写真師が乾板の箱や有毒な化学物質を持ち歩いていた時代とはちがいます。三年前にイーストマンが売りだしたコダックカメラのおかげで、われわれも風景を手当たりしだい撮れるようになりました」

「宮廷が買おうとしているのはシャムの手記と写真だけですか。ほかの地域は？」

ボルローは首を横に振った。「エジプト、インド、セイロン、シンガポール、インドシナ、香港、上海と、それらについてはちゃんと嘱託写真師が活動していまして」

「日本はどうだったんですか」

「それが今度は逆に、ロシア軍の嘱託写真師だけが同伴し、私たち新聞各社の人間は置いてきぼりです」

ホームズは意外に思った。「どうしてそんなことに？」

「復活祭やニコライ皇太子の誕生日も近いので、旅程が定まらないといわれていて。ところが皇太子はお忍びで漫遊を始めていましてね。私たちが気づいたのは、大津での事件が起きたあとです」

「では日本での旅行中、あなたがたは同伴できなかったのですか?」

「はい。当然、事件の瞬間も目にできなかったのです。今度は各社とも、ロシア側から記録を譲ってもらわねばなりませんでした」

「そのなかに事件当日の写真はありましたか?」

ボルローが渋い顔になり、テーブルに置いた封筒から二枚の写真を取りだした。

「事件当日の撮影ではないと思います。長崎か京都あたりでしょうか」

一枚は人力車を横からとらえていた。ニコライはボーラーハットをかぶり、ブレザーにネクタイ姿で人力車におさまっている。澄ました顔でカメラのほうを眺めていた。細面に口髭《くちひげ》、この服装だと単に留学した青年にも見える。背景はどこかの寺か神社の前のようだ。もう一枚も角度を変えた人力車の写真で、ニコライは同じ服装ながら帽子をとり、のんきに空を見上げている。むろん頭に傷はない。襲撃より前だろう。

ホームズはボルローを見つめた。「これだけですか?」

「そうなんですよ。事件後さんざん要求して、ようやくこれらが届きました。一週間も後になって」

「手記のほうはどうですか」

「そっちも薄っぺらくて、内容はほとんどありません。のちに私たちが日本を取材して判明した事実、ニコライが腕に刺青《いれずみ》を彫ったことや、連日の芸者遊びについてはまったく触れられていませんでした。日本側が用意した歓迎行事が簡潔に列挙してあるだけで」

「あなたはこの写真を見て、どう思われますか」

「どうって……。エジプトやインドにいたときよりは、あきらかに機嫌はよさそうですね」

「これで機嫌がよさそうなんですか？」

「ええ。ナイル河じゃ終始しかめっ面でしたから。香港や上海でも、チャイニーズを毛嫌いしてました。日本ではリラックスしていたようですね。この後のことを思えば、お気の毒としかいいようがないですが」

「事件後の写真は提供されていないんですね？」

「手記すらありません。私たちは日本側に取材し、ようやく事実関係を確認できたんです。天皇がホテルにまで見舞いに行ったことや、津田三蔵を死刑に処すか否かで揉《も》めに揉めたことをね」

「ふうん」ホームズは写真をテーブルに置いた。「ロシアの新聞は、津田に立ち向かったのがギリシャ王子ゲオルギオスだけと報じ、民衆の反日感情を煽《あお》ろうとしたようですが」

ボルローは真顔になった。「いや。わざとそうしたのではないと思います。私たちの新聞も、第一報はそういう内容でした」

「なんですって？」

「ロシア側から手記の提供はありませんでしたが、事件直後に公使館経由で口頭の説明は受けました。日本人はなにもせず、みな棒立ちになっていて、ニコライを救おうとしたのはゲオルギオス王子だけだったと。現に後日、ニコライの日記を宮廷が公開したのですが、そう書いてあります。ニコライが事件当日の夜に記したのです」

「たしかにニコライ本人が書いた物でしょうか」

「わが社のロシア特派員が、宮廷での記者会見で貼りだされた物を見ました。世界じゅうの報道関係者とともにです。彼らはニコライ皇太子が過去に署名した公式文書を把握していますし、筆跡も間違いありません」

「どんな内容だったかわかりますか」

「少々お待ちを」ボルローは席を立ち、デスクへと向かった。山積みになった書類のなかをあさり、ひと束の書類を引っぱりだした。戻ってくるとボルローはそれをテーブルに置いた。「これが英訳文です。原文はもちろんロシア語でした」

ホームズは書面に目を走らせた。

行く手を折れた先に、群衆が沿道に溢《あふ》れているのが見えた。人力車がその角を曲がったとき、私は右のこめかみに強い衝撃を感じた。振りかえると、胸がむかつくほど醜悪な顔をした巡査が両手でサーベルを握りしめ、私を斬りつけんと身がまえていた。なんの真似だ、私はそう怒鳴って路上に飛び降りた。醜悪な顔はなおも私に襲いかかったが、誰も制止しようとしないので、私はその場から逃げざるをえなかった。群衆のなかに紛れこもうと思ったが、日本人たちは狼狽《ろうばい》し周囲に散ってしまったので不可能だった。走りながら振りかえると、私を追ってくる巡査の背後から、ゲオルギオスが追いすがってくるのが見えた。さらに六十歩走り、ふたたび振りかえると、有難いことに危機は去っていた。ゲオルギオスが竹の杖で狼藉者《ろうぜき》を打ち倒したのだ。私が引きかえすと、人力車の車夫と警官らが狼藉者を取り押さえていた。ひとりが狼藉者の胸ぐらをつかみ、奪ったサーベルを喉《のど》につきつけていた。群衆は誰も私を助けようとしなかった。なぜ路上に私とゲオルギオスとあの狼藉者だけが取り残されたのか、私はふしぎでならない。

「妙だ」ホームズは思わずつぶやいた。「日本側の説明とちがう」

ボルローがうなずいた。「宮廷が日記を公開し、詳細が報じられて以降に、日本側から異論がだされました。私たちも当時沿道に居合わせた人々を取材したのですが、複数の証言を組み合わせると、津田を取り押さえた功労者は人力車の車夫ふたりとわかりました。たしかに最初の一撃は、ゲオルギオス王子の竹の杖によるものでしたが、津田はびくともしなかったそうです」

「ええ。僕もそうききました」

「ただ津田はゲオルギオス王子を振りかえったので、隙が生じました。その瞬間、車夫らが津田に飛びかかったんです。投げだされたサーベルを車夫のひとりが拾い、津田の首筋と背中を斬りつけました」

ホームズはふたたび書面を読みふけった。「ひとりが狼藉者の胸ぐらをつかみ、奪ったサーベルを喉につきつけていた。日記にはそう書いてある。直前にでてくる車夫と警官たちのうち、誰がそうしたか記述していない」

「私たちは訂正記事を載せましたが、ロシアの新聞はその話題を控えるようになっただけで、間違いを認めていません。だからロシアの民衆には事実が広まっていないと思います」

「ニコライ皇太子は、従弟《いとこ》のゲオルギオス王子に花を持たせたかったのだろうか」

ボルローは首を横に振った。「沿道に大勢の目撃者がいたんですから、嘘をつけばばれると予想がつくはずです。少なくとも皇太子は、日記を書いたのち事実を認識したようです。事件から一週間後の五月十八日、ふたりの車夫は軍艦に招待されています。その場でニコライから聖アンナ勲章を授与されました。二千五百円の報奨金とともに」

ホームズは頭のなかで瞬時に計算した。驚かざるをえない額だった。「百四十三ポンド？　イギリスにおける執事の年収の三倍近い」

「千円の終身年金もです。人力車夫には異例中の異例といえる待遇でしょう」

「日本側に相談なく、その場で本人たちに年金支払いを約束したんでしょうか」

「そうだと思います。日本側は車夫が招待された軍艦を、外から見守るのみだったようです。甲板で叙勲式があると知り、後続の二隻をどかせば富士山が見えるとか、そんなことをロシア側に電信で提案したそうです。気を利かせたつもりなんでしょう」

「十八日といえば、ロシア軍艦が日本を離れる二日前ですね。宮廷での日記のお披露目は、それより後でしょう?」

「そうなんですよ。車夫らにとんでもないお礼を弾んでおきながら、そのことを私たちに知らせず、ロシア国内でもゲオルギオス王子に救われたという話を強化しました。車夫たちが大金持ちになったと判明したのは、直後からふたりの金遣いが荒くなったからです。事実があきらかになって以降、日本政府もふたりに勲八等白色桐葉章と、年金三十六円を授けました」

「するとふたりは有名人ですか」

「日本ではね。ひところは帯勲車夫だなんて持《も》て囃《はや》されました。名は向畑治三郎と北賀市市太郎。ただ最近の評判はどうも」

「よくないんですか」

「ロンドンの御者が二百ポンドをぽんと与えられたら、どうなると思いますか。車夫たちも例外じゃありませんでした。向畑には前科があり、金持ちになってからは博打《ばくち》と買春に明け暮れました。おかしな投機話に乗って、手持ちの金を使いきってしまったともききます。北賀市のほうも故郷に広大な土地を買ったとか」

「堅実な貯蓄は難しいかもしれんね」ホームズは腰を浮かせた。「どうもありがとう。

おおいに参考になりました」

「あ、ハーディングさん」ボルローも立ちあがった。「明治宮殿の建て直し、日程が決まったら真っ先に連絡をくださいよ。うちが第一報をものにしたいんです」

「ええ、かならず」ホームズは微笑してみせた。「それまでは、僕のことはどうかご内密に」

17

陽が傾き、夕暮れどきを迎えた。ホームズは憂鬱《ゆううつ》な気分に浸っていた。どこかロンドンのイーストエンドを連想させる、粗末な露店ばかりが軒を連ねる路地を歩く。一日じゅう駆けずりまわって、得られたものはごく少ない。シェーヴィチの簡単な罠《わな》に嵌《は》まり、今後は法的に遠ざけられてしまった。ロンドンなら泥から場所を特定できるのに、ここではなにもわからない。吸い殻を拾っても銘柄を知らない。百四十種類のパイプ、葉巻、紙巻き煙草の灰に関する研究論文も、日本までは網羅していなかった。世界を一から勉強し直す必要に迫られている。

意気消沈しながら歩いていると、露店のひとつに見慣れた箱が並んでいるのを見た。

表記は英語だった。鬱憤を晴らすためにはいいかもしれない。ホームズは金を払い、箱をひとつ抱えると、馬車へ引きかえした。

黄昏《たそがれ》をわずかに残す空の下、ホームズは伊藤邸へ戻った。庭園の暗がりを玄関へ向かう。

すると玄関から伊藤が姿を現した。浴衣《ゆかた》に着替えている。ずいぶん前に帰っていたらしい。

伊藤が話しかけてきた。「ずいぶん遅くまでかかったな。特派員には会えたのか?」

「ル・フィガロならとっくに用件を済ませてきた。少々辺りを見物してきたんだよ」

「ふうん」伊藤の目が、ホームズの抱えた箱に向けられた。「それはなんだ」

「なんでもない」

「見せてみろ」

「個人的に購入した私物だ。あなたに干渉される筋合いはない」

「私の家に持ちこむからには見逃せん」伊藤の表情が険しくなった。「おい。コカインと書いてあるじゃないか」

「七パーセント溶液にする。そんなに強烈な物じゃない」

「貸せ」伊藤が箱に手を伸ばした。

ホームズは拒絶した。「先進国家のイギリスでも合法だ。日本で取り締まりの対象にはなっていないはずだ」

「麻薬だろう」

「ちがう。中枢神経系の活動を増幅させるだけの成分だ」

「自堕落になり精神を崩壊させる」

「そんなのは思いこみだ」ホームズは箱を後ろにまわした。「頭をすっきりさせ思考を明瞭《めいりょう》にする。あなたたちの米と同じ、僕にとっての必需品だ」

「米なものか」伊藤は青筋を立ててつかみかかってきた。「寄《よ》こせ！　こんな物は持ちこません。近いうち取り締まりを強化してやる」

「司法には影響力ないんだろう？」ホームズは伊藤の手を振りほどこうと全力で抗《あらが》った。「いいからほっといてくれ」

「ほうっておけるか。身を滅ぼすだけだ」

「あなたの芸者遊びにこそふさわしい謳《うた》い文句《もんく》だ」

「私はきょうまっすぐ家に帰った。きみにさんざん呆《あき》れられたことを教訓にしたんだ」

「明日以降も辛抱がつづけば、少しは耳を傾けよう。たった一日で誇らないでくれ」

「箱をこっちへ渡せ！　でなければうちの敷居《しきい》をまたがせんぞ」

玄関に梅子が姿を現した。争いをまのあたりにし、口もとに手をあて立ちすくんだ。ホームズは梅子に気をとられた。その隙を突くように伊藤が箱をひったくった。伊藤は箱を地面に叩《たた》きつけた。箱は壊れた。中身のガラス器具が砕け、破片が飛び散った。乾燥した葉の入った小袋が辺りに散乱する。伊藤はそれらを下駄《げた》で執拗《しつよう》に踏みにじった。

「やめろ」ホームズは躍りかかった。伊藤の襟もとをつかんだ。

「放せ」伊藤もホームズの襟をつかみかえした。

道場で身につけた柔術は、たしかにライヘンバッハでホームズの命を救った。だが伊藤を相手に重心を崩させようとしても、伊藤はびくともしない。というより絶えず重心を移しながら、巧みに力を逃がしているようだった。俊敏さは五十歳とは思えない。力は拮抗《きっこう》し、激しいつかみ合いになった。

悲鳴に似た声がした。生子と朝子が駆けだしてきて仲裁に入った。ふたりとも声を張りあげているが、あわてているせいか日本語だった。しかし制止しようと呼びかけているのはわかる。朝子はいまにも泣きだしそうな顔をしていた。生子も切実なまなざしでうったえてきた。

ホームズの闘争心は急激に萎《な》えた。腕の力を抜くと、伊藤が息を弾ませ後ずさった。

立ちつくしたホームズに、いつしか生子が抱きついていた。朝子のほうは伊藤にしがみついている。ふたりとも身を挺《てい》して喧嘩《けんか》を阻もうとしていた。

伊藤の怒りはなおもおさまらないらしく、箱の中身をぶちまけると、小袋を破った。下駄で葉をすり潰《つぶ》す。すべてが粉砕され土にまみれると、ようやく伊藤はため息とともに身体を起こした。ホームズを睨《にら》みつけてくる。だが朝子が伊藤に目でうったえた。

伊藤は憤然と踵《きびす》をかえし、玄関へと立ち去りだした。

「梅子」伊藤が荒々しくいった。「ぜんぶ片付けとけ。葉っぱがひとかけらでも残っていたら承知せん」

わざわざ英語で話したのは、ホームズにも警告を発しておくべき、そう考えたからだろう。伊藤の背が玄関のなかに消えていった。庭に静寂が戻った。

生子はなおも心配そうにホームズの顔を見つめていたが、ホームズがすでに静止していると気づいたらしく、あわてぎみに身を退《ひ》かせた。ごめんなさい、生子がそうつぶやいた。

耐えがたい沈黙があった。朝子が潤んだ目で見つめてくる。この状況をつくりだしたのは自分だ、ホームズはそう悟った。

「すまない」ホームズはつぶやいた。「申しわけないことをした」

梅子がささやいてきた。「ホームズ先生。どうか夫に……」

ホームズはうなずくしかなかった。玄関へ歩きだす。自然に歩が速まった。家に駆けこんだとき、靴を脱ぐのを忘れている、そう自覚した。焦燥に駆られながらも、左右の足から靴をもぎ取った。廊下を駆けだした。

半開きになったドアの向こう、書斎にたたずむ伊藤の姿が見えた。ホームズは踏みこんだ。「伊藤さん。あなたのいうとおりだ。ここはあなたの家だ。家主にしたがうのが当然だった」

伊藤がゆっくりとホームズに向き直った。鋭い目が射るように見つめてくる。「家のなかに限らず、日本にいるあいだは遠慮してもらおう。いや、できればあのような趣味とは永遠に決別していただきたい」

ホームズは口ごもった。どんなに強気な男でも不安に陥らせるほどの眼力が、伊藤には備わっていた。なにも言いかえせない。伊藤の訴えが正論と思えばなおさらだった。

伊藤はわずかにためらいのいろをのぞかせたのち、ふたたび真顔になった。「きみがイギリスに帰るまで、私も外で遊ばんと約束しよう」

衝撃が胸を打った。ホームズは茫然《ぼうぜん》と伊藤を眺めた。伊藤もホームズを見かえした。

無言ではいられない、そんな心境だった。ホームズはつぶやいた。「その決心がいかに大きいか、よくわかっているつもりだ。僕も約束する」

伊藤は静かにうなずいた。視線が逸《そ》れた。デスクを見下ろし伊藤はたたずんだ。妙な気配を感じる。ホームズはきいた。「伊藤さん。どうかしたのか」

深くため息をつき、伊藤が一枚の紙を取りあげた。「わが国がイギリスと交わした不平等条約《アンイコールトリーティ》の一部だ。補足Bの欄を読むといい」

ホームズは書面を見つめた。英文だった。声にだして読みあげる。「日本がロシアに対し国有財産の提供・譲渡・割譲・借款・租借・売却を決めた場合、イギリスは日本に対し同様にして同等の取引を要求できる」

伊藤が唸《うな》った。「世間には知られていない条約の付帯事項だ。早い話、日本がロシアに与えた物は、イギリスにも同じように与えられる、そう定めてある」

「なんとひどい条約だ」ホームズは紙をデスクに戻した。「調印に至ったとは信じられん」

「憲法や法典を整備済みの西欧諸国が、それらの未発達な国に対し、秩序を主導する条件つきで条約を結ぶ。野蛮な未開の国は、知性と力を有する国のいうことをきけというわけだ。在留外国人の治外法権承認、領土の割譲や租借。関税自主権を奪ったりもする。アヘン戦争後にイギリスが清国に結ばせた南京《ナンキン》条約が、不平等条約のはしりだ」

ホームズは慎重に言葉を選ぶしかなかった。「あなたたちにとっては不本意なことだろう」

「日本も封建制度の体制下では、法治国家の諸原則が存在していなかった。拷問や残酷な刑罰があり、契約や商取引の規制がなく野放しだった。欧米が条約で縛りをつけねばならないと思ったのも、それらが理由だろう」

「僕らの認識は少しちがう。長い鎖国のせいで、日本は国際社会のルールを理解していなかった。外国人が法に違反したとき、どう裁くかも知らないだろうし、関税の概念もわかっていないと考えられた。だからイギリスは日本に対し、近代的な管理を手伝うことになった。それ以前の清国についても同じ解釈だ」

伊藤は力なく笑った。「ニコライ皇太子殿下が襲撃され、日本はやはり野蛮な国のままだとロシアは確信したんだろう。なのに妙なところで法治国家を気どって、津田三蔵の死刑をためらった。未開の国のくせに生意気だというのが、彼らの見解だろうな」

「イギリスはそんなふうに考えていない」

「きみはそうかもしれないが、大英帝国の意向は異なる。五年前、日本近海で沈没した貨物船から、イギリス人の船長以下西洋人ばかり二十六人が救命ボートで脱出、無事救助された。しかし日本人二十五人は船内に取り残され、ひとりも助からなかった」

「ノルマントン号事件なら新聞で読んだ。悲劇だ」

「日本人が見捨てられたのは明白だったが、船長の主張によれば日本人は英語がわからず、ボートに乗ろうともせず船内に籠《こ》もったので、仕方なく置いていったとのことだった。海難審判では全員無罪」

「のちに船長は殺人罪で告訴されただろう。有罪になったはずだ」

「禁固たった三ヵ月。それで終わりだ」伊藤は鬱屈した表情とともにホームズを見つめてきた。「若いころは楽だった。攘夷《じょうい》を叫べば天下御免だと思っていたからな。腹立たしい異人はただちに斬って成敗してきた。法治国家とは難しい。ノルマントン号事件で痛感したよ。死んで当然の輩《やから》どもに対して手出しできないとは」

ふいにホームズの視野にちらつくものがあった。モリアーティの顔だった。滝に落ちる寸前、両手を振りかざし、ホームズの名を叫んだ。あの瞬間モリアーティはなにを伝えたかったのだろう。公正な裁判でも訴えたかったのか。みずから手を下すとは野蛮人め、モリアーティはそんなふうにホームズを責めたかったのだろうか。己れの悪行を棚にあげたうえで。

ホームズは自分の思いを口にした。「法の庇護《ひご》のもと、悪人どもは甘えている」

伊藤がじっと見つめてきた。「それでも法を確立しなければ。犯罪者だからといって、裁判なしに人を殺《あや》めるのが許されたら、誰もが勝手に制裁を開始する。過去に逆戻りだ。私たちは前に進まねばならない」

なおもライヘンバッハの光景が浮かんだ。モリアーティは落下した。その姿が小さくなっていく。瀑布《ばくふ》のなか断崖《だんがい》を垂直に落ちていき、岩にぶつかった。跳ねかえり、泡立つ水面に叩きつけられた。

ホームズはつぶやいた。「あなたたちは立派だ。特にあなたが」

「どうして私が?」

「柔術で人を投げ飛ばせるのに、耐えて法を尊重する道を選んだ」

伊藤の表情が和らいだ。またデスクを見下ろしてつぶやいた。「国の未来のためだ」

静寂だけがあった。津田三蔵の無期徒刑、伊藤はどんな思いで判決を受けいれたのだろう。

不平等条約の一枚がデスクに置かれている。伊藤は見下ろした。「きょうの午後、枢密院で指摘された。この補足Bという項目をな。すっかり忘れていたよ。この取り決めがあるかぎり、ロシアに北海道を割譲したら、イギリスには九州を与えなきゃならんだろう」

ホームズはいった。「伊藤さん。そんなことにはならない。僕らはこの危機を乗り越えられる」

伊藤がホームズに向き直った。穏やかな目が見かえしている。ため息とともに伊藤が告げてきた。「明日、会ってもらいたい男がいるんだが」

「この国で僕は孤独の部類だ。知り合いはひとりでも増やしたい」

「いや、知り合いは増えない」伊藤が微笑した。「きみは以前にも彼に会っている」

18

翌朝、東京の空は曇っていた。ホームズは伊藤に連れられ、さほど遠くない洋館へと向かった。外壁に列柱を有するボザール様式の石造り。東京市内の高級住宅地で目にしたどの家よりも、ずっと規模が大きく金もかかっている。外国公使邸かと思いきや、伊藤によれば日本人の住まいだという。

玄関で靴を脱ぐのは変わらなかった。伊藤邸よりも多くの使用人がいる。広々とした接客用ホールに通された。ここも洋間で、黒ずんだ天然石の壁には、世界各国の古代の武器類が飾ってあった。アボリジニの狩猟用ブーメランに、アステカの投槍器《アトラトル》。三個の丸い石を紐《ひも》でつないだボーラという投擲《とうてき》武器は、東南アジアが発祥とされるが、エスキモーや南米パンパス地帯のインディオもダチョウ狩りに用いた。インカ帝国では遠戦の主力武器だった。

伊藤がボーラを指さした。「日本にも似たような物がある。分銅鎖《ふんどうくさり》の一種で微塵《みじん》と呼ばれている」

ロンドンにも同じ趣味の蒐集家《しゅうしゅうか》は大勢いる。ヨーロッパの価値観で見れば、さほどめずらしくない物ばかりだった。だが極東ではちがうのだろう。ホームズは武器自体よりも、それぞれの下に添えてある説明書きに注意を引かれた。「どのプレートにも、この漢字が漏れなく使われているようだが」

「〝古〟か」伊藤がうなずいた。「オールドという意味だよ。古代、古来、考古学、古い地層からの出土などと書いてある。遠い昔にまつわる物を飾っていれば、古という字が説明書きに多用されてて当然だ」

「なるほど。東洋の文字はじつに興味深い」

「興味深い？　これらを眺めて、注目に値するのは説明書きかね」

「残念なことに、僕は歴史上のあらゆる武器に精通している。いまさら関心を持てない」

「ではこれはなにかね」伊藤が飾り紐に似た物体を指さした。紐は巻かれているが、長さはおそらく二メートルほどもある。中央部分に毛糸を編んだ楕円形《だえんけい》の布が縫いつけられている。

「ワラカ」ホームズは即答した。「アンデス文明で用いられた投石器《スリング》だ。中央の布部分で石を包み、紐を二つ折りにして、端を持って振りまわす。遠心力を利用し石を飛ばす。たしか日本へも弥生時代に伝わったが、あまり普及しなかったようだ。数少ない出土品が投弾帯と名づけられている」

伊藤は説明書きのプレートを眺め、心底驚いたようすだった。「みごと正解だ。途方もない頭脳だな」

「いや。ものを多く知っているというだけなら質屋の主人と変わらない。知識は推理に役立ててこそ意味がある」

「推理ね。ではこれらの持ち主はどんな人物だと見る？」

ホームズは展示品を眺め渡し、思いつくままにいった。「おそらくあなたと同じ元藩士で、闘争心に溢《あふ》れていたが、窮地にひとり取り残された経験を持つ。だがあなた同様に女性好きでもあり、遊ぶための金を調達する係でもあった。藩の上役を口八丁手八丁でだまし、資金を引きだした。あなたも頻繁にその恩恵にあずかった」

伊藤は笑い声をあげた。「なんて素晴らしい。どうしてそこまでわかるんだね？」

「あなたはこの家の主人に挨拶《あいさつ》もなく、なかへ通された。若いころからの同志だろう。多くの仲間がいるはずなのに、古今東西の武器を手当たりしだいに収集したのは、なんとかひとりで危機を切り抜けたいと試行錯誤したからだ。しかし実用性のなさに失望し、すべて壁の飾りになった。とはいえ集めるのには金がかかる」

「たしかに」

「家の規模を見ても富豪と呼ぶにふさわしい。長州藩出身者は政府の主要ポストを占めているそうだが、財閥や政商と関わって横領でもおこなわないかぎり、ここまでの贅沢《ぜいたく》は可能にならない。長州藩時代あなたに資金調達の実績を買われていたからこそ、おそらく大蔵省がらみの役職を勧められ……」

伊藤の表情がこわばっていることにホームズは気づいた。しかも視線はホームズから逸れていた。

ホームズは言葉を切り、伊藤の見つめるほうを眺めた。着物姿の男性が立っていた。伊藤より五歳ほど年上、額から眉間《みけん》にかけ深い皺《しわ》を刻みこんでいる。髪は伊藤より多く、髭《ひげ》は短めにしていた。頑固そうな面構えは伊藤と共通しているが、目つきは異なる。伊藤の鋭さにくらべ、その男はなにを考えているのかわからない、鈍重で濁ったまなざしをしていた。しだいに男は憤りの感情をしめし、日本語でなにか喋《しゃべ》った。

伊藤が英語でいった。「井上《いのうえ》、こちらの客人にもわかるよう英語で頼む」

井上と呼ばれた男がホームズに目を移してきた。「たしかに英国公使館からひとり逃げ遅れたのは私だ。誰か知らんが、いまごろ抗議に来たのか」

すると伊藤が苦笑ぎみに井上を見つめた。「現場でドタバタしたのは、おまえが火薬を忘れてきたからだろう」

「隠しておいたら、そのまま持ってくるのを忘れた。おまえは用意周到だったな。ちゃんとノコギリを持参した。おかげで公使館へ入って火付け役を果たせた」

伊藤は気まずそうな目をホームズに向けながらいった。「井上。具体的な言及は避けてくれ」

どうやら伊藤が初めてロンドンへ来るより前、共に英国公使館焼き討ちに参加した仲間らしい。ホームズのなかにぼんやりした記憶が蘇《よみがえ》った。「ひょっとして、ハミッシュ・レストランに駆けこんできた人ですか。伊藤さんと僕、兄のマイクロフトがいる場に、新聞を持ってきた。英米仏蘭による長州藩への攻撃が記事になっていた」

井上は眉《まゆ》をひそめた。二十七年も前の話だからだろう、ぴんと来ないらしい。

伊藤のほうは大きくうなずいた。「いかにもその通り。当時は志道聞多《しじもんた》と名乗っていた。いまは井上馨《かおる》だ。ホームズ先生、私のことはすぐ気づいてくれたのに、彼については思いだせなかったのかね？」

「それは当然だ。伊藤さんとはその後ベーカー街で会っている。井上さんとは僕が十歳のころ以来の再会だからね」ホームズは井上に歩み寄り、手を差し伸べた。「どうも、井上さん。シャーロック・ホームズといいます」

井上は握手に応じたものの、まだ腑《ふ》に落ちない顔をしていた。「シャーロック・ホームズ……。どこかできいた名だな」

伊藤が井上にいった。「探偵として名を馳《は》せているお人だ」

「探偵？」井上の表情が硬くなった。「私のなにを調査させようというんだ」

ホームズは苦笑せざるをえなかった。「どうかご心配なさらぬよう。あなた個人の預貯金額や出入金記録に関心はありません。汚職はすでに明るみになり、責めを負ったでしょうから」

「なに？」井上の表情がこわばった。「なぜそんなことがいえる」

「平日の午前中から出勤もなく、着物姿で家に籠もっておられる。職を失っても悠々自適の生活が送れるだけの資産をお持ちとは羨《うらや》ましい」

井上が睨みつけてきた。「なんとなく思いだしてきた。あの店にずいぶん生意気な口をきく子供がいたな」

伊藤はさも愉快そうに笑った。「ようやく想起できたか。井上、そう警戒せんでくれ。ホームズ先生は同志だ。ホームズ先生、お察しのとおり井上は政界を出たり入ったりしていてね。いまは休業中だ。だが最後に辞職したのは、金が理由ではないよ。井上は不平等条約の是正に奔走してくれたんだ」

ホームズは井上を見つめた。「そうだったんですか」

井上は唸りながらソファに腰を下ろした。「外相になって、裁判に外国人判事を任用する提案をしたら、伊藤に裏切られた」

伊藤が心外だという顔になった。「閣内分裂の危機を回避するためだった。納得してくれていると思ったが」

ふんと井上は鼻を鳴らした。ホームズに向き直り、部屋のなかを指ししめしながらいった。「暮らしぶりを悪意とばかり結びつけんでくれ。私は伊藤とちがい貧乏の出じゃなかった。毛利氏に仕えた、といってもわからんかもしれんが、名門ゆえ最初から相応に豊かだったんだよ」

「名門？」伊藤が醒《さ》めた顔になった。「せいぜい中流武士だ」

井上がむっとした。「伊藤。いったいなにが目的で来たんだ？」

「ロシアがまた津田を死刑にしろと圧力をかけてきている。おまえは鹿鳴館《ろくめいかん》の建設に関わって以降、ロシア公使館とも関係が深いだろう。親しい友人もいると自慢していたな」

「内情を知りたいってのか。ならとっておきの情報がある。台場に停泊中の軍艦にニコライが乗ってる」

「それはもう承知している」

「なんだ」井上はがっかりした顔になった。「ほかにはたいした話をきいてない」

ホームズは井上を見つめた。「なぜニコライがお忍びで日本に来ているか、理由はわかりませんか」

井上が答えた。「あくまで名目上だが、連中はアジアのどこかの港に停泊する必要があった。いまニコライの側近たちが、ひそかにシャムのラーマ五世と折衝中でね。ただしシャムは列強の植民地でない独立国家だから、非公式なやり取りゆえ寄港できない。同じく独立国家ながら、もう少し融通のきく日本に寄港しておくのが、距離的に便利としている」

「何について折衝しているんです?」

「たいしたことじゃないよ。ニコライが訪問したとき、ロシア側が記録を怠ったため、シャム側の記録を参照したがっている」

「ああ。ロシア軍嘱託の写真師が予定を忘れたという話はききました」

井上がうなずいた。「写真師にかぎらず、ロシア側の随伴は失態つづきだったらしくてね」

ホームズはいった。「弟君が風邪をひき、まともな随伴者らが一緒に帰国してしまったからだとか」

「その通りらしい。通訳も不慣れで、ニコライの発言がちゃんとラーマ五世に伝わっていたか、疑問が多々あるというんだ。今後の国交にも関わるので、ニコライの記憶とシャム側の記録を比較し、事実とちがっていたところは修正していく方針だと」

「そのていどのことになぜ、ニコライ皇太子が軍艦に乗り、日本で待機せねばならないのですか」

井上がため息をついた。「記録を摺《す》り合わせていく過程で、言った言わないの論争が持ちあがったんだとさ。シャム側の記録には、ラーマ五世がフランスによるルアンパバーン王国の保護国化に不満を表明し、ニコライも賛同したとある。ロシア側は、ニコライがなにもいわなかったと主張している。ほかにも、トムヤムクンの味がボルシチより上とニコライがいったとか、いわなかったとか」

ホームズは鼻で笑った。「ニコライ本人が記録の修正にこだわっているとは、少々考えにくいですな」

「もちろんそうだ。ロシアの宮廷が神経質なんだろう」

伊藤が困惑のいろを浮かべた。「それがニコライ殿下の、わが国に寄港しておられる理由か？」

井上は伊藤を見かえした。「表向きはな。シャムの件は軍艦を出動させた言いわけにすぎないんだろう。記録の摺り合わせなど、本当はさほど重要でもない。シャム滞在中の随伴者たちのへまを利用し、日本での停泊の理由づけにした。対外的には、日本は信用できる国だから寄港地に選んだとうそぶくつもりだ」

「ロシアは外国の干渉を受けぬよう、国際社会の目を盗んで、ひそかに日本を揺さぶろうとしているわけか」

「だろうな。特に英国公使館が横槍《よこやり》をいれてくるのを嫌ってるんだろう。極東の覇権を争うライバルどうしだからな」

筋が通っている、ホームズはそう思った。シェーヴィチ公使やカネフスキー中佐がホームズをスパイ呼ばわりし、極度に警戒するのにも説明がつく。

大津でニコライが襲撃されたのをきっかけに、ロシアは日本に対し強硬姿勢をとる方針を固めた。だがイギリスとの対立を避けるため、いったん退くように見せかけた。津田三蔵の無期徒刑を受けいれたのも、イギリスほか欧米列強を欺くためにすぎず、じつは着々と日本への圧力を強めている。そういう状況だろうか。

しかしニコライがしめした日本への感謝は、偽りでなく真心だったとするロシア側の証言も多い。少なくとも事件前のニコライは日本への愛着を持っていたし、事件直後も豹変《ひょうへん》したわけではなかった。それがいまでは日本人を猿呼ばわりして、随伴者を戸惑わせているという。いったいどこまでがニコライの真意で、どこからがロシアの国家的陰謀なのか。

伊藤が腕組みをした。「ロシア側に顔が利く人間は、わが国の閣僚にいないのか。腹を割って向こうの人間と話せるような」

井上はソファに身をあずけた。「軍関係は無理だ。敵対してる。唯一可能性があるのは、農商務大臣の陸奥宗光《むつむねみつ》だろうな」

「陸奥はロシアとなんの接点を持っている？」

「農商務省にとって、以前から欲しくてたまらない本がある。『ロシア自然科学大全』

だ。気象学や地質学、物理学、生物学、地球科学、天文学など、最新の研究分析結果を網羅しているとか」

「ああ」伊藤がうなずいた。「きいたことがある。総理を務めていたころ、ぜひ入手したいと農商務省から頻繁に要請があった」

ホームズは疑問を口にした。「自然科学がそんなに重要なのか」

伊藤がホームズにいった。「私たちは真っ先に西欧の技術力に飛びついた。次いで経済の仕組み、それから医療。最も後まわしになっていたのが自然科学だ」

「イギリスから専門家を招けばいいだろう。ほかの欧米諸国でも」

「いや。私たちが欲しているのはロシアの研究成果なんだよ。ヨーロッパやアメリカでは距離が遠く、地理上での条件が大きく異なる。ロシアは清国にも研究施設を有し、絶えず情報を収集してきた。『ロシア自然科学大全』にはすべてが載っている。わが国は台風のたび洪水被害に遭っているし、地震も深刻だ。豪雨や干ばつで食糧危機が起きる可能性もある。国家規模での損害を回避するため、自然環境に関する造詣《ぞうけい》を深めねばならん」

井上がホームズに告げてきた。「陸軍はフランス、憲法議会はドイツというぐあいに、日本は西欧に規範を求めるのが常だ。一から始めたのでは何十年もかかってしまう。自然科学分野はロシアしかない、専門家たちがそういうんだ」

ホームズはつぶやいた。「なら『ロシア自然科学大全』が一冊でも入手できればいい」

「いや」井上は首を横に振った。「書店に流通している本じゃないんでね。杉田《すぎた》玄白《げんぱく》が『ターヘル・アナトミア』を訳して『解体新書』ができあがったようにはいかないんだよ」

伊藤が神妙な顔になった。「『ロシア自然科学大全』はごく少部数しか存在せず、通し番号がついていて、一冊残らず管理されている。ロシアの国家資産省が認めた研究機関しか閲覧できない。複製も不可だ。極端な話、国家機密の譲渡を求めるに等しいんだよ」

ホームズは軽く肩をすくめてみせた。「ロシアとの対立が深まったのでは、当面無理でしょうな」

井上が身体を起こした。「それでも陸奥農商務大臣が、最もロシアに人脈があるといえるんだよ。平和な分野だし、ロシア国家資産省にも知り合いが多い」

「その陸奥という大臣は、ロシア側の特にどういう人と懇意にしていたのですか」

「ええと、たしかメモがあったな」井上はソファから腰を浮かせ、本棚に向かった。

手帳を取りあげるとページを繰った。「話のわかる人間は、やはりロシア側に数えるほどしかいないらしくてね。ああ、これだ。国家資産省。ソスラン・チェーホフ。それにアンナ・ルシコワ」

伊藤が肩を落とした。「あのふたりか。たしかに国家資産省といっていたが」

新たな人脈の発掘は難しそうだった。ホームズは伊藤にいった。「対話の窓口を求めると、あの気弱で生真面目なふたりに責任が押しつけられるのでしょう」

「随伴者に選ばれるのも納得だな」伊藤が井上に目を戻した。「ほかに誰かいないのか。ロシアと関係の深い日本人は」

「いない」井上は手帳を本棚に戻した。「知っているだろう。西欧との不平等条約の改正だけでも茨《いばら》の道だ。こっちから大国に働きかけたところで、まず相手にされん。個人であっても対等な友好関係など築けないってことだ」

ホームズは伊藤を眺めた。伊藤が困惑顔で見かえした。

そのとき井上が、ふとなにか思いついた表情を浮かべた。「そうだ。あいつらなら」

伊藤がきいた。「あいつら?」

「人力車の車夫だよ」井上がいった。「向畑治三郎と北賀市市太郎。ずっとロシアから年金がもらえる以上、担当者の連絡先も知っているだろう」

「なんだ」伊藤は失望をあらわにした。「そんな連絡先ぐらい、日本側でも把握しているんじゃないか？」

「いや」ホームズは考えを口にした。「案外いい考えかもしれない。車夫たちはニコライから勲章を授かり、大金を手にした。ロシア側は車夫たちに警戒心がないばかりか、よほど気にいったと考えるのが妥当だ」

井上が笑ってうなずいた。「ちがいないな。ふたりは軍艦へ招かれたときも、正装でなく車夫の姿で来るよういわれた。昼過ぎに乗艦、叙勲式は夕方。彼ら自身は担がれているのかと疑ったらしいが、艦内で水兵たちの熱烈な歓迎を受けた」

ホームズは確信を深めた。「彼らからの連絡なら、ロシア側も油断する。政府関係者が知りえない情報を入手できるかもしれん。それ以上に、いま軍艦ラスカーのなかにいるニコライに会えるかも」

伊藤が怪訝《けげん》そうな面持ちになった。「車夫たちに会い、スパイを頼むのか？」

「いや。僕は会わない。車夫がいるのは大衆向けの居酒屋か、いかがわしい店の類《たぐ》いだろう。ロシア側は彼らを警戒していないとはいえ、行動を監視している可能性はある。僕が出向いたのでは目立つ。どうせ言葉も通じない」

「ならどうしろと……」伊藤が口をつぐんだ。信じられないという顔をしてつぶやいた。「おい、まさか」

井上が顔を輝かせた。「相手はふたりだ。こっちもふたりで出向くべきだろう」

伊藤は両手で頭を抱え、茫然とした表情でつぶやいた。「悪夢だ」

19

曇り空に煉瓦《れんが》造り八角柱の塔がうっすらと浮かぶ。浅草の凌雲閣《りょううんかく》だった。昼下がりの隅田川沿いにひろがる飲み屋街は、日没を待たず賑《にぎ》わっている。牛鍋屋《ぎゅうなべや》はともかく、居酒屋にも大勢の客が詰めかけていた。幕末とあまり変わらない眺めだと伊藤は思った。軒先に茹蛸《ゆでだこ》や野鳥を吊《つ》るした木造平屋の店舗で、粗末な身なりの男たちが酒を酌み交わす。

もっとも、こんな時刻から酔い潰れる連中に対し、あからさまに軽蔑《けいべつ》できる立場にはない。いまや伊藤も同類と見なされているにちがいないからだった。

並んで歩く井上の姿を眺める。法被《はっぴ》に腹掛、股引《ももひき》に足袋《たび》。どこから見ても立派な車夫、それもとっくに盛りを過ぎた初老だった。杖《つえ》まで携えている。体力がつづかず嫌気がさして飲みにきた、そんな芝居に説得力が備わる。

自分はどうなのだろうと伊藤は不安になった。思わずぼそりとつぶやく。「だいじょうぶかな」

井上が一瞥《いちべつ》してきた。「心配するな。車夫の扮装《ふんそう》、おまえにぴったりじゃないか。ほかの仕事を知らないまま、年をとってこのざまという哀愁に満ちとる」

「列強の元首は、こんな真似はせんのだろうな。お上がご覧になったら、お嘆きになるどころじゃ済まん」

「日本は特殊だ。血で血を洗う戦いを生き延びた薩長の奴らが政治家になっとる。儂《わし》らにとってはこんなやり方も、さほど馴染《なじ》まなくもない」

「ホームズ先生もそう思って、儂らにやらせたんだろうか」

「だろうな。若いころの儂らを知っとるんだし」

目当ての縄暖簾《なわのれん》をくぐった。いらっしゃい、主人の声がそう告げる。店のなかは狭かった。テーブルはどれも埋まっている。ひどく煙草臭かった。それにやたら賑やかだ。誰もが大声で喋っている。

事前の情報どおり、向畑治三郎と北賀市市太郎は隅のテーブルにいた。ふたりとも車夫の服装ではなく、値の張りそうなブレザーを着ている。向畑は三十七歳、中肉中背。北賀市のほうは三十一歳で、向畑に比べると大柄だった。年齢と服装から、まともな職に就いているように見えなくもないが、出自はだらしない飲みっぷりに表れていた。

おびただしい本数の徳利《とっくり》とビール瓶がテーブルを埋め尽くす。ふたりはいずれも赤ら顔だった。向畑が身を乗りだし、呂律《ろれつ》のまわらない物言いを発している。北賀市はしかめっ面で頬杖《ほおづえ》をついていた。

「なあ」向畑が北賀市にいった。「頼むよ。三十円でいい。ひと月で返してやるから」

「馬鹿いえ」北賀市は向畑と目を合わせようともしていなかった。「いままで三百円貸しとるだろうが」

「二百八十七円だろ」向畑は北賀市の肩を叩いた。「盛り場でふたり楽しく過ごしたぶんまで計算にいれるなって」

「痛《いて》えな。酒がこぼれるだろが」

「せこいこというなよ。まだたんまりと残ってるだろ」

「石川に土地買ってるんだ。自由になる金はそんなに残ってねえ」

井上が伊藤にささやいてきた。「やるか」

伊藤は小さくうなずいた。「ああ。始めよう」

すると井上は、まだ一滴も酒が入っていないにもかかわらず、酔っぱらったふりをして車夫たちに絡みだした。「ああ！　向畑に北賀市の旦那《だんな》。いいところで会った。おごってくださいよ」

北賀市が眉をひそめた。「なんだよ。爺《じい》さんたち、どこの縄張りだ」

井上は図々《ずうずう》しくも車夫たちのテーブルに加わり、空席におさまった。「爺さんっていわれるほど老けてねえよ。儂は五十五、こいつは五十でな」

もう躊躇《ちゅうちょ》してはいられない。伊藤も井上の隣りに座った。無理やり笑顔を取り繕う。「帯勲車夫のおふたりにお目にかかれるなんて、ほんと光栄だ」

すると井上が調子を合わせるようにいった。「まったくだ。おふたりとも近いうち菅原道真《すがわらのみちざね》に代わって、肖像が五円札に印刷されるだろうよ」

向畑が鼻で笑い、猪口《ちょこ》をすすった。伊藤を上目づかいに眺めると、嘲《あざけ》るように告げてきた。「そりゃ爺さん、あんたの貧相な面構えじゃ札に載るはずもねえよ」

伊藤は思わずかちんときたが、井上が脚を蹴《け》ってきた。井上は素知らぬ顔で車夫たちに喋りつづけた。「ずっと年金もらえるんだろ。ロシアの人と連絡取りあったりしてるのか？」

北賀市が鬱陶しそうな表情を浮かべた。「なんでそんなこときくんだよ」

向畑は口もとを歪《ゆが》めた。「羨ましいんだろ。爺さんたちも年金欲しけりゃ、偉い人

「ビール。こいつも」

を乗っけて、死ぬ気で守るんだな」

店主が近づいてきて目で注文をたずねた。井上が応じた。

「おい」向畑が井上を睨みつけた。「奢《おご》らねえぞ」

井上は笑いながら向き直った。「そんな固いことというなよ。勲章を授かったとき、どうだった？　ニコライとか、お偉いさんがずらりと顔揃えてたんだろ？」

北賀市がコップを口へ運んだ。「どうって。軍艦の甲板だぞ。ニコライ皇太子のほか、何人か偉そうな人は並んでたが、周りは水兵ばっかだよ」

向畑は自慢話をさほど億劫《おっくう》には感じていないらしい。喋りだすとたちまち饒舌《じょうぜつ》ぎみになった。「おまえらに想像がつくかよ。綺麗《きれい》な夕焼け空の下で勲章を授与されたんだ。ニコライはな、自分の手で俺たちの胸に露国小鷲勲章をかけたんだよ。饅頭笠《まんじゅうがさ》に金貨も放りこんだ。ひとり二千五百円分だ。終身年金千円を約束してくれた。ウオッカを振る舞われたし、水兵の奴ら、俺らを胴上げしてよ。めでたいことに富士山もいつになく鮮明で、真っ赤に染まってやがった。その後は艦内で夜遅くまでパーティーだ」

伊藤のなかを妙な感触が駆け抜けた。「富士山？」

「ああ」向畑は小馬鹿にしたように顔を突きつけてきた。「爺さん、耳が遠いのかよ。

聞きかえすな。俺が富士山っていったら、ちゃんと理解すりゃいいんだ」

「富士山がいつになく鮮明で、真っ赤に染まってたのか」

「おい。なにほざいてやがるんだ」

伊藤は向畑を見つめた。「あの日ロシアの軍艦は、碇《いかり》を下ろした埠頭《ふとう》を離れていなかった。御召艦パーミャチ・アゾーヴァの背後には、別の装甲巡洋艦が二隻いた。甲板から富士は見えなかったはずだ」

「あん？」向畑は目を怒らせた。「なんの戯言《たわごと》だよ」

「戯言ではない。地上から見守っていた川上操六陸軍中将が、気を利かせロシア側に提案すべきではないかといった。後続の二隻を動かし、富士が見えるようにしてはどうかと」

「川上中将？　でまかせいうな」

「いや。たしかに本人からきいた」

だが北賀市のほうは、妙にうわずった声を発した。「記憶違いかもしれん。見たのは叙勲式が終わったあとだったか。なあ、向畑。そうだったろ」

伊藤は醒めた気分で北賀市にいった。「勲章をもらってから、艦内に下りてパーティーだったんだろう？　退艦したのは夜遅くだ」

北賀市の目がさかんに泳いでいる。動揺しだしたのはあきらかだった。

向畑が凄《すご》んできた。「じじい。なめてんのか。殺すぞ」

伊藤は向畑に視線を戻した。「きこえん。もういちどいってみろ」

「殺すぞ！」向畑がビール瓶をつかみ、跳ね起きるように立ちあがった。

すかさず伊藤は向畑の胸ぐらをつかんだ。腰を浮かせ身体をひねり、腕を突きあげる。肩越しに投げながら膝《ひざ》を伸ばす。向畑は放物線を描いて飛び、隣りのテーブルに背を叩きつけた。けたたましい音とともにテーブルが倒れた。徳利と同様、向畑の身体は床に転がった。

衝撃を和らげるよう、最後まで握力を抜かず保持してやった。打撲傷には至るまい。精神的な恐怖はしばらく残るだろうが。

店内が静まりかえった。北賀市があわてた顔で立ちあがった。だが井上の仕込み杖から抜かれた刀が、素早く水平に振られた。刃《やいば》が北賀市の喉《のど》もとに這《は》っている。北賀市は怯《おび》えた表情で凍りついた。

外が騒がしくなった。警笛の音もきこえる。店の主人の姿がない。飛びだして警官を呼んだのだろう。

井上が刀を引き、仕込み杖におさめる。身を翻しながらいった。「ずらかれ」

伊藤は焦燥とともに後を追った。店の入り口に野次馬が群がりつつある。人垣を掻《か》き分《わ》け、伊藤は外へ躍りでた。

隅田川沿いをふたりで全力疾走する。股引に足袋は身軽なはずだが、さすがに息があがるのが早くなった。もう横腹が痛みだしている。

だが井上のほうは、さも愉快そうな顔をしていた。もう長いこと見ていない無邪気な笑いとともに、井上が怒鳴った。「爽快《そうかい》な気分じゃ！　若いころを思いだす。ちがうか春輔？」

伊藤も思わずつられて笑った。心から声を張った。「同感じゃ、聞多！」

20

夕方になって雨が降りだした。風はなく、障子を開放していても、雨粒はいっさい吹きこんでこない。ホームズは和室で畳の上に胡坐《あぐら》をかき、縁側の向こうに白く浮かぶ庭園を眺めていた。雨の黄昏ならではの風情がある。

伊藤は浴衣に着替え、難しい顔で卓袱台《ちゃぶだい》の近くに腰を下ろしていた。井上も浴衣姿で縁側の柱にもたれかかり、立膝をついている。

ホームズは報告をきき、思わず鼻を鳴らした。「上出来だ」

井上が眉間に皺を寄せ見つめてきた。「上出来？　結局、車夫たちからロシア人に連絡をとらせる計画は、どうあろうと不可能になった。春輔……いや伊藤が短気を起こしたせいだ」

伊藤の表情はいっそう険しくなった。「奴らではロシアの内情を探ることなどできん。金につられて向こうになびくのが関の山だ」

ホームズはうなずいてみせた。「そのようだね。そもそも気になるのは、ロシアによる車夫たちへの過剰なほどの高待遇だ。状況からいって、車夫たちが津田三蔵に立ち向かったのは当然の流れだった。寸前にゲオルギオス王子のおかげで、津田には隙も生じていた」

伊藤が同意をしめしてきた。「沿道の群衆が誰も助けなかったのも、みな頭《こうべ》を垂れていたのだからな。見ていなければ騒ぎに気づくのも遅れる」

井上がいった。「ニコライが車夫たちに勲章と褒美を与えたのは、国際社会の目を気にしてのことだろう。特にイギリスのな。内心は日本へ圧力をかけるつもりだったが、それを隠蔽《いんぺい》しようとしたんだ」

ホームズは自分の考えを口にした。「だとしても報酬が大きすぎる。終身年金まで約束するとは、皇太子ひとりの裁量を超えている気がする。そのわりには、車夫よりもゲオルギオス王子への感謝が綴《つづ》られた日記を、訂正もせず宮廷が公表するにまかせている。奇妙だ」

井上は伊藤を眺めた。「やっぱり車夫を投げ飛ばしたりせず、じっくり話をきくべきだったんじゃないのか。頭に血が昇ってすべてを台無しにしたな」

伊藤は不服そうに井上を見かえした。「おまえだって刀を抜いただろう」

「あれはおまえを助けるためだ。奴が妙な動きをしないようにな」

「まるで無駄骨に終わったような言い草だな。ホームズ先生は上出来だったといってるんだぞ」

ホームズは微笑した。「目的が果たせずとも収穫があったのは評価に値する。富士山を見たという証言を引きだした以上はね」

伊藤がホームズを見つめてきた。「当日夕方の富士山はたしかに、いつにも増して鮮明だった。だから川上中将も気を利かせたんだしな」

「甲板から見えなかったとすれば、艦を離れたとしか思えない。海上か陸上か、いずれにせよ富士山が見える場所へ移動していたと考えるべきだ」

「叙勲式の時間にか?」

「あなたの話によると、車夫は富士山の件を問いただされ狼狽《ろうばい》をしめした。なにか思い当たることがあったにちがいない」

井上がいった。「パーミャチ・アゾーヴァはでかい船だ。右舷にボートを下ろせば、港で見守っていた川上中将らも気づかなかったろう。ボートがまっすぐ沖へ遠ざかってから針路を変えれば、御召艦から発進したとはわからない」

その通りだとホームズも思った。「ロシア側がみな結託していたから、車夫たちは艦を抜けだせたんだ」

襖《ふすま》が開いた。梅子は廊下に正座したまま一礼し、立ちあがって盆を運んできた。「粗茶ですが」

井上が腰を浮かせ、卓袱台に近づいた。ふたたび座りながらいった。「ありがたい。いただきます」

卓袱台には湯呑《ゆのみ》のほか灰皿も並んだ。ホームズも傍らに置いていたパイプを手に、卓袱台へと寄った。朝子と生子が入室してきた。生子がマッチを擦《す》り火を点《とも》してくる。ホームズはくわえたパイプを火に近づけた。ありがとう、ホームズがそう告げると、生子の顔に微笑が浮かんだ。

朝子が英字新聞を差しだしてきた。「ご覧になりますか」

ホームズは軽く頭をさげ受けとった。いまは本国の新聞記事が電信を経由し、三日遅れで日本に届く。航海にかかった期間を思えば、情報の伝達速度は驚異的だった。

伊藤は湯呑を片手につぶやいた。「あの車夫たちがロシアから直接年金を受けとる状況は好ましくない。日本政府があいだに入ろう」

「ああ」井上が茶をすすった。「いま以上にロシアと関係が悪化したら、政府側で年金の支給を止めさせる必要があるからな」

「あんな生きざまじゃ、勲八等の勲章も剝奪《はくだつ》を検討すべきだ」

ホームズはパイプの煙をくゆらせた。「車夫の線が途絶えた以上、ほかの方法でロシア側の人間と接触しなくては」

伊藤が神妙にうなずいた。「とりあえず声をかけやすいチェーホフ氏らをあたろう。あまり期待できないが」

「ニコライでなく弟君ゲオルギイの随伴だからね。ゲオルギイの公務にも同行していたらしいが、どんな公務だろう」

井上がホームズを見つめてきた。「財界では有名だよ。何年も前からゲオルギイは、石炭鉱の労働争議へ出向いては、農民の声に耳を傾けてる」

「ほう。農民の声に」

「三十年前の農奴解放令を機に、ロシアでは農民らが工場や鉱山で働きだした。だが石炭鉱の劣悪な労働環境は割に合わない。いまだ絶対君主制のロシアじゃ、どんなに頑張って働こうとも、暮らしの水準は変わらないからな。出世も昇給もないとなれば、命懸けの過酷な作業なんて誰もやりたがらない」

「その労働争議へ赴くとは、ゲオルギイはロシアの資本主義化を視野にいれているとか？」

「日本の財界も一時はそう考えて、投資機会じゃないかと期待したんだがね。ゲオルギイは純粋に農民のため、労働条件の改善を父君の皇帝に訴えているらしい。石炭鉱の民営化とか、そんな話じゃないとわかり、財界は沈黙したよ」

「それっきりですか」

伊藤が鼻を鳴らした。「儲《もう》け話じゃなきゃ井上は動かん」

井上は伊藤を見かえした。「きょうおまえと命を張ったのは国のためだぞ」

「だが楽しんでたろ」

「まあな。おまえもそうだろう」

ふたりが笑い合うと、妻や娘たちも控えめに笑った。

伊藤が今後も遊びを控え、定時に帰宅しつづければ、この団欒《だんらん》は維持されるだろう。

ホームズはそう思った。伊藤自身、家族の愛情を再認識しただろうか。ゆうべ交わした約束は、ホームズにとっても悪いものではなかった。徐々にそんな気がしてきている。当面コカインに手をださないと心にきめた。落ち着かない気分が生じることもあるが、いまのところ平静を保ちえている。

英字新聞をぼんやりと眺めた。ふと注意が喚起された。ひとつの記事が目に入る。読み進むうち、ホームズは息を呑んだ。

朝子がきいた。「どうかしたんですか」

「……いや」ホームズは半ば茫然とつぶやいた。「記事に自分の名があったので」

「へえ」朝子が身を乗りだした。「どんな内容ですか」

梅子は顔をしかめ、咎《とが》めるようにいった。「朝子」

伊藤が老眼鏡をかけ、手を差し伸べてきた。「見せてくれないか」

ホームズは浮かない思いとともに、新聞を伊藤に渡した。

受けとった伊藤が紙面を見つめ、ぶつぶつと読みあげる。「今年五月、スイスのライヘンバッハ滝にて転落死したとみられる故ジェームズ・モリアーティ氏の事故原因をめぐり、弟で同名のジェームズ・モリアーティ氏が起こした損害賠償請求訴訟は、故モリアーティ氏と、ともに転落死したとされる故シャーロック・ホームズ氏との関係性が最大の争点になっている。刑事陪審でもモリアーティ氏は、ふたりが口論の末揉《も》み合《あ》いになり転落したとするスコットランドヤードの判断を不服とし、ホームズ氏による殺人を主張している。現地の滝に誘ったのが故モリアーティ氏か故ホームズ氏かについても意見が分かれている。またこれらの裁判にからみ、兄の故モリアーティ氏が生前に多数の犯罪に関わっていたとする見解は事実に反するとして、新たに名誉棄損に関する訴訟手続きを進めており……」

伊藤の声はしだいに小さくなった。言葉を切り、老眼鏡を外した。

ホームズは目の前に漂う煙を無言で眺めた。ロンドンからみれば、ここはまさに冥《めい》界《かい》だった。死者の魂はすべてを見守るしかない。だが地上には手を伸ばせない。無力だった。ひとり置き去りにしてきた友人に対しても。

21

夜になると降雨が強まった。ホームズは縁側にたたずみ、庭の暗がりを眺めていた。腕組みをし柱に寄りかかる。長いことそうしていた。

論理的な思考は働かせていない。ニコライの事件について深く考えようにも、感情が脳の機能を制限して仕方ない。なら無意味であってもいまは哀感に浸り、遠いロンドンへの未練に区切りをつけてしまいたい。明日からふたたび活動するために。

伊藤の家族はホームズの心情に配慮してか、それぞれの部屋にさがっている。声をかけてくる者は誰もいなかった。だが廊下を歩く足音がきこえた。

近づいてきたのは伊藤だった。静かにささやいた。「ホームズ先生。そろそろ休んだほうがいい」

ホームズはため息をついた。「僕はきょうなにもしていない。おかげで睡魔に襲われることもない。どうせなら夜の闇とこの雨にまぎれ、ニコライに会う方法を考えたい」

「本当にそんなこと考えていたのか」

軒先を滴下する雫《しずく》が跳ねて音を立てる。ホームズは物憂い気分でつぶやいた。「いや」

伊藤の声は依然として気遣いに満ちていた。「ホームズ先生。さっき私は新聞を途中で読むのをやめたが、記事の後半には……」

「ああ」ホームズはうなずいた。「刑事と民事、どちらの裁判でも、モリアーティの弟に反論しているのはジョン・H・ワトソン博士だけだ。警察や弁護士が味方についても、彼らは仕事でしかない。僕の正当性をあくまで主張しつづけているのは、ワトソンただひとりだよ」

「名誉棄損の訴えまで起こされたら、ワトソン氏もさらに忙しくなるな。本業に差し支えなければいいが。いやそれより、モリアーティの弟に命を狙われないか」

「モリアーティの弟はイングランド西部で駅長をしていただけの男だ。兄とちがい奸《かん》智《ち》を働かせうる頭脳も行動力もない。ただ純朴であるがゆえ、本気で兄の潔白を信じているのかもしれない」

「裁判の行方が気になるだろうな」

「僕が？　いや。もう死人だ。手だしはできないよ」

「それゆえ友人が心配になる。ちがうか？」

ホームズは庭園の闇を眺めた。「彼には辛《つら》い思いをさせてる」

「なあ」伊藤がつぶやいた。「覚えてるか。きみと初めて会った日、新聞で長州藩滅亡の危機を知った」

「ああ。いまになって、当時のあなたがなにを感じたかわかる気がする。自分がどうなろうと、海を越えて帰りたい。その一心だったろう」

「私は仮に志半ばで倒れたとしても、後につづく同志らがいた。きみはひとりだ。その過酷さは、私ごときには想像が及ばん」

気分の重苦しさに、ホームズは視線を落とした。「兄がもう少し人格者だったら」

「きみを逃がしてくれたんだ。人格者だろう」

「モリアーティのほうは弟が出張っているのに、マイクロフトの名は新聞のどこにもない。ワトソンひとりを矢面《やおもて》に立たせ、役人の椅子にしがみついてる」

「陰ながら支援してくれてるよ」

「いや。兄は本質的に日和見《ひよりみ》主義者だ。死んだ弟のことなんかすぐに忘れる」

「そうは思いたくないといっているようにもきこえるけどな」

「僕は真実しか口にしないよ」

静寂があった。伊藤がつぶやいた。「高杉晋作先生が病床で詠んだ短歌だ。死んだなら　釈迦《しゃか》と孔子に追ひつきて　道の奥義を尋ねんとこそ思へ」

ホームズは力なく笑った。「ユーモアがある。僕も死んだ以上は、神に追いつく努力をすべきだろうな」

伊藤はホームズの反応に安堵《あんど》したらしい、静かに笑った。わずかに空気が和らいだ。

ホームズにはそう感じられたが、伊藤はやがて真顔になった。

どこか躊躇を感じさせる物言いで、伊藤が告げてきた。「ホームズ先生。もし是が非でもロンドンに帰ると決めたなら、私はいつでも船の用意を……」

ホームズはすかさず片手をあげて制した。伊藤は押し黙った。

「それはない」ホームズはいった。「命の恩人であるあなたに報いるため、この国を戦争危機から救う。僕はそう約束した。どんなことがあっても放棄しない」

伊藤はほっとしたようすでつぶやいた。「きみは侍のような心の持ち主だな。尊敬するよ」

ふたたび暗闇に目を転ずる。さっきより雨粒がはっきりととらえられる気がした。降雨の音も明瞭にきこえる。思考が研ぎ澄まされていると感じる。

ホームズは伊藤に向き直った。「すべてがニコライに端を発している以上、彼に会うしかない。橋渡しになる人脈が見つからないのなら、障壁を強引に突破してでも会わねばならない」

「強引に？　しかしロシア軍だらけの港で、九隻の軍艦のど真んなかに乗りこむのは、いささか無謀な挑戦だろう」

「僕の考えでは、めざすべきは軍艦ラスカーではない。艦内に待機するのが、シャム政府とのやりとりのためという方便にすぎない以上、とっくに抜けだして快適な地上に移っているだろう」

「ニコライ皇太子はもう軍艦におられないのか?」

「車夫がこっそり脱出できたぐらいだ、ニコライも極秘のうちに退艦できる。問題はいま彼のいる地上が、日本かロシアかだ。帰国してしまったのなら、僕らは存在しない相手と争っていたことになる。だがその可能性は低いと思う。ニコライは日本に執着している。どこかに留《とど》まっている」

「その場所を突きとめるすべはあるのか」

ホームズはため息まじりにいった。「シェーヴィチ公使からは、法的に遠ざけられてしまったからね。わりと話しやすいロシア人を頼るしかない」

そのとき庭先に足音がきこえた。人影が門を入り、庭園を足ばやに向かってくる。片手にランタンを提げていた。

伊藤が声を張った。「誰だ!」

人影は縁側の近くまできて立ちどまった。ランタンが持ちあげられると、制服の類いに外套《がいとう》を羽織った姿とわかる。おぼろな光が顔を照らした。ケピ帽の下、口髭を生やした四十前後の男の顔が現れた。

家主に対する配慮と忠誠心を有している。ホームズはそう思った。外套の濡《ぬ》れぐあいから、馬車で来たものの蹄《ひづめ》の音が響かないよう、少し離れた場所に停めた。ズボンに泥が跳ねるのも顧みず、一刻も早くと駆けつけている。

「ああ」伊藤が英語のままつぶやいた。「園田《そのだ》君じゃないか、こんな時間にどうした。ホームズ先生、彼は内務省警視庁の園田安賢《やすかた》警視総監だよ」

どうやら警察組織のトップらしい。だが園田はホームズという名をきいても、ぴんとこなかったようだ。伊藤に向かい日本語で喋りだした。

伊藤がじれったそうな顔になった。「英語で話してくれ、園田君。ホームズ先生にもわかるように」

園田はホームズに頭をさげ、英語で告げてきた。「失礼しました。伊藤枢相、弟子《てし》屈《かが》巡査部長派出所から電信が入りました。釧路集治監に収監中の津田三蔵が、急死したとのことです」

「なに⁉」伊藤が甲高い声を響かせた。

ホームズの背筋を冷たいものが駆け抜けた。全身の血管が凍っていくかのようだ。事態がいっそうの不可解を呈してきた。感情の揺れに思考を滞らせている場合ではない。

22

夜更けにもかかわらず、伊藤邸には訪問者が相次いだ。警視庁から官房主事や部長らが姿を現した。彼らは日本語で話していたが、隣りの部屋で生子が聞き耳を立てながら、ホームズに英訳して伝えてくれた。

複雑な事情ゆえ厳重な報道管制が敷かれ、明朝の新聞に記事が載ることはないという。だが津田三蔵の死は事実だった。死因は今後調べるが、現段階では急性肺炎とみられている。

死に至るまでの経緯も、かなり詳しく説明がなされた。

釧路集治監が設置されたのは六年前。社会不安に起因する事件が多発、囚人数が激増していた時代でもあった。収容施設の充実のみならず、囚人らを労働力とする開拓を目的に、北海道に集治監が続々と建てられた。明治十四年に樺戸《かばと》集治監、翌十五年に空知《そらち》集治監、三年後の十八年に釧路集治監。全国の監獄から刑期十年以上の重刑囚ばかりが移送されてきた。

千人近い囚人のうち、半数が津田と同じ無期徒刑だった。大半は外での工事に駆りだされ、標茶《しべちゃ》から釧路もしくは厚岸《あっけし》への道路建設に従事した。密林や原野に道を切り開く、想像以上の過酷な作業だという。ほか一部は構内で建設工や鍛冶《かじ》工、機械工、醤油《しょうゆ》工、藁《わら》工として働く。さらに農耕や木の伐採、木材加工の仕事もあった。ただし津田は藁工のほか、囚人の名札や日課票を記すだけの簡単な作業を与えられていた。体調不良に配慮したとの報告もあるが、武器になりうる物をいっさい持たせられないため、そんな仕事しかさせられなかった。それが真実だという。

凄惨《せいさん》な環境と思われがちだが、構内には獄舎以外に食堂、浴場、医務室、病監、教《きょう》誨《かい》室が完備されていた。教誨室で囚人たちは聖書を読んだり、英語の教育を受けたりした。五月末に津田の無期徒刑が決まったころ、シベリアに比べ収容環境が生ぬるいとの抗議が、ロシア側から寄せられたほどだった。

津田は暴れたり叫んだりはしなかったが、意味不明な言動が多く、看守やほかの囚人らからも煙たがられていた。体調は常に芳《かんば》しくないうえ、食事も摂《と》ろうとしないことが多かった。断食による自殺の恐れもささやかれた。

八月末、津田の独居房から、遺言と題した一枚のメモが発見された。所持金を伊賀上野にある津田の実家へ送ってほしいという頼みごとや、国家の未来への憂慮が綴《つづ》られていた。切った爪と毛髪も別の紙にくるんであった。

遺書の内容は北海道庁長官に報告された。長官は、津田が自殺に及べば攘夷《じょうい》の声が広がると懸念し、監視を強化するよう命じた。

九月になると、津田はげっそりと痩《や》せ細っていた。食欲は不安定で、三日も絶食したかと思えば、また普通に食べたりもした。七日、津田が悪寒をうったえたため、身柄を病監へ移した。わずかな発熱がみとめられた。獄医の診断により感冒とされた。このときには粥《かゆ》を三回ほど食している。

ところがその後、微熱がおさまらず、食欲も減退の一途をたどった。翌週以降、砂糖や梨、菓子、梅干、牛乳などが与えられたが、津田はそれらを受けつけず、衰弱がとまらなかった。

きのう津田は呼吸困難に陥った。顔は血の気がひき真っ青で、全身は汗まみれだった。心臓の辺りが痛いと繰りかえしうったえた。朝方にはコップ一杯ていどの吐血、午後にも大量に血を吐いた。

きょうになると、津田はベッドに横たわったまま、みずから血を吐きだす力も失っていた。獄医は紙片で口内に溜《た》まった血を掻《か》きだした。危篤《きとく》状態が告げられ、分監長や書記、看守長も病室に集まった。大勢が見守るなか、津田はほどなく絶命した。

津田の実家や、親族のほか知人にも連絡したが、遺体の引き取り手が見つからないらしい。法律により、このまま誰も引き取らないのであれば、釧路集治監墓地に埋葬される決まりだった。

獄内を備品のひとつまで徹底的に調べさせているが、毒物は発見されていない。現時点で津田は病死とみるのが妥当だった。

しかしタイミングが悪すぎる。国内での騒動も懸念されるが、それ以上にロシアの反応が心配だった。死刑にできないがゆえ暗殺した、ロシアはそう考えるかもしれない。戦争もしくは賠償金や領土の要求を回避したいがための、日本の弱腰かつ倫理を無視した対応と見なされる。国際社会の信用は低下、法治国家の確立はまた一歩遠のく。不平等条約改正も夢のまた夢になるだろう。

園田警視総監の声が小さくなり、半ばささやくように告げた。これはいまのところ詳細不明の情報なのですが……。

生子が襖《ふすま》に耳を這《は》わせ、必死でききとろうとしている。ホームズは襖にコップをあて、底に耳を密着させる方法を教えた。

声がきこえるようになったらしい。生子が園田の声を英訳した。津田はニコライの訪日前、何度かロシア人と会っていたようだ。滋賀県警に勤める津田の同僚から証言が得られている。

三月以降、津田は勤務時間を終えると、ただちに外へでるようになった。近くの路上で西洋人男性ふたりが津田を迎えるところを、同僚らはしばしば目撃している。ふたりはどちらも痩せていて長身、二十代から三十歳ぐらいに見えた。うちひとりはロシア語らしき言語を口にし、もうひとりが日本語に通訳していた。ただ会話の内容はよくわからない。三人は徒歩で立ち去ったという。

集治監が身内以外の面会を禁止していることもあり、津田の収監後、この怪しげなロシア人らが訪れたりはしなかった。事件後、滋賀県警で行方を追ったものの、素性もつかめずじまいだった。

伊藤はほとんど無言だった。警察組織の幹部らは、津田の死をどのようにロシア側へ伝えるべきかを議論しだした。

ホームズは熟考にふけった。日本人の精神面や生活習慣を理解しきらないうちに、推理の必要に迫られる。なんとも厄介だった。馴染《なじ》みのある西洋的な犯罪のにおいとは、かなり趣を異にする。それでも先送りにはできない。極東を襲う過去最大の危機には、もう一刻の猶予もない。

23

柔らかい午後の陽射しが降り注いでいた。銀座の目抜き通りを鉄道馬車がゆっくりと前進していく。瓦《かわら》屋根の日本家屋に赤煉瓦《れんが》の洋風建築がまざり、日本語の商看板や枝垂れ柳が同居する。そんな光景も、すでにホームズの目に馴染みつつあった。

ホームズは伊藤とともに、洋風カフェの店内でテーブルにつき、幅広の間口から外を眺めていた。庶民が盛り場に繰りだすことが増えているとはいえ、銀座ならフロックコート姿の五十歳とイギリス人がいても、さほど目を引かない。伊藤がそういっていた。たしかに外国人も頻繁に往来する。英国公使館の人間がこの時間に限り、偶然通りかかる確率など、かなり低いにちがいない。素性に疑問を持たれ連行される事態は、いまこそ避けたい。

ホームズはシェーヴィチから法的に遠ざけられている。チェーホフやアンナに会うのも、いちどきりという約束だった。しかしふたりが陸奥大臣の知り合いだったため、農商務省経由で連絡がついた。もちろんホームズが会いたがっているとは伝えていない。

赤毛の肥満体が入店してきた。一見してチェーホフとわかる。チェーホフは伊藤に気づいたようすだった。ホームズにも目をとめる。その丸い顔に戸惑いのいろがひろがった。

チェーホフはハンカチで汗を拭《ふ》きながら近づいてきた。「伊藤枢相、ホームズさん。困りますよ。もし道端で偶然ホームズさんにお会いしても、絶対に口をきくなといわれています」

アンナも店のなかへ入ってきて、面食らった表情になった。「あのう……。農商務省からご連絡いただいたので、てっきり『ロシア自然科学大全』の件かと」

ホームズは気にもせずいった。「まあおかけください。どうしてもロシア側と接触したかったのですが、いまや話せる相手はあなたがただけなのです」

チェーホフはアンナとともに、困惑顔で向かいに腰かけた。身を乗りだしチェーホフがささやいてきた。「農商務省が自然科学の知識を求めるのは、きわめて平和的なことです。だから私どもも、できるだけお役に立とうとしてきました。でもその関係を、こんなかたちで利用されたのでは……」

伊藤が穏やかに制した。「お気持ちはわかります。しかし私とホームズ先生も、平和のためやむなくこの手段をとったのです。ニコライ皇太子殿下の側近で、私たちの声に耳を傾けてくださるのは、おふたりを除いてほかにありません」

アンナが当惑のいろを深めた。「側近とおっしゃられましても、前にも申しあげましたとおり、わたしたちはどちらかといえばゲオルギイ殿下の随伴者だったのです」

ホームズは静かにきいた。「そのゲオルギイ殿下ですが、休暇で滞在中のパリに、電信でおたずね願えませんか。兄君ニコライ殿下が軍艦で日本に寄港しているのは、本当にシャム王室とのやり取りのためかと」

チェーホフとアンナが顔を見合わせた。ふたりとも表情がひきつり、互いに視線を交錯させる。

その反応をまのあたりにし、ホームズはひとつの確信を抱いた。推理によりいくつか存在した可能性が、いまひとつに絞りこまれた。

伊藤はよくわからないようすで、ぼんやりした表情を向けてきた。「ホームズ先生。なにか気づいたことがあるのか」

ホームズは黙っていた。考えを完全にまとめあげるには、まだ時間を要する。

ウエイターがメニューを手に近づいてきた。チェーホフとアンナはそわそわとしていた。顔の前にメニューがかざされ、ようやくふたりは紅茶を注文した。

怪訝《けげん》な表情のウエイターが引き下がると、ホームズはチェーホフにいった。「ロシア公使館内におられるニコライ殿下にお会いしたい。シェーヴィチ公使に気づかれないよう建物内に入るには、どんな方法がありますか」

チェーホフは目を瞠《みは》った。アンナもうろたえたようすでホームズを見つめた。

「な」チェーホフは顔面を紅潮させていた。「なにをおっしゃるんです。ニコライ殿下はですね、軍艦ラスカーのなか……」

ホームズは首を横に振ってみせた。「余分な時間を使わせないでいただきたい。もうわかっていることです。お忍びで軍艦にいるという名目なのに、ひそかに上陸していたとなれば、皇太子といえども入国に関する国際法に違反してしまう。しかし滞在先がロシア公使館なら治外法権に守られる。移動中につかまりさえしなければ、公使館内で誰に咎《とが》められることもなく、安心して暮らせる」

チェーホフとアンナは揃って観念した顔になった。肩を落としたチェーホフが、おずおずと告げてきた。「あなたはなにもかもお見通しなのですな。たしかにニコライ殿下は公使館におられます」

伊藤が表情を曇らせた。「ひとことの断りもなく入国なさるとは遺憾ですな」

「はい。ですが」チェーホフは弱りきったようすでいった。「初めからそのつもりだったわけではないのです」

アンナも困惑の面持ちでいった。「中型艦のラスカーは波に揺れ、御召艦に比べて居心地が悪く……。ニコライ殿下は船酔いに悩んでおられました。ご気分がすぐれないので、ひそかにラスカーから抜けだされ、馬車で公使館へと」

ホームズはつぶやいた。「前にも申しあげましたが、どうか正直にお願いします。長崎から職人が上京しても、軍艦に迎えたのではそのほうが問題になる。そうおっしゃっていただきたいですな」

チェーホフが打ちのめされたように下を向いた。アンナも同様の反応だった。ただひとり伊藤だけは、疑問のいろを浮かべていた。「職人というのは誰のことだ」

事実はすでに明白だった。ホームズはいった。「日本への恨みを強くしているからといって、皇太子という立場では家出も世界を巻きこむ大混乱につながると、一刻も早くお伝えしなければならない」

伊藤が頓狂《とんきょう》な声をあげた。「家出?」

アンナは深くため息をついた。「ご指摘のとおりです。すでにホームズ先生はお気づきのようですが、あのようなことがあったのでは、ニコライ殿下をお引き留めすることも難しく……」

「まさか」伊藤が真顔でホームズを見つめてきた。「ニコライ殿下は亡命をお望みなのか？」

いかにも政治家の発想だとホームズは思った。「そうではない。家出はあくまで家出だ。両親がいくら咎めても、喧嘩《けんか》をするといってきかない息子が家を飛びだした」

紅茶が運ばれてくると、チェーホフとアンナは少しばかり冷静さを取り戻したようだった。チェーホフはしばらくのあいだ、顔の前に漂う湯気を眺めていた。やがて視線をあげホームズに告げてきた。「私どもも、ニコライ殿下を説得しうる人がいるなら、ぜひともすがりたい。それがあなたであるなら、私はなんとか段取りをつけます」

ホームズはアンナに目を移した。アンナも迷いを振りきったようにうなずいた。

伊藤は依然として意味がわからないようすで、ホームズにたずねてきた。「喧嘩というのは戦争のことか？　それだけ教えてくれたまえ」

「いや」ホームズはあえてはぐらかした。「ニコライに戦争の意思があるとしたら、あなたはただちに動かざるをえないだろう。だから夜まで待ってもらえないだろうか。そこですべてがはっきりする」

24

繊細な装飾の置時計が、オルゴールの音色《ねいろ》で『ステンカ・ラージン』のメロディを奏でる。夕方六時を告げていた。

室内はロシアモダン様式の調度品に彩られていた。並の貴族の邸宅なら、応接間として用いられていてもふしぎではない。だがロシア公使館においてはちがう。この部屋は理髪室でしかない。リクライニングチェアにシャンプーボール、壁には鏡が完備されている。ハサミや櫛《くし》など道具が並ぶワゴン、タオルの入った金網製の籠《かご》も据えてあった。

設備だけ見れば店舗のようでもあるが、ここに髪を切りに来る公使館職員はいない。皇室専用の部屋だからだ。

時間どおりにドアが開いた。入室してきたのはニコライ皇太子だった。

式典出席時に身につけるような、装飾過多の派手な詰襟軍服でなく、ダブルカラーのシャツのみを楽に着こなしている。そのせいか二十三歳という実年齢相応の青年に見えた。痩せて引き締まった身体つきだが、ロシア人としてはさほど長身ではない。

髪は短く、口髭《くちひげ》も綺麗《きれい》に整っている。理髪師の世話になる必要はなさそうだった。やはりこの部屋に来たのには、別の理由があるのだろう。

ニコライはこちらに目もくれず、リクライニングチェアに向かった。控えている職人風情に、いちいち挨拶《あいさつ》する仕来りもロマノフ家にはないらしい。楽しくない施術となれば、ふてくされるのも当然だった。鏡を前に座ると、ニコライはロシア語でなにかきいた。どこか怯《おび》えたような響きが籠《こ》もっている。痛くないか、あるいは時間がどれぐらいかかるか。そんなところだろう。

一部始終を眺めていた伊藤は、ゆっくりとニコライの背後に歩み寄った。まだ気づかれたようすはない。伊藤は前方の鏡に映るニコライを見つめ、英語でささやいた。

「こんばんは、殿下」

鏡のなかのニコライがぎょっとした顔になった。すぐさま振り向き、伊藤を見あげてくる。「誰だ。きいていた職人とちがう」

壁ぎわにたたずんでいたホームズが、ニコライに歩み寄った。「どうか失礼をお許しください、殿下。こちらは伊藤博文枢密院議長です」

ニコライは目を剝《む》き、伊藤の服装を眺めまわした。

信じられないのも無理はないと伊藤は思った。また法被《はっぴ》に腹掛、股引《ももひき》に足袋《たび》といういでたちだ。長崎の職人がどんな服装か知らないが、車夫と同じでもロシア人には区別がつかない、ホームズにそう押し切られた。当のホームズはちゃっかり通訳を名乗り、いつものフロックコート姿で入館を果たした。

通行に邪魔は入らなかった。シェーヴィチやカネフスキー中佐が会議室に籠もっていることは、遠方から望遠鏡で監視し確認済みだった。

ニコライは立ちあがり、ロシア語でなにか怒鳴りながらドアへ向かいかけた。助けを呼ぼうとしている。

ホームズは素早くまわりこみ、ニコライの行く手に立ちふさがった。「お待ちください、殿下。僕たちを衛兵に突きだす前に、ご自身の正当性にはまったく問題ないといえるんでしょうな」

「なんだと?」ニコライがホームズを見つめた。

「日本側がいっさい関知しないうちに無断で入国。ここにいるのは治外法権で問題なしとされても、帰りはまた外にでなければいけない。路上で見つかれば国際問題になる」

「いったいなにをいっているんだ」

「おたずねしますが、ここでなにをなさるおつもりでしたか。理髪師の世話になるわけでもないのに、それ以外になんの約束がありましたか。予定より二日早く長崎から彫師が来た、そうお聞きになったと思います。用があったのはその彫師でしょう」

ニコライは愕然《がくぜん》とした表情を浮かべた。室内を見まわしたとき、この場にいるのが伊藤とホームズだけでないと気づいたらしい。

たちまちニコライの顔に怒りのいろが浮かんだ。「チェーホフ。ルシコワさんまで。これはなんの真似だ」

ふたりは部屋の隅ですくみあがった。チェーホフが震える声で応じた。「誠に申しわけございません。彫師が来たとお伝え申しあげたのは、事実に反しておりまして、その……」

アンナが悲痛な声を響かせた。「殿下。わたしどもは処罰を覚悟しております。しかし、どうかご理解いただきたいのです。ホームズさんはすでに事実を把握しておられます」

ニコライは衝撃を受けたようすだった。唖然《あぜん》としたまなざしをホームズに向ける。

ホームズが静かにいった。「右の袖《そで》をお捲《めく》りいただけますか。ご承知のとおり、真実はそこにあります」

沈黙がおりてきた。ニコライは硬い顔でホームズを見つめていたが、ほどなく諦《あきら》めたように指示にしたがった。手首のボタンを外し、袖をまくる。

伊藤は息を呑《の》んだ。わが目を疑うとはまさにこのことだった。

刺青《いれずみ》がない。五月初旬、長崎でいれたはずの竜の刺青が。

いや。正確には、彼が刺青を彫った事実を直接、視認したわけではない。伊藤はそう思った。京都のホテルで天皇陛下とともにニコライを見舞ったときも、彼は長袖だった。

ニコライは憂いのいろを漂わせながら、袖をもとに戻した。「ホームズさんというと、あの有名なシャーロック・ホームズ氏のご親類かな」

「いえ」ホームズが応じた。「本人です」

「しかし、たしかお亡くなりになったと」

伊藤はいった。「誤報です。おかげでシェーヴィチ公使から、スパイと見なされてしまいました。しかし誓って申しあげますが、ホームズ先生と私は皇太子殿下のお力になろうと、失礼を顧みずうかがったのです」

ニコライの目がチェーホフに向けられた。「内情を打ち明けたのか」

チェーホフとアンナは揃ってびくつき、激しく首を横に振った。

ホームズがつぶやいた。「殿下。僕は説明を受けずとも真実に気づきました。今年の四月から五月にかけ、日本にお越しになったのはあなたではない。弟君のゲオルギイ殿下です」

稲妻に打たれたような衝撃が、伊藤のなかを駆け抜けた。「なんだって？　そんな馬鹿な」

「事実だ」ホームズは落ち着いた声で告げた。「ゲオルギイ殿下は津田三蔵の襲撃を受け、極めて深刻な容体にある」

まだ驚きが覚めやらなかった。ありえないと伊藤は思った。ゲオルギイは長いこと公務をこなし、いまはパリで休暇中のはずではないか。ニコライの訪日時、有栖川宮威仁親王や通訳の万里小路正秀、中野《なかの》健明《たけあき》長崎県知事、島津忠義公爵らが会っている。なにより、お上がお会いになられた。天皇陛下は過去にも、公式行事でニコライ皇太子殿下と接見されたことがある。そのときと京都のホテルの両方に、伊藤は立ち会った。弟と入れ替わっていて区別がつかないはずがない。

ニコライはため息をついた。「イギリス人のあなたが知ったからには、世界が知ったも同然だな」

「いえ」ホームズはニコライを見つめた。「僕はまだ誰にも報告していません。あなたの日本とシャムへの対応から推理したにすぎない、そんな段階だからです。しかしできれば、あなたの口からお聞きしたい。なにがおこなわれたかは判明していても、そのときどきのあなたのご心情は、あなたしかお判りにならない」

静けさが室内を包んだ。ニコライは陰鬱《いんうつ》な面持ちでうろつき、やがて足をとめた。

「三歳年下のゲオルギイは、私とちがって背が高かった。容姿端麗で陽気な性格だった。母が私ばかりかまうので、ゲオルギイは母の気を惹《ひ》こうとよく悪戯《いたずら》をした」

ホームズがいった。「イギリスの新聞にも、ロマノフ家の話題はよく載っています。たぶん世界じゅうの新聞が同様でしょう。父親は厳しく、イギリス風の教育を施した。兄弟の部屋は質素、軍隊式のベッドに寝て、起床は朝六時、冷たい風呂《ふろ》に入れられた」

ニコライはかすかに口もとを歪《ゆが》めた。「ときどきは母が温かい風呂を用意してくれたよ。母はやさしかった。家族がいかに大事かを教えてくれた」

「ゲオルギイ殿下のことですが……」

ああ、とニコライは小声で応じた。「兄弟姉妹のなかで、ゲオルギイはいちばん賢かった。母に似て社交的でもあった。私と弟は仲が良かったよ。隣り合った勉強部屋で、同じ家庭教師に指導を受けた。六歳から英語教育を受けたが、ゲオルギイは私より上達が早かった。揃ってロシア参謀幕僚大学の課程に進んだ。そのころまでには、私も弟もフランス語に堪能《たんのう》になり、ドイツ語やデンマーク語もそれなりに話せた。一緒に狩猟や釣りにもでかけた」

「でも弟君は病弱であられたとか」

「そうだ」ニコライの顔にいっそうの翳《かげ》がさした。「弟が成人する直前ぐらいだったと思う。結核の症状があらわれてね。以後ずっと苦しんでいた」

「中東とアジア歴訪の途中で風邪をひき、大事をとって帰国なさったのも、その結核のせいですな」

「その通りだよ。あの旅は両親の勧め、いや勧めというより強制だった。去年の十月から今年の八月まで、よりによってイギリスと勢力圏争いをしている地域ばかりを旅する予定だ。私は行きたくなかったが、ゲオルギイは前向きだった。弟と一緒なら、そう思って私も旅にでる決心をした」

「あなたは日本に行きたいともお思いではなかったでしょう」

ニコライがうなずいた。「どこも気が進まなかった。私は文化に関心がなくてね。読書嫌いだし、劇場や展覧会を訪ねるのも退屈だ。ナイル河下りでは踊り子だけが目を楽しませてくれた。きみには悪いが、インドではイギリス軍の赤い制服を見るたびげんなりした。清国や日本は野蛮ときいていたし、当然行きたくなかった」

伊藤のなかに疑問が生じた。「でもエジプトとインドでは日本行きを楽しみにしていたと……」

ホームズが澄ました顔で、チェーホフとアンナを指さした。ふたりは気まずそうな表情でうつむいた。

そうか。あれも嘘かと伊藤は理解した。ニコライがゲオルギイと入れ替わっていた事実を伏せようとすれば、そう説明せざるをえないだろう。

ニコライが鼻を鳴らした。「日本へ行きたがっていたのは弟だよ。ゲオルギイはさかんに日本への期待を口にしていた。私は共感できなかった。文明の未発達な国へ行くのは危険だと、そのときから思っていた」

年齢のわりに子供っぽい。甘やかされて育った貴族特有の性格だ、伊藤はそう思った。父親のしごきも、たいしたものではなかったのだろう。それより母親の溺愛《できあい》ぶりがどれほどのものだったか、容易に想像がつく。ニコライは皇太子という立場に似合わず、わがままで世間知らずだった。好き嫌いが激しく、苦手なものに立ち向かうのではなく、常に逃げる道を選ぶ。ロシアにとって最大のライバル、イギリスから目を背けようとするあたり、その性格が顕著に表れている。

ホームズはニコライにきいた。「弟君はいつ体調をお崩しに？」

「気管支炎を発症したのはボンベイあたりだ。もともと温暖な気候を旅することで、病気がちな身体が快方に向かうことを期待したんだが、実際には逆だった。ゲオルギイは退艦し、チェーホフらの付き添いでカフカス地方へ戻っていった。心底がっかりしたよ。乗り気じゃない旅がいっそうつまらなくなった」

「でもじつはふたたび合流した。そうでしょう？」

「ああ」ニコライはリクライニングチェアに浅く腰かけた。「私がシンガポールへ行っているあいだに、弟はずいぶんよくなったらしい。だからまた旅行をつづけたいといったらしいんだが……」

ニコライがチェーホフに目を向けた。チェーホフがうなずいていった。「ゲオルギイ殿下は合流したがっておられたのですが、皇后陛下が無理せずモルディブで静養するようにと、お手紙を寄《よ》こされました。ゲオルギイ殿下は旅行中のニコライ殿下にもご相談され……」

「そうだったな」ニコライが微笑を浮かべた。「シンガポールで手紙を受けとった。私は心から喜び、両親に黙って来るように返事した。シャムへ向かう前、ゲオルギイはパーミャチ・アゾーヴァへ戻った」

ホームズがチェーホフとアンナにきいた。「あなたがたも当然、ゲオルギイ殿下に随伴したのですな？」

「はい」アンナが応じた。「その後はずっと軍艦の上でしたが、医師とともにゲオルギイ殿下のご健康を気にかけておりました」

ニコライがいった。「エジプトとインドで、私を苛立《いらだ》たせたことのひとつに、行く先々で私と弟が取り違えられた事実がある。私より背が高く社交的な弟は、第三者の目から兄に見えるらしい。今回の旅行に限らず、子供のころからよくあったことだ。シャムに着く前、私と弟は一計を案じた。私は旅を楽しんでいないし、弟は行きたがっている。なら代わりに弟が私に成りすまして上陸しては、そう勧めたんだ」

伊藤はやはり信じられない気分だった。「そんな乱暴な。ニコライ殿下とゲオルギイ殿下は、たしかに面影に共通するところはおありでも、双子ではあられない。あきらかに異なっておいでalong」

ニコライが伊藤を見つめてきた。「伊藤枢相、あなたに兄か弟は?」

「いえ。おりません」

「そうか。兄弟というのはたしかに外見も考えもちがうが、悪戯には共謀の意識が働くものだよ。シャムはイギリスやオランダの植民地でもないし、未開の国だし、二度と行く気もないからだいじょうぶだと思った。従弟《いとこ》のゲオルギオス王子にも協力してもらった」

　チェーホフが声を震わせた。「これが初めてではないのです。ロシア国内でも訪問先が田舎の村であったり、人がほとんどいない地方だったりする場合、ゲオルギイ殿下が身代わりになられることが多くて」

　ニコライは不満そうな顔になった。「身代わりだなんて人聞きの悪い。ゲオルギイは旅行好きなのに、あまり公務の恩恵にあずかれずにいた。私と弟の利害が一致したんだ」

「恐れながら」チェーホフがいった。「常々申しあげておりましたように、十代の子供であられたときには許されたことでも、大人になられますと……。ましてここ数年、写真技術が飛躍的進歩を遂げております。それ以上に恐ろしいのがキネトスコープです」

　耳慣れない名称だった。伊藤はきいた。「キネトスコープ？」

　アンナが説明した。「エジソンが発明したばかりの動く写真です。ご兄弟でご尊顔が多少似ておられても、しぐさや表情が伴うと、目の前でお会いしているのと同じぐらい区別がついてしまうのです」

　ニコライがじれったそうにいった。「そのときにさんざん話し合っただろう。健康を害していた弟にとっては、二度とない機会だった。ゲオルギイが楽しみにしているからには、極東の土を踏ませてやればいい。実際、キネトスコープなど未開の地にはまだ導入されていない」

伊藤は呆《あき》れながらきいた。「シャム王室への謁見があるのに、ゲオルギイ殿下を行かせたのですか」

チェーホフがうわずった声をあげた。「私どもも失礼にあたると申しあげたのです。しかしゲオルギイ殿下のご体調が回復されており、これを最後にするとおっしゃいましたので……。シャムと日本にかぎり、入れ替わられるのを了承いたしました」

「なんと」伊藤は面食らわざるをえなかった。「日本とシャムのみですか」

ホームズがつぶやいた。「今回の旅程で、ヨーロッパの植民地でなく支配下にも置かれていない独立国家は、それら二国だけだからだ」

ニコライもあっさりといった。「文明も発達していないだろうからね。シャム王室は新聞各社の特派員すら上陸させたがらないと、事前に判明していた」

伊藤は反感をおぼえた。「恐縮ですが、いまこの国をご覧になられ、お気持ちも変化されたのではと推察しますが」

「ああ。たしかに思ったよりは近代化していた。でも事前にはわからなかったのでね」ニコライはさほど悪びれたようすもなく告げてきた。「記録には残せないので、シャムでは軍嘱託の写真師を同行させなかった」

チェーホフがため息をついた。「艦長以下、水兵の全員が秘密厳守を義務付けられました。もちろん宮廷にも報告しておりません」

ホームズはニコライを見つめた。「写真さえ残さなければ安泰とお思いだったのですか？」

ニコライの表情が曇った。「ところがシャム王室は速記の記録を残しているとわかってね。ゲオルギイは私の他国での発言と矛盾する受け答えをしていた」

「両国の記録の摺《す》り合わせと称しながら、じつは向こうの記録を殿下の意のままに修正させようとお考えですな」

「問題は弟に限らなかったよ。新聞各社の特派員は、現地の報道機関に金を払い取材させていた。弟の姿は遠方から隠し撮りも同然に撮られていた」

ホームズがいった。「幸いなことに新聞各社は、不鮮明なそれらの写真がゲオルギイ殿下とは気づかなかった。宮廷はネガを高価で買いとると各社に持ちかけた。回収するためですね」

「粗末な技術だったし、現像した写真のほうは何年かのうちに劣化していくだろう。だがネガは別だ。大きく引き伸ばされたらゲオルギイだとわかる」

ホームズがうなずいた。「日本でも同じ事態に陥るのを危惧《きぐ》し、最初から特派員らに旅程を知らせず、お忍びで漫遊に出発なさった」

「そうだ。ただし天皇陛下には以前にもお会いしているから、東京だけは私が行くつもりでいた。ゲオルギイは日本をおおいに気にいり、見ず知らずの民家まで訪問して、自由に振る舞ったよ。初めて会う人々ばかりだし、アジア人からすれば私とゲオルギイの区別なんかつくはずもないと思った。事実、要人も含めみなだまされていた。特派員もいないし、沿道ではみな頭《こうべ》を垂れているし、庶民にカメラも普及していない。撮影も禁じられていた。ゲオルギイから届く手紙をもとに、私は毎晩日記を書いた。これはシャムでもそうだった」

伊藤は妙に感じた。「あなたが訪日中の写真があったはずです。私も新聞社を通じ拝見した。人力車に乗っていたのは、まぎれもなくあなただった」

ホームズが片手をあげて伊藤を制してきた。「ニコライ殿下。大津での襲撃をきき、あなたはさぞ動揺なさったでしょう」

「そうとも」ニコライが唸《うな》るようにいった。「あんなことが起きるとは。パーミャチ・アゾーヴァの艦内は大騒動だった。私は弟の安否が知りたくて、まったく心が休まらなかった」

「いや」ホームズの表情が冷やかになった。「それ以上にあなたを狼狽《うろた》えさせる事情があったはずです。天皇陛下がお見舞いなさるとの一報が入った」

ニコライは目を閉じ、深く長いため息をついた。「心臓がとまるのではと思った。私は軍の将校たちや随伴者らの意見をきいた。天皇陛下が到着なさる前に入れ替わらねばならない、そんな結論に達した。入院したのでは医療記録が残るため、弟は常盤ホテルにいた。私たちはこっそり上陸し、馬車でホテルへ向かった」

「そのとき弟君のごようすを、ご覧になりましたか」

「ああ……。意識不明の重体だった。その状態はいまも変わらない」

伊藤はやりきれない気分になった。裂傷のみならず頭蓋骨《ずがいこつ》陥没。重傷と伝えられたにもかかわらず、天皇陛下のお見舞い以後は、突然のように軽傷とされた。奇妙に思わなくもなかったが、まさかそんな真相が潜んでいようとは。

ニコライは虚空を見つめていた。「私は負傷してもいない頭に包帯を巻き、侍医と口裏を合わせ、天皇陛下のお見舞いをお受けした。ゲオルギイのほうはパーミャチ・アゾーヴァに収容されたのち、夜中に別の船へ移し替えられ、ウラジオストックの病院へと運ばれた」

有栖川宮威仁親王や、通訳の万里小路正秀に面会が許されなかった理由も、これであきらかになった。弟をニコライと信じる彼らは同席できなくて当然だ。

ホームズはニコライにいった。「事件が起きてしまった以上、あなたには天皇陛下以外にも欺かねばならない相手ができた。特派員たちだ」

「その通りだ。当初の予定では、東京には私が向かうはずだったから、写真はそのとき撮らせればいいと思っていた。しかし大津での事件前に、軍の嘱託写真師がなにも撮っていなかったとなると不自然だ。シャムにつづいて二度も予定を忘れたんじゃ、彼も責任を問われ懲罰を受けてしまう」

ホームズが鼻を鳴らした。「お優しい」

ニコライはむっとした。「もともと誰かを陥れる謀略の類《たぐ》いではなかった。すべてが丸く穏便におさまるはずだったんだ」

「写真を撮るためにふたりの車夫を軍艦に呼びつけた。車夫の姿のまま来るように伝えたうえで」

「きみはたしかに、すべてを見抜いているんだな。車夫には勲章のほか充分な金を与え、それ以降に起きることを口止めした。いちどに褒美をやると、あとで気が変わるかもしれない。終生年金を与える約束をしたうえで、もしどこかで秘密を喋《しゃべ》ったら支給を打ち切るといった」

「効果的な脅しです。察するに、父君の知恵が入っておられる」

「ああ。両親には黙っているつもりだったが、ゲオルギイの意識が回復しないままウラジオストックに運ばれている。打ち明けないわけにはいかなかった。艦長から打電してもらい、父上の指示を仰いだ」

「叙勲式が夕方にもかかわらず、昼間から車夫たちを招いたのは、艦を抜けだして撮影するためですね」

「日本側の監視の目を盗み、ボートで右舷から抜けだした。民間人を装って小さな漁港に上陸し、用意させた人力車で撮影した。弟と同じボーラーハットとブレザーを、私も身につけていた。陽が傾くまで撮り、やがて夕焼け空になると、写真師がもう暗くて写らないといった。それでまたボートで艦へ戻り、叙勲式をおこなった」

伊藤は納得した。車夫たちが富士山を見たのはそのときだろう。

ホームズがニコライを見つめた。「そんなに長時間撮ったのなら、もっと枚数があったと思いますが、新聞各社に配付されたのは二枚だけでした」

「通行人がひとりでも写っていたら、別の日の撮影と割りだされるかもしれない。背景で場所を特定されるわけにいかないし、陽射しの加減が弟の旅程と一致していなければならない。絞りこんだら二枚しか残らなかった」

「天皇陛下のお見舞いには感謝の意を伝えられた。帰国直前には新聞を通じ、日本国民に対し同様のメッセージをお発しになられた」

「ゲオルギイがいかに日本人の信頼を得ていたかを知り、涙がでそうになったよ。弟は本当に日本を愛していた。私もあるていどはその態度を引き継がねばならなかった」

「内心ははらわたが煮えくり返っておいでいでしたか」

「むろんだ」ニコライは即答した。

ホームズがつぶやいた。「後になって、あなたの日記が宮廷で公開されたのは……」

「私の日本での旅を確固たる事実にしようと、父が提案した」

「日本人が誰も助けようとしなかったとの記述が物議を醸しましたが」

「従弟のゲオルギオス王子からの報告に基づいたからだ。彼は自分こそがゲオルギイを救ったと主張していた。沿道の人々が助けなかったという話も、ゲオルギオスからきいた」

伊藤はいった。「沿道の人々は頭を垂れ、ほとんどが襲撃の瞬間を見ておりませんでした。騒がしくなり顔をあげたときには、法の番人たる警官が走っていたので、見守るしかなかったのです」

ニコライが天井を仰いだ。「私服のゲオルギイは、説明がなければただの外国人だ。

身近な警官のほうに権威性を感じたわけか。庶民の心理としては当然かもしれない。だが私は受けいれがたい」

ホームズが醒《さ》めた目をニコライに向けた。「弟君に危害を加えた日本人に対し、憎しみが増幅していった。そうですな？」

「そうとも」ニコライがホームズを見かえした。「伊藤枢相の前だが、正直さを求められているのだからそれに従う。私の以前の認識では、日本人はシャムや清国の住人たちと同じ、未開の野蛮人だった。それでも事件直後はまだ楽観視していた。ゲオルギイはいずれ意識を取り戻すと思っていた。だが危篤状態と化し、医師から治療のすべがなく、回復の見込みもないときかされ……」

「日本人が猿だと？」

「そうとも。もはや人ではない。つい二十数年前までこの国で、どれだけ多くの西洋人が斬られたと思う。野蛮な黄いろい猿だ。断じて許せない」

伊藤のなかで憤りの感情が膨れあがった。「弟君を身代わりにされ、わが国を愚弄《ぐろう》なさった事実は、棚に置かれるわけですか」

ニコライが目を怒らせ立ちあがった。「弟と入れ替わっていなくても、津田三蔵は大津で私を襲撃しただろう。あんな男をかばい、死刑にもしない日本人の同胞意識を、私は心底軽蔑《けいべつ》する」

「同胞意識からではない。法治国家のためだ」

「口先だけの言いわけにすぎない。おたずねするが、あなたは明治維新以前、どこでなにをなさっていたんだね。攘夷をひとことも叫ばなかったのか。西洋人の血を流したことはないのか」

伊藤は黙っていた。弱腰になったからではない。論点をすり替えられたと知りながら、挑発に乗るわけにはいかなかった。西洋人はことあるごとに攘夷を持ちだし、自分が被害者側に属すると主張したうえで、日本への攻撃を正当化する。もっと高い次元へ成長すべく抗《あらが》おうとも、幕末の評価へ引き戻されてしまう。日本人は身勝手なのか。断じてちがう。武力を行使しアジアに触手を伸ばしてきたのは欧米列強ではないか。

ホームズが割って入った。仲裁するように両手をかざしていった。「いまは事実をこそ確かめたい。ニコライ殿下。あなたは日本への憎悪と復讐《ふくしゅう》心を募らせていった。しかし国際世論は、あなたの寛大な態度を賞賛している。その矛盾があなたをいっそう苛立たせた」

ニコライがため息とともにうつむいた。「胸が張り裂けそうなほどだよ。父上も理解してくれない。なぜか私に辛抱しろと説得してくる。大臣たちも軍の上層部も、みな耐えることを強要する。絶対におかしい。ロシアは日本を蹂躙《じゅうりん》すべく計画を立てていた。そのためのシベリア鉄道であり、ウラジオストック港のはずだ」

チェーホフが困惑のいろとともにいった。「恐れながら、殿下は皇帝陛下を誤解しておいでです。大臣や軍に対しても同様です。みな本質的に平和を愛し、戦争につながる行為を控えようとしているのです」

「いや」ニコライが語気を強めた。「断じてちがう。日本を黄いろい猿と見なしているのは私ばかりではない。軍と政府の中枢、彼らの総意だ。子供のころから、周りの大人たちはみな日本を見下していた。いまになって手をこまねいているのは、イギリスが背後にいるからだ。日本など取るに足らないが、父上はイギリスを恐れている。いまも伊藤枢相は、こうしてイギリス人の探偵を連れてきているではないか！」

怒鳴り声は静寂に反響した。沈黙が音にきこえてくる。静かであればあるほど、しんしんとした音が耳に届く。

ホームズが冷やかにいった。「あなたが日本への報復を叫ぼうとも、父君が耳を貸さない。そこでシャムとの折衝を仰せつかったのを機に、あなたは単独で行動にでようとした。シャムでなく日本に停泊し、シェーヴィチ公使をけしかけ、津田の死刑問題を蒸しかえした。目的は日本へ圧力をかけ、屈服させることだった」

「単独ではない。艦長たちは私に共感してくれている」

「父君はあなたの行動をあるていど予測していたのでしょう。御召艦での出航を許可しなかった。あなたにできたことは、護衛の中型艦を最大限要求し、それらを引き連れて虚勢を張ることだった。ひとりで武勲を夢見て家出する子供のように」

ニコライがホームズに詰め寄った。「このイギリス人め。無礼だろう!」

ホームズは語気を強めまくしたてた。「天皇陛下とラーマ五世陛下を欺いたほうが無礼ではありませんか。あなたは当初から皇太子としての務めを果たしていない。そんなあなたがなにを主張しようが、聞く耳を持つ外国の要人はいない。この期《ご》に及んでなお、腕の刺青がなければ疑われる、そんなちっぽけな負い目ばかりを気にかけている。あなたは日本に立ち向かえる器ではない」

ニコライは顔を真っ赤にして憤慨した。両腕を振りかざしたが、自分より長身のイギリス人に挑みかかろうとはしなかった。ニコライはまたも椅子に腰を下ろし、両手で頭を抱えた。

廊下があわただしくなった。複数の靴音が駆けてくる。ドアが弾《はじ》けるように開いた。踏みこんできたのはカネフスキー中佐と衛兵が三人、そしてシェーヴィチ公使だった。

シェーヴィチは伊藤を見つめ、次いでホームズに目を向けてきた。その顔に激しい怒りのいろがひろがった。シェーヴィチは怒鳴った。「女王の犬めが。こんなところにまで入りこむとは！　公書に違反したからには、もはやどうにもならないと覚悟をきめておけ」

カネフスキーが衛兵らとともに、ニコライのもとへ駆け寄った。椅子にかけたまま項垂《うなだ》れるニコライに対し、退避をうながしている。

伊藤はシェーヴィチにいった。「お待ちを。あなたがたは事情を理解していない」

シェーヴィチが見かえした。「伊藤枢相。いったいなんだね、その服装は」

「いまニコライ殿下が告白なさった。それを知れば、あなたがたのわが国への態度も、誤りだったと気づくはずだ」

ロシア側の一同に当惑の反応があった。カネフスキーがニコライにたずねる目を向ける。

だがニコライは、ゆっくりと腰を浮かせながらつぶやいた。「私はなにも知らん」

衛兵らが戸惑いながらも直立不動の姿勢をとる。ニコライはドアへと向かいだした。

シェーヴィチが伊藤に向き直った。「枢相ともあろう人が不法侵入とは、法治国家がきいて呆れる。公使館をいったいなんだと心得……」

チェーホフの声が響き渡った。「お待ちください！」

室内がしんと静まりかえった。誰もがチェーホフを注視した。チェーホフの額には無数の汗の粒が噴きだしていた。

「私は」チェーホフは真剣なまなざしでシェーヴィチを見つめた。「たしかにうかがいました。五月の時点とは異なり、いま日本に津田三蔵の死刑を迫ることは、皇帝陛下のご意思ではありません。ニコライ殿下が独断でなされたことだったのです。ホームズ先生がご指摘になり、殿下もお認めになりました」

シェーヴィチが目を丸くした。ニコライは退室しかけていたが、カネフスキーや衛兵らの愕然とした反応に、立ちどまらざるをえなくなったらしい。背を向けたまま静止した。

チェーホフはつづけた。「わが国の政策を殿下が誤解なさっていることが原因です。シベリア鉄道も、ロシアは日本人に商用利用を許可しております。来攻のための敷設ではありません」

アンナも悲痛な声でうったえた。「ニコライ殿下は、ゲオルギイ殿下が意識不明であられるのを悲しまれ、日本をお恨みになったんです」

「なに?」シェーヴィチが立ちすくんだ。「話が見えん。ゲオルギイ殿下が意識不明とはどういうことだ」

伊藤は啞然とした。公使は知らなかったのか。ニコライの身代わりにゲオルギイが訪日した事実を。

いや、たしかにありうる。東京に限り、ニコライは自分で訪問するつもりだった。公使とはそのときに会う予定だったのだろう。

襲撃事件が起きたのち、シェーヴィチは京都へ見舞いに駆けつけたと思われる。だが到着時にはもうニコライがベッドに横たわっていた。

チェーホフがため息とともに視線を落とした。「パーミャチ・アゾーヴァの艦長以下、随伴者から水兵まで全員が承知していたことです。私たちも公使に真実をお伝えできませんでした。この四ヵ月余り、ゲオルギイ殿下の公務に同行させていただいたというのも、殿下がパリで休暇中であるというのも、すべて偽りなのです」

シェーヴィチが血相を変えて怒鳴った。「そんな話が信じられるか! 私はあの襲撃事件直後、皇帝陛下から直々《じきじき》にうかがった。ゲオルギイ殿下はすでに公務に復帰されていると」

チェーホフは赤毛を振り乱して叫びかえした。「私たちも皇帝陛下の命《めい》に従ったのです！　皇太子殿下の命にもです。しかし間違っておりました。そうすべきではなかったのです！」

また室内が沈黙した。今度の静寂は長くつづいた。誰もが固唾《かたず》を呑んでニコライを見つめた。

カネフスキーがかしこまった姿勢を取りながらも、戸惑いの感じられる声の響きでロシア語を喋った。ニコライになにかたずねている。

ニコライは背を向けたままだった。ぼそりとひとこと応じた。衛兵たちが顔を見合わせる。ニコライは廊下へ立ち去った。

チェーホフが憔悴《しょうすい》しきった表情で伊藤を眺めた。「お客様を外へお送りしろ、殿下はそうおっしゃいました」

シェーヴィチは動揺をあらわにしカネフスキーを見つめた。カネフスキーも当惑のいろとともに見かえした。

ホームズは澄まし顔でシェーヴィチを眺めた。「きょうはあなたがたの誤解を正しに来たにすぎません。死亡記事の誤報が確認できるまで、僕に対しては引きつづき疎遠にしていただいて結構。ではごきげんよう」

それだけいうとホームズは歩きだした。足ばやにドアをでていく。

伊藤もシェーヴィチに告げた。「公使。突然の訪問をお詫《わ》び申しあげます。私もこれにて失礼いたします。また明日以降お目にかかりましょう」

シェーヴィチは茫然《ぼうぜん》とした面持ちのままだった。チェーホフとアンナは疲弊しきっていたが、どこか安堵《あんど》のいろを漂わせている。

その随伴者ふたりの勇気こそ尊敬に値する。伊藤は深々と頭をさげると、踵《きびす》をかえしドアへと歩いていった。

25

翌朝、ホームズは伊藤の家族と朝食をともにした。早めにモーニングに着替え、卓《ちゃ》袱台《ぶだい》を囲む。この風変わりな暮らしも半ば日常と化しつつある。

朝子がホームズにいった。「ちがいますよ。叔母様《おばさま》という日本語はアントの意味です。お祖母様《ばあさま》はグランドマザーです」

ホームズは箸《はし》を進めながら苦笑した。「どうちがうのかまったくわからない」

伊藤も微笑を浮かべた。「長音だよ、ホームズ先生。直前の母音を一字分伸ばして発音するんだ」

聞き分けられない。英語の感覚ではまったく理解しがたいルールだった。ホームズはたずねた。「マザーは？」

生子が応じた。「お母様です」

「ふうん」ホームズは不可解に思った。「この斜め向かいの住人もそう呼んでいたと思うが」

朝子と生子が顔を見合わせた。ふたりは声をあげて笑った。生子がホームズに告げてきた。「あれは岡《おか》さん。丁寧な言い方なら岡様」

「同じになるのか。マザーもミスター・オカも」

ちがいますって。伊藤の娘たちが笑っていると、外国語訛《なま》りの日本語が、すみませんと呼びかけるのがきこえた。梅子が立ちあがり、使用人が小走りに門へ駆けていく。ほどなく使用人は縁側へ引きかえしてきた。使用人と日本語で言葉を交わした。

梅子が振りかえった。「ロシア公使館から、チェーホフさんとルシコワさんというかたが」

意外な来客だった。伊藤が腰を浮かせた。ホームズもそれに倣い、伊藤とともに玄関へ向かった。靴を履き庭へでる。

門の外にチェーホフとアンナが並んで立っていた。腰の低い態度は変わらないものの、きょうはどこか落ち着いていた。伊藤が招くと、ふたりは庭へ入ってきた。

伊藤がいった。「朝食を一緒にいかがですか」

「いえ」チェーホフは足をとめた。「出勤前に立ち寄らせていただいただけなので」

ホームズはチェーホフにたずねた。「朝早くからどうかされたのですか」

チェーホフはアンナと顔を見合わせてから、またホームズに向き直った。「じつはご挨拶にうかがいました。私とルシコワ女史は、ロシアに帰国しだい国家資産省を辞職することになりまして」

伊藤が眉《まゆ》をひそめた。「なんと。ではきのうの件で……」

アンナは首を横に振った。「いえ。ニコライ殿下にお叱りを受けたわけでも、シェーヴィチ公使に責められたわけでもありません。わたしたちが自主的にきめたことです」

チェーホフがうなずいた。「ゆうべ伊藤枢相とホームズさんにお越しいただいたおかげで、肩の荷が下りた気がするのです。ほっとしたといいますか」

心情は理解できるとホームズは思った。チェーホフもアンナも言及したがっていないが、本音ではニコライの嘘に加担した罪深さを感じているのだろう。ふたりとも生真面目で気弱な性格ゆえ、ニコライの期待には応《こた》えられなかった。だがおかげで真実があきらかになった。

伊藤がふたりにきいた。「シェーヴィチ公使の逆鱗《げきりん》に触れたとか、そういう状況ではないのですね？」

ふたりは揃って微笑した。アンナがいった。「公使は目から鱗《うろこ》が落ちたとおっしゃっています。ホームズさんが日本の諜報《ちょうほう》機関設立の顧問であっても、真実を知る機会を与えてくれたことには感謝せねばならないと……。フレイザー英国公使にもそう伝えるべきかと悩んでおいででした」

ホームズはあわてぎみに応じた。「いや、それは必要ありませんな。無理に接触なさらずとも、当初のお考えどおりイギリスに対して油断なさらぬようお伝えください。極東でのよきライバルである英露関係のまま、公使館どうしも火花を散らしあう存在であるべきですな」

アンナは戸惑いのいろを浮かべた。「そうなんですか？ホームズさんは平和を願っておられるとばかり……」

「いや、あの」ホームズは咳《せき》ばらいをした。「僕は現実主義というだけでして」

伊藤がやんわりと助け舟をだした。「ホームズ先生は、シェーヴィチ公使とフレイザー公使が犬猿の仲なのを考慮し、無理にお会いにならなくてもといっているんです。

シェーヴィチ公使にはそのようにお伝えいただきたいですな」

アンナがぼんやりと応じた。「はあ。それでよいのであれば、公使にそうお伝えします」

ホームズはうなずいた。「是非お願いします。もしイギリスとなんらかの情報を共有したいのであれば、多忙なフレイザー公使に代わり、僕がおうかがいしましょう。僕の身の上についてはロンドンに問い合わせ中でも、いま僕の知恵を借りたいというのであれば、内容により考えなくもないので」

チェーホフがホームズを見つめてきた。「そうおうかがいして安心しました。シェーヴィチ公使は、オルゲルト・ベルセロスキーという男についても、ホームズさんがなにかご存じか尋ねたがっていたので」

「ベルセロスキー……。さて、初めて耳にする名ですな」

「そうですか。ロシア警察も、氏名以外の情報はほとんど把握していないのです。第二インターナショナルの活動家で日本に潜伏している、それしかわからないとか」

第二インターナショナル。二年前に結成された社会主義者の国際組織だった。前身の第一インターナショナルは、フランスで影響力をもったアナーキズムとの対立によって二派に分裂、十五年前に解散していた。

伊藤がいった。「第二インターナショナルは、八時間労働制や民兵制を主張しているぐらいで、特に過激な思想の集団でもないでしょう。あとはメーデーを休日にするとか、労働組合運動の組織化とか。活動家とはいえ、さして危険な存在でもないのでは？」

チェーホフが伊藤を見つめた。「私もよく知らないのですが、ベルセロスキーはマルクス信奉者であるだけでなく、急進的な革命思想の持ち主だとか。津田三蔵にニコライ殿下の暗殺を依頼したものの、津田が失敗したので、ベルセロスキーは津田を口封じのため殺そうとしているとの噂があるとかで……。私には少々飛躍した話に思えますが」

アンナも苦笑を浮かべた。「シェーヴィチ公使も、以前ロシア警察の関係者からその噂をきかされたときには、まるで本気にしなかったのです。ただゆうべ初めてニコライ殿下とゲオルギイ殿下の入れ替わりを知り、衝撃を受けたようで、ありえない話もありうるとお感じのようで」

伊藤が澄ました顔でうなずいた。「わかりました。園田警視総監にも伝えておきます」

さすが政治家だけにポーカーフェイスを貫くのがうまい。だが伊藤も穏やかならぬ心境だろう。ホームズはそう思った。津田の死はまだ公表されていない。ロシア側にも当然、情報は開示されていない。ない。あれが暗殺だったとすれば、ベルセロスキーなる男の存在を気にかけないわけにいかなかった。

チェーホフがいった。「あのう、ついでながらもうひとつ。これはゆうべニコライ殿下が軍艦ラスカーへお戻りになった後、シェーヴィチ公使が本国に打電し、行き着いた結論なのですが……。日本政府におかれましては、今回の騒動の真相を、どうか秘密にしていただけないかと。ニコライ殿下とゲオルギイ殿下が入れ替わっていたことや、ゲオルギイ殿下が危篤であることに関し、世間への公表を控えていただけないかと」

伊藤が顔をしかめた。「辞意を固めたおふたりに、すべての交渉ごとを押しつけるとは、公使も困りものですな」

「いえ。ご返事は公使のほうにしていただいて結構です。私とルシコワ女史は、祖国のためお役に立てて本望ですよ」

アンナが告げてきた。「皇帝陛下のご意向なのですが、お礼にロシアの財産となるものを日本にお譲りするとのことです」

ホームズは思わず笑った。「なにか褒美をとらせるから、その代わり秘密を厳守願いたい、皇帝陛下はそうおっしゃっているのですな。車夫のときとまったく変わらない」

「ええ」チェーホフが戸惑いがちにうなずいた。「お礼については勝手ながら、賠償金と領土以外でお願いしたいとも」

失笑を禁じえない。だがふとひとつの可能性が頭に浮かんだ。

伊藤も同じ思いだろう、顔を輝かせながらチェーホフにいった。「それなら是非、ロシアからお譲りいただきたい物があります」

チェーホフは弱腰の反応をしめした。「私どもにお伝えいただいても、どうにもなりませんので、是非とも公使のほうに直接……」

「いや」伊藤はすでに満足そうな笑いを浮かべていた。「あなたがたロシア国家資産省こそ、権限をお持ちのはずです」

26

二日後の昼過ぎ、ロシア公使の執務室は式典の様相を呈していた。カネフスキー中佐以下、軍人が整列するなか、公式文書の署名がおこなわれている。日本側からの出席者は伊藤枢相のほか、陸奥農商務大臣や園田警視総監以下、十名ほどだった。ロシア側にニコライの姿はなかった。

ホームズは部屋の隅に立ち、中央のデスクでシェーヴィチ公使と陸奥農商務大臣が署名するのを見守った。

カネフスキーがときおり苦々しげな顔を向けてくるものの、ホームズを追いだそうとはしなかった。以前の約束事は、事実上無効になったと考えてよさそうだった。

署名が終わると、シェーヴィチと陸奥が立ちあがった。すぐにチェーホフとアンナが、ふたりがかりでなければ持てないほど大きな本を運んできた。赤い革表紙に金の箔押《はくお》しで、ロシア語の書名が刻んである。『ロシア自然科学大全』最新版だった。

シェーヴィチが陸奥に英語で告げた。「私どもの誠意と、露日友好の証《あかし》として、この本をお譲りします」

日本側の役人がふたり歩み寄り、大判の本を受けとった。

陸奥は喜びをあらわにいった。「シェーヴィチ公使。心から感謝申しあげます。わが国は自然科学分野でおおいに後《おく》れをとっておりました。これで研究に弾みがつきます」

シェーヴィチの笑顔はひきつりぎみだった。「お役に立ててなによりです。しかしお礼の言葉はぜひチェーホフとルシコワのほうに。ふたりが本国の国家資産省に掛けあってくれたのです」

陸奥がチェーホフに手を差しのべた。チェーホフはさも嬉《うれ》しそうにその手を握った。満面の笑いとともにチェーホフはいった。「翻訳が難しい箇所があれば、あとでまとめてお答えしますと担当者にお伝えください。お譲りできて本当によかった」

最後に大役を務めあげ感無量なのだろう。アンナもうっすらと涙ぐんでいた。

歓談の時間を迎え、執務室にざわめきがひろがった。園田警視総監が歩み寄ってきた。

「ホームズ先生。枢相のご自宅でお会いしたときには、あのシャーロック・ホームズ先生と気づかず、大変失礼をいたしました。お亡くなりになったとうかがっておりましたので」

周りの視線を気にしながら、ホームズは人差し指を口もとにあてた。「誤報の死亡記事が訂正されるまで、警視庁からスコットランドヤードへの問い合わせはお控え願いたいですな」

「それは心得ております。伊藤枢相からも強くいわれておりますので」

ホームズはため息まじりにいった。「三権分立を近代国家の条件と認識しているわりには、枢密院議長が警察に影響力を行使できるらしい」

「伊藤枢相は特別なお人です。垣根を越えあらゆる方面に力を発揮されています。しかし独裁権力とはまるで異なります。われわれの意思を尊重してくれていますし、理不尽な強制もありません。大審院の児島院長とも、いまや互いを認め合う仲です」

「わかります。立派な存在です」ホームズは園田を見つめた。「最近、警察のほうではどんな事件を？」

「奇妙なことに、あちこちの民家から二束三文の生活用品が連続して盗まれておりまして」

「ほう。陶器、人形、版画が盗難に遭っているという記事なら読みましたが」

「最近は団扇《うちわ》、着物、履物が中心に狙われているんです。被害の発生した分布や頻度から、賊はひとりと考えられます。一日じゅう、徒歩で移動できる範囲内の民家を荒らしまくり、翌日には隣りの町へ移動する。どうして金にならない物ばかり集めたがるのか」

「不可解ですな。ところで」ホームズは辺りを警戒しながら、声をひそめて園田にきいた。「津田三蔵の死因について、その後なにかわかりましたか」

園田も小声で応じた。「やはり病死という判断は覆らないようです」

「埋葬はまだですね？　死体を拝見したいのですが」

「東京まで運んでくるとなると……」

「いや。僕のほうから出向きたい」

「ホームズ先生が釧路集治監へ？」

「死亡に至った環境をつぶさに観察したいのです。段取りをつけてくださらないかと……」

近づいてくる靴音を背にきき、ホームズは言葉を切った。振りかえると、伊藤とシェーヴィチが近づいてくるところだった。

シェーヴィチは複雑な表情を浮かべていた。「ホームズ君。フレイザー公使はすっかりきみを公使代行に仕立てたようだな。英国公使館の人間を招いてもいないのに、きみは伊藤枢相のお雇い外国人として同行してくる」

ホームズは堂々とブラフを口にした。「いかにも。フレイザー公使にお伝えしたいことがあれば、私がうかがいます。その逆も」

「逆？」

「フレイザー公使の意向をお伝えします。『ロシア自然科学大全』を、私どももいただきたい」

「なんだと？　なぜイギリスがあの本をほしがる」

「補足B。ロシアが日本から譲り受けた物は、イギリスも同様に譲り受ける」

「……それは英日間で結ばれた条約の一部だろう。きみらが要求する相手は日本であって、ロシアではない」

「あなたがたが日本から得たものは、秘密を厳守するという約束です。わが大英帝国の王室にはニコライ殿下のような不祥事もないし、日本側を口止めする必要にも迫られていない。よって逆にロシアが日本へ贈った物を、相応の価値ある財産とみなし、それをイギリスも要求する」

「なんという無茶な理論だ！」

「日本はロシアとの約束を遵守する。『ロシア自然科学大全』を、他国へ転売する所業には及ばないはずです。だから正々堂々とロシアから譲り受けたい。もう一冊ご用意いただけますかな」

「なんと厚かましい。どうしてわれわれがイギリスに渡さねばならない」

「お忘れですか。ニコライ殿下の件は日本だけでなく、僕も知り得ているのです」

シェーヴィチは苦虫を嚙《か》み潰《つぶ》したような顔になった。「きみに『ロシア自然科学大全』を引き渡せば、イギリスは事実の公表を控えるのか？」

「その通りです。ただし、きょうのような公式文書を取り交わすのは遠慮したい。フレイザー公使も表向き関わらない。僕を信用していただくよりほかにないですな」

「ホームズ。やはりきみは油断ならん。抜け目ない女王の忠実な愛犬だ」シェーヴィチは吐き捨てるようにいうと、背を向け足ばやに立ち去った。

伊藤が妙な顔をして近づいてきた。『ロシア自然科学大全』？　環境のちがうイギリスでは無用の長物だろう」

「僕が読みたいんだよ」ホームズはつぶやいた。「土や降雨の成分、石の種類。日本の自然が科学的に分析できないと、僕の推理力も宝の持ち腐れなのでね」

27

伊藤と園田は、ホームズが釧路集治監を訪問する手筈《てはず》をつけてくれた。ホームズはひとり品川駅から汽車に乗り、日本鉄道なる会社の路線を北上した。

三等級のなかで上等客車を選んだが、英国製車両の設計をそのまま転用した印象だった。外国人が使用することを想定してか、横浜から新橋まで乗った列車より、座席がかなり広く作られている。真新しい客車だったが、それ以上に驚きなのは揺れの少なさだった。イギリスの鉄道より快適な乗り心地に思える。

この路線が青森まで開通したのは、まさしく今月の初めだという。近代化に懸ける伊藤の執念、とりわけ鉄道への強いこだわりが具現化している。維新からたった二十四年で、首都と本州の北端を結ぶ大動脈が完成した。こんな急激な発展はどの国にもない。日本人の技術を習得する速さに圧倒される。

青森まで片道十八時間の長旅だが、ホームズはいっさい退屈しなかった。頭脳の七割は、事件の推理に費やしている。残りの三割は目に映るものすべてについて、情報の処理にまわしていた。車窓の風景はいちいち興味深い。沿線には松の木、その向こうには農地がひろがっている。点在する藁《わら》ぶき屋根が瓦《かわら》屋根に変わり、荷馬車を頻繁に見かけるようになるたび、汽車が減速した。駅に近づいている。いま停車したのは新宿だった。素朴な大通りが駅前から延びていた。洋館は見当たらず、和式の平屋建てばかりが軒を連ねる。鍛冶《かじ》屋、蕎麦《そば》屋、金魚屋の看板があった。いずれもホームズは読めなかったが、漢字の形状を銀座で記憶済みだった。通行人の数は銀座ほどではなく、和服が多く目につく。みなのんびり歩いていた。

車内に目を転ずると、乗客の観察に没頭する。ロンドンにいるときほど答えが迅速に割りだせない、そこが興味深かった。

駅のホームでは箱に入ったランチを売り歩く商人がいた。窓を開け呼びかけると、商人が近づいてくる。ホームズも買ってみることにした。ディスイズ・ベントウ、ベントウ。商人は笑いながら何度もそう繰りかえした。

上等客車に売りにきていただけに、高級品だったようだ。牛ステーキのほか、伊藤邸の食卓で馴染《なじ》んだ食べ物が並んでいる。西京焼き、うなぎ豆腐、烏賊《いか》の松風焼き、かまぼこ。形状も分量も異なるそれらを、きれいに隙間なく詰めこんであるところが、いかにも日本人らしい。味もできたてのように美味《おい》しかった。フランス政府から事件解決の依頼を受け、ドーバー海峡を渡ったとき、パリの実業家がいった。イギリスには美食という文化がない。その言葉が真実だったと、ここへきて実感する。ハドソン夫人には悪いが、ロンドンでふだん食欲を失いがちだったのは、料理のせいかもしれなかった。

推理と観察にふけるだけでも、時間がたちまち過ぎていく。陽が傾き、ほどなく夜になった。女性の乗客も座席で気兼ねなく眠っている。状況が治安のよさを物語る。イギリスの鉄道には付きものの、上等客車の切符を買わず潜りこむ輩《やから》も見かけない。罰金がとんでもなく高いと伊藤がいっていたが、それはイギリスでも同じだった。この国の人々は本質的に、他人に迷惑をかけたがらない。犯罪者はもちろんいるだろうが、総じて規律を守る集団意識が根付いているようだった。

夜明けから車窓に壮大な山々が眺められた。人の営みはわずかな藁ぶき屋根と牧場だけで、ほかは手つかずの自然ばかりがひろがっている。東京とちがい、駅と駅との間隔が広い。汽車は全速力で駆け抜けている。

謎を追っているときには、どんなに長距離の移動であっても苦痛に感じない。汽車は尻内《しりうち》駅を抜け、終点の青森駅へと達した。

旅人でごったがえす木造の駅構内を抜けると、家畜の群れと荷馬車の密集する地帯にでた。東京よりはかなり自由な風土に思えた。園田から連絡を受けた青森県警察部と釧路警察署が、共同で迎えを寄《よ》こしていた。釧路署の齋藤《さいとう》という一等警部は英語を話せた。意思を通じ合えるのは有難い。警察の船舶で一路、釧路へと向かった。

九月というのに海上は凍りつくように寒く、ロシアを身近に感じざるをえない。霞《かすみ》がかった視野に、しだいに灰いろの陸地が浮かびあがってくる。あれが北海道だ。釧路は四年前、道庁のイギリス人技師チャールズ・スコット・メークが、港湾造成の計画を立案したばかりだった。いまはまだ工事が始まって間もない。仮の船着き場があるにすぎなかった。近代的な港町も形成されていなかったが、警察が用意した馬車が待機済みだった。休むことなく陸路を標茶へと向かう。

ふたたび陽が傾きかけたころ、ようやく森の向こうに広大な敷地が出現した。数十もの建物が街のごとく等間隔に連なっている。馬車が横付けしたのは、洋風の邸宅と同様の外観を持つ建物だった。上げ下げ式の窓を備え、正面に出っ張ったアーチ形の玄関を有する。

釧路集治監の事務棟で、ホームズは典獄すなわち所長と面会した。大井上輝前《おおいのうえてるちか》という三十代前半の神経質そうな男だった。極寒の地の刑務所をまとめる人物にしては、気配りが細やかに思える。ただし自己紹介以外には英語を喋《しゃべ》れないようだった。もうひとり、神父の黒服《スータン》に似た装いの、二十代後半の男がいた。クリスチャン教誨師《きょうかいし》の原《はら》胤昭《たねあき》、彼は英語を話せた。

大井上の案内で、一行は津田がいた独居房へ向かった。敷地内を歩きながら、原がホームズに告げてきた。「以前はほかの集治監と同じく、開発のため過酷な重労働が課せられていました。倒れた囚人を野犬が食うにまかせたり、非常識な管理がおこなわれていたのです。しかし大井上典獄が就任なさり、欧米を手本に囚人の人権を重視するようになりました」

独居房の獄舎は山小屋に似ていた。外壁は丸太を寝かせ積み重ねてある。扉が半開きになっていた。ホームズは足を踏みいれた。なかには誰もいない。床はコンクリートで固めてあった。内壁は木板が隙間なく張り巡らされ、きわめて頑丈だった。

ホームズはつぶやいた。「なるほど。事実だ」

原がきいた。「なんですって？」

「あなたの話が事実だといったのです。囚人を虐待する刑務所の独房は不潔きわまりない。僕が訪問する前に掃除したのなら、洗剤のにおいが残っている。ここは無臭で、以前からきれいにしていたとわかる」

「……それはどうも」

「津田がここへ来たのはいつですか」

「七月二日です。大津監獄所の既決監から馬場駅へ連行されたのが五月三十一日。汽車で兵庫仮留監へ護送されました。六月二十七日、ほかの凶悪囚百十九人とともに、日本郵船の和《わ》歌浦《かのうら》丸で北海道へ移送されたんです」

「ふうん」ホームズは独房内を見まわした。「遺書めいたメモは、ここで発見されたのですね？」

「そうです。彼を病室へ移したのち、大井上典獄がここを調べさせたとき、発見されました」

「どの辺りですか」

原が大井上に日本語でたずねる。大井上が返答すると、原はホームズに向き直った。

「その隅に隠してありました。差しいれられた毛布の下に」

ホームズは床を観察した。吐血の痕《あと》ははっきり残っている。顔をあげてきいた。

「遺書はいまどこにありますか？」

一等警部の齋藤が応じた。「いったん証拠品として釧路署に預けられましたが、津田が病死と判断されたので、こちらへ返却済みです」

原があとをひきとった。「病室に保管してあります。津田がいた部屋です」

ホームズは立ちあがった。「ではそこへまいりましょう」

病室のほうはさらに清潔で、診療所の入院施設とほとんど変わりがなかった。津田が息を引き取ったベッドは、当時のまま保存されている。

だがホームズはベッドにほとんど関心がなかった。マットのいたるところに掻《か》きむしった痕がある、それだけ見れば充分だった。

津田の遺書を受けとった。ホームズは文面を眺めまわした。毛筆で数行の日本語がしたためられている。ホームズは原にきいた。「この紙は？」

「教誨室で英語の授業中に配った紙です。一枚を持ちだしたんでしょう。筆と墨汁も同様です。西洋式のペンは使わせていません。尖《とが》った物は凶器になるので」

「興味深い」ホームズはメモを眺めながらいった。「日本語は読めないが、そのぶん筆跡に集中できる。極端な字の乱れは六ヵ所、いずれも咳《せ》きこんだとみていい。筆圧や字の傾きぐあいも、途中で何度か変異している。寝そべったり寝返りを打ったりしながら書いた。呼吸しやすい体勢をさがしている。急性肺炎の症状そのものだ」

原がうなずいた。「四十度近い高熱にうなされていました。呼吸困難に陥り、唇は青紫いろに染まっていました。医師は急性肺炎に間違いないと」

「死体はどこですか」

「安置所にあります」原は大井上に目を向けた。大井上がドアへと歩きだした。

暖房がなければ、敷地内の建物は冷えきる。安置所もそんな環境にあった。死体の保存状態は悪くなかった。

木板のベッドの上に引きだされた死体は、白い着物を羽織らされていた。ロンドンの遺体安置所より効率的だとホームズは思った。前をはだけさせやすい。ホームズは死体に顔をくっつけんばかりに、隅々まで観察した。

写真とはちがい、津田の顔はげっそりと痩《や》せ細っていた。身体も同様だった。指の爪には糸くずや錆《さ》びた鉄が見てとれる。ベッドを掻きむしった痕と共通する。

ホームズはつぶやいた。「あなたがたが津田の病状を疑っていなかったのがわかる。もがき苦しむ津田を、ベッドに縛りつけたりはしなかった。あちこちを掻きむしったからには、彼の両手は自由になっていた」

原がため息をついた。「正直なところ、最期は同情せざるをえませんでした。見るに堪えないほど苦しんでいて」

津田の首に負傷の痕跡《こんせき》がみられた。ホームズはきいた。「この怪我は?」

「ニコライ殿下を襲撃したとき、車夫にやられた傷です。かなり痛んだらしく、手で押さえてうずくまることもしばしばありました」

「独居房に入りっぱなしではなかったんでしょう? ほかの囚人と交流はありましたか」

「あるにはありましたが、津田はきわめて無口でした。周りには薄気味悪がられていたようです。私や大井上典獄が対話をうながすうち、少しずつ喋るようになりました。内容は遺書のメモとさほど変わりありません。持っている金を実家へ送ってほしいとか、国の将来が心配だとか」

「首と足首に締めつけられた痕がある。耳にも穴が開けてある」

「首輪と足枷《あしかせ》は囚人に義務付けられています。藁工のような簡単な作業でも、例外はありません。足枷にはダラハメという丸い錘《おもり》がついています。耳の穴は、鎖で足と連結します。タガネといって、逃亡を図った囚人を痛めつけるための物です」

「さっき人権を重視したとおっしゃいましたが」

「人間的な扱いをするよう配慮していますが、なにしろ凶悪犯ばかりなので、いちどに緩和するのは難しくて」

「ふうん」ホームズは身体を起こした。「純朴で不器用な男だ。全身の古傷から、命懸けの戦闘に何度も臨んだとわかる。軍人として生きることに誇りを見いだしていた。勲章を剝奪《はくだつ》されたのは辛《つら》かっただろう。肌のいろからすると肝臓を悪くしていたようだが、酒のほうは？」

原が首を横に振った。「あまり飲まなかったようです」

「なら精神安定剤を多く服用して、肝臓の機能が低下し免疫が落ちていたのが、急性肺炎の原因かもしれない」

齋藤がうなずいた。「標茶分監医務所長が詳細な日記をつけているのですが、同じことが書いてありました。悪い偶然が重なったと」

「いや」ホームズはつぶやいた。「死は偶然でなかったかもしれん。ニコライへの襲撃を依頼した何者かが、精神病治療に伴う体力の低下を知り、利用した可能性もある」

「第三者が知りうるでしょうか」

思考が急激にひとつにまとまりつつある。ホームズは齋藤にいった。「東京の園田警視総監へ打電していただけますか。津田は怪我や精神病で入退院を繰りかえしていた。それらの病院をあたっていただく必要がある。診療記録の保管状況、院内で誰が閲覧可能かも調査せねば」

齋藤が手帳を取りだし、鉛筆を走らせた。「なるほど。ほかには？」

「関東在住、貿易商を個人事業で営む外国人。一覧がほしいと伝えてください。ロシア人で若い二人組こそ怪しいが、国籍を偽っている可能性もある」

「津田に接していたとされるロシア人たちですか？　なぜ貿易商だと……」

「最近都内では雑貨の盗難が頻発しています。少し前までは陶器や人形、版画。最近では団扇、着物、履物。いずれも庶民の生活用品で価値は無きに等しい。しかしそれは日本人にとってのことです」

「盗んだのは外国人ということですか」

「僕は西洋人なので理解できるのです。開国してまだ二十数年、日本からの舶来品はヨーロッパでも人気です。特にロシアは距離的に近く、密輸に使える船が頻繁に行き来している。貿易商なら利用しほうだいでしょう。大衆の心理として最初は調度品、次に自分が身につける物や生活用品へと、興味が移り変わっていきます」

「ロシアでの需要に応《こた》え、日本から商品を供給している者がいると？」

「関東で場所を移しながら盗みを繰りかえす。どうあっても日本国内に潜伏しつづける必要があり、盗みの代償に受けとる金によって食《く》い扶持《ぶち》をつないでいる。ふたりの若いロシア人のうちひとりが、オルゲルト・ベルセロスキーと呼ばれる男の可能性が高い」

齋藤が目を輝かせた。「すぐ打電します」

干物のように痩せこけた津田の顔を、ホームズは黙って見下ろした。この男の凶行が、日露関係に亀裂《きれつ》を走らせた。ロシア側の寛容な対応により深刻な対立は避けられた。だが、本当にすべては終わったのだろうか。

28

伊藤は陸奥農商務大臣とともに、農商務省の別館で赤絨毯《じゆうたん》の上を歩いていた。通路に面した吹き抜けのホールには、机がずらりと並び、百人近い専門家が作業に追われている。

八十の章から成る『ロシア自然科学大全』は、章ごとに分解され、それぞれ翻訳者に配付されていた。ロシア語がわかるだけでなく、専門知識が必要なため、人材は全国の大学から招集されている。

陸奥が歩きながらいった。「百人で手分けしている以上、さすがに進みぐあいは順調ですよ」

伊藤はうなずいてみせた。「こんなに大規模なやり方をとるとは」

「鉄道事業に触発されましてな。これで自然科学研究の遅れはたちまち取り戻せるでしょう」

「具体的な進捗《しんちょく》状況の報告があるときいていたが」

「ええ。いま報告させます。事業計画推進室長の久保《くぼ》が来るはずですが……。ああ、彼です」

三十前後の男が小走りに駆けてくる。両わきに書類を抱えていた。久保は興奮ぎみに告げてきた。「陸奥大臣、伊藤枢相、ようこそおいでくださいました。素晴らしいです。ロシアでは母乳に免疫が含まれていることが、ほぼ実証されているんです。ヨーロッパではまだ研究段階のはずです」

陸奥が久保を手で制した。「待ちたまえ、久保君。未知の科学があきらかになるのは喜ばしいが、国益に関わる事例こそ優先する。『ロシア自然科学大全』は役に立ちそうか？」

「もちろんです」久保は満面の笑いを浮かべた。「河川で食物連鎖が乱れ、ひとつの種が増えすぎると、あるとき一斉に死ぬ現象がロシアでは立証されています。鮎《あゆ》の大量死もこれで説明がつきます」

伊藤は微笑した。「なるほど。ほかにもあるかね？」

「火山群に近い山の木々が枯れる現象も、これまで内務省衛生局が首をひねるばかりでした。しかしこの本により、地中の溶岩活動の影響だと判明しました。植物が生長するのに必要な養分や保水力が土壌から失われるのです。種を蒔《ま》いても発芽しないか、発芽してもすぐに枯れてしまいます。ロシアではこの現象を、ヴァストーク……ええと、ヴィナ……」

陸奥が顔をしかめた。「名称はいい。自然科学の発展は充分に望めそうなんだな？」

「飛躍的にです。温泉地に近い田んぼで稲が枯れる現象も、明確に答えが導きだされました。主成分が塩酸の源泉がどこかで噴出し混入しているのです。水路を変えればそうした事態も防げます。とにかく自然に関わる諸問題が、これで一気に解決ですよ！」

た。

伊藤は気圧《けお》されながら応じた。「よくわかった。報告ありがとう」

興奮冷めやらないようすの久保が、深々と頭をさげ、ホールへと足ばやに立ち去った。

陸奥が苦笑ぎみにささやいてきた。「ほっとしました。金をかけてこれだけの頭数を集め、ろくに役にも立たなかったら、私のクビが飛ぶところでした」

「まさか」伊藤も笑ってみせた。「経費としてはお釣りがくるぐらいだよ。『ロシア自然科学大全』は無償で提供されたのだからね」

「まったく驚きです。ロシアとの関係は冷えきっていたと思ったのに、どういう風の吹きまわしでしょう」

伊藤は沈黙せざるをえなかった。ニコライ襲撃事件の真実を知る人間は限られている。政府閣僚においては、松方総理以外には明かしていない。陸奥も関知してはいないはずだった。

通路の行く手から園田警視総監が近づいてきた。園田は会釈をしていった。「伊藤枢相。都内の外国人貿易商についてですが」

ホームズは帰路の途中だときいている。警視庁はホームズからの打電に従い、都内の該当者を洗いだしたはずだ。伊藤は園田を見つめた。「名簿ができたか?」

「はい。というより」園田は自信満々に告げてきた。「容疑者はすでに絞りこみました」

「なんだと？」伊藤は思わず驚きの声をあげた。

下手人をどこまでも追いかけまわす執念こそ、諸外国に負けてはいないが、近代的な捜査は不得手だと思っていた。ホームズの助力なしに容疑者特定に至るとは、日本の警察も捨てたものではない。正解ならの話ではあるが。

警視庁鍛冶橋第二次庁舎の会議室で、伊藤は園田の説明に耳を傾けていた。園田は地図を広げたテーブルを前に、いかにロシア人連続窃盗犯の容疑者を絞りこんだか、得意満面に演説をぶっている。

室内には警視庁の上層部や捜査員らが詰めかけていた。だが伊藤が気にかけているのはただひとりだった。北海道から戻ったばかりのシャーロック・ホームズ。彼は部屋の隅で椅子に腰かけ、パイプの煙をくゆらせている。長い脚を組み、宙に浮いたつま先を揺すっていた。

園田がいった。「では詳細は大警部の峰崎《みねざき》君から説明してもらう。峰崎君、頼む」

血気盛んな三十代という面持ちの峰崎が、園田の隣りに立った。峰崎は四つ折りの小さな紙を指先にしめした。「これは麒麟《きりん》ビールの引換券だ。京橋区の酒屋が前払いの代わりに配付していた物で、届け先の住所氏名が書いてある。この家主は、家族から飲酒を咎《とが》められるのを嫌い、引換券を市松人形の服のなかに隠していた。人形は先月半ばに盗まれた。最近になりこの引換券が、調布村の駐在所に届けられていたことが判明した。拾われたのは近くの畑だ。インクが滲《にじ》んでいる。ポケットにいれたまま汗をかいたからだろう。走って逃げたからだ」

伊藤はホームズに歩み寄った。「言葉がわからなくて退屈しているのか？　通訳しようか」

「いや」ホームズは椅子に腰かけたまま、パイプの煙を吹きあげた。「彼のしぐさを見ていればだいたいわかる。あの紙切れが盗品のなかに入っていた。それがどこかで見つかったというんだろう」

「みごと正解だ」伊藤は顔をあげ、ふたたび峰崎に視線を向けた。

峰崎は地図に鉛筆の先を這《は》わせた。「引換券が拾われたのはこの辺り。百メートルといかない場所に、外国人の貿易商が住んでいる。それも若いロシア人男性だ。別の情報と併せると、この男はオルゲルト・ベルセロスキーと名乗る革命家で、津田三蔵による襲撃事件にも関与している可能性がある。重大な容疑者であるがゆえ、各自気を引き締めて……」

ホームズが伊藤にきいた。「なんていってる?」

「引換券が拾われたすぐ近くに、ロシア人の貿易商がいると」

やれやれといわんばかりに、ホームズは立ちあがった。テーブルへと近づいていく。峰崎は昂揚《こうよう》したようすで演説をつづけていたが、ホームズが気になったらしく口をつぐんだ。

園田が英語で話しかけた。「ホームズ先生、なにかご意見でも?」

ホームズが見下ろす地図を、伊藤も眺めた。調布村は住宅と田畑が半々に織り交ざっている。多摩川から百メートル以上離れた箇所に印がついていた。そこが引換券の拾われた畑だった。ロシア人貿易商の家も遠くない。

ふいにホームズは鉛筆を手にとり、多摩川の対岸を小さく丸で囲んだ。「ここだ。ふだん怪しげな化学実験を趣味にしているため、近所では噂になっているだろう」

ざわっとした驚きがひろがった。園田が目を瞠《みは》った。「中原村ですか?　梨畑のなかに農家が点在するだけですよ」

ホームズは表情を変えなかった。「なら外国人が住んでいるというだけでも目立つだろう」

峰崎は部下の通訳に耳を傾けていたが、険しい表情とともに日本語でいった。「ありえませんよ。多摩川の川幅はきわめて広い。丸子の渡船場からも、かなり離れています。京橋区で侵入盗を働いたのち、なぜわざわざ調布村に立ち寄ったというんですか。そっちで盗みは起きていないのに」

警部試補が書類の束を睨《にら》みながら告げた。「名簿には、中原村を住所にする外国人貿易商は見当たりませんが」

伊藤は日本語でいった。「仮住まい、もしくは職を偽っているかもしれない」

日本語がわからないホームズであっても、会話の内容に見当がつくらしい、口をはさんできた。「僕は関東の外国人貿易商をあたってくれとはいったが、犯人の職業を断定したわけではない。貿易商というのは、あくまで最も高い可能性を有するがゆえの、捜査の入り口にすぎない」

園田が戸惑いがちに応じた。「では神奈川県警察部に連絡をとり、一致協力して捜査にあたるように……」

峰崎が不服そうな表情でつぶやいた。「探偵といっても、しょせんは素人だろう」

ふてくされた峰崎が立ち去っていく。伊藤はホームズにきいた。「彼がなんといったか、説明しようか?」

「捜査においで探偵はアマチュアにすぎない、とかなんとか」

伊藤は驚いた。「日本語が分かりかけてきたのか？」

「ちがう」ホームズはパイプをくわえ、平然とこぼした。「聞き飽きた台詞《せりふ》だからだ」

29

捜査陣に同行する、伊藤はそういった。園田警視総監が難色をしめした。危険が伴うというより、園田自身も行かざるをえなくなるからだろう。

だが伊藤は、ホームズが出向くからには真実を自分の目でたしかめたい、そう思っていた。幸い現場を急襲するのは早朝と決まった。きょうの職務に差し支えがない。なにごともなければの話だが。

辺りを朝靄《あさもや》が覆っていた。多摩川沿いにひろがる梨畑の轍《わだち》を、警察の馬車がいくつも連なって前進していく。

伊藤は最後尾の車内で、ホームズと並んで座っていた。ホームズはずっと目を閉じていたが、緊張はいささかも感じられない。穏やかに眠っているような横顔を眺め、伊藤はため息をついた。この辺りを訪ねるのは初めてだろうに、周囲を見なくていいのだろうか。ふだんあれほど観察の重要性を説いておきながら。

馬車がゆっくりと停まった。ホームズが目を開けた。伊藤も窓の外を眺めた。先行する馬車から警官らが降り立つ。すぐ近くに粗末な木造平屋がぽつんと建っていた。大警部の峰崎が、周りを固めるよう指示する。

会議からすでに四日が経っていた。神奈川県警察部がこの辺りの聞きこみを実施した結果、農家に納屋を借りている外国人の存在が浮かびあがった。ときおり異臭が漂うとの証言も得られた。名はエヴノ・ツジィビン。納屋は趣味の油絵のため使うといっていた。賃貸契約書によると住居は別にあるが、その住所はでたらめで実在しないとわかった。

当初は不満げだった峰崎も、まぐれとは考えにくい状況ゆえだろう、出動にはためらいを見せなかった。ただしホームズに対し完全に打ち解けたわけではなさそうだった。

無理もないと伊藤は思った。峰崎は令状をとるため、ここを特定できた理由をホームズにたずねたが、ホームズはなにもいわなかった。推理の根拠をいっさい説明しようとしない。

結局、納屋のなかに踏みこむ権限がないまま出動に至った。ツジィビンに対しては、参考人として任意に事情をきくしかない。

それでも警官隊の規模は捕り物と変わりなかった。伊藤は馬車を降りた。九月とはいえまだ朝の気温は高めだった。

園田警視総監が近づいてきて伊藤にささやいた。「周りを固めました。蟻《あり》一匹這いだす隙もありません」

いつしか降車していたホームズが、足ばやに納屋へ向かいだした。「行きましょう」

閉ざされた引き戸を前に、峰崎と警官らが待機している。ホームズがそこに加わった。伊藤も近づこうとすると、園田が押し止《とど》めた。少し下がってください、そう目でうったえてくる。

警官のひとりが引き戸を叩《たた》いた。「すみません。おはようございます」

すると戸の向こうで、つっかい棒を外すような音がした。

引き戸が横滑りに開いた。禿《は》げ頭《あたま》で五十過ぎ、青い目をした男が顔をのぞかせた。寝ていたらしく眠たげな表情だったが、いちどの呼びかけで跳ね起きたらしい。西欧の工場の作業着に似たデニム生地の服を身につけている。

男はなぜかまっすぐにホームズを見つめた。まるで警官たちが目に入っていないかのようでもある。

ホームズが英語でいった。「おはようツジィビン。警視庁までご足労願おうか」

ツジィビンは愕然《がくぜん》とした表情になった。あわてたようすで引き戸を閉めにかかる。警官らが押し寄せたが、戸は寸前に閉じられた。またつっかい棒を立てられたらしい、警官が戸を開けようとしても、びくともしない。

峰崎が苛立《いらだ》たしげに戸を叩いた。「令状があれば蹴《け》破って踏みこめるのに。おいツジィビン。話がある、でてこい!」

しばらく峰崎が怒鳴りつづけるうち、ふいに内部で物音がした。つっかい棒を外したのかもしれない。峰崎が身を退かせた。

戸がふたたび勢いよく開いた。ツジィビンは手ぬぐいを振りまわした。とたんに警官たちが顔をそむけた。伊藤も目に激しい痛みを感じた。とても直視できない。

ツジィビンはその隙を突いたらしい、警官の声がきこえる。「逃げたぞ!」

伊藤はまだ目の痛みに悩まされていた。ホームズもしきりに顔を拭《ぬぐ》っている。ほかの警官らも同様だった。

園田がさかんに目を瞬《しばたた》かせながら怒鳴った。「つづけ、あの男を逃がすな」

警官の包囲網を突破したツジィビンが、梨畑のなかを駆けていく。だが警官の何人かが猛然とツジィビンを追いあげる。うちひとりがツジィビンの背に飛びつき押し倒した。後続の警官らがその上に重なり合う。逃走劇はあっけなく幕を閉じた。

ようやく目をしっかり開けられるようになった。伊藤はつぶやいた。「これはいったいなんだ。涙がとまらん」

ホームズの目も真っ赤に染まっていた。「トウガラシに油を混ぜたようだ。僕も試したことがあるが、ここまでの効果を発揮するとは、よほど巧みな調合を思いついたのだろう」

「試した？　こんな物を作ったことがあるのか」

「あくまで研究の一環だよ」ホームズは開け放たれた戸口を指さした。「伊藤さん。見たまえ」

納屋のなかは雑多な物で溢《あふ》れかえっていた。ひとりの男がなかにいたとは思えないほどの密度で、足の踏み場もないありさまだった。どの家庭でも見かける壺《つぼ》や瓶、市松人形にひな人形、額縁におさまった版画。団扇や扇子、着物類、草履や下駄《げた》が詰めこんである。濁った液体の入ったガラス器具も散乱していた。火の消えたガスランプが横たわっている。

伊藤は喜びとともにいった。「きみのいったとおりだな」

だがホームズは表情を曇らせた。「なんてことだ。この男はただの泥棒じゃないか」

「商品を売るあてもなく、ただ溜《た》めこんでいる。保管方法にも配慮していない」

「どういう意味だ？」

「ではなんのために盗んだんだ？」

警官らがツジィビンを連行してきた。令状がなかったにもかかわらず、公務執行妨害に及んだため、現行犯逮捕と相成った。墓穴を掘ったと知ってか知らずか、ツジィビンはただふてくされた表情を浮かべている。

ホームズはツジィビンを見つめた。「さっきの反応からすると英語がわかるようだな。まともな知能があるなら答えられるだろう。オルゲルト・ベルセロスキーはおまえではないな？　名に心当たりがあるか」

「なんの話だ」ツジィビンはロシア語訛《なま》りの強い英語で吐き捨てた。「弁護士を呼べ。ロシアからな。俺はひとことも話さん」

「ああ」ホームズは片手をあげて制した。「結構、ツジィビン君。本名はなんというのか知らない。だがかつてナロードニキ運動に熱をあげ、居場所をなくしてウラジオストックまできて、金で雇われ日本へ渡ったな。渡航のための書類は雇い主が用意してくれた。ここを借りてくれた男とは面識がない。ただ少なくない報酬を約束された。和風の物品を手当たりしだい集めるよう指示を受けた。いちおう連絡方法はあって、支払いはまだかと催促しただろう」

ツジィビンははっとして、ホームズに挑みかかる素振りをした。警官らが腕を捻《ひね》りあげ、その動作を阻む。憤りのいろとともにツジィビンが怒鳴った。「畜生、人をからかいやがって。奴が誰か知ってるのか。教えろ、奴は何者だ」

「こっちがきいているんだよ。きみの経歴は知っていたわけではない。手の甲に少し変わった打撲の痕がある。農具で殴打されたのだろう。ナロードニキ運動家として地方へ赴いたが、自警団に追いまわされた結果だ。もとは中流以上の家の出で、英語もきちんと学習している。しかし運動の挫折《ざせつ》後は警察に追われ定職にも就けなかった。さっき戸を開けるのが早かったのは報酬を心待ちにしていたためだ。僕の顔を見てしばらく凍りついていたのは、喋りだすまでイギリス人とわからず、面識のない雇い主の可能性を感じたからだ。雇い主なら警官と一緒にいるはずがないのに、鈍い男だ」

ツジィビンは憤怒《ふんぬ》をあらわにし蹴りを繰りだした。だが警官たちに身柄を確保されているため、足はホームズまで届かなかった。ツジィビンはロシア語で悪態らしき言葉をまくしたてた。

伊藤はホームズにきいた。「雇い主との連絡方法があって、支払いの催促をしたというのは？」

「調度品ばかり盗んでいたのが、衣類や生活用具に切り替わったからだ。報酬の催促をしたが引き延ばされ、逆に新たな盗品を求められた」

「前もってそういう指示を受けていた可能性もあるだろう」

「いや。この男は長期にわたる犯行計画など考えてもいなかった。数日のうちに支払いがあると信じた。でなければこんな劣悪な環境に潜もうとはしない。盗品の管理状況を見ても無計画とわかる」

ツジィビンの悪態はようやく英語になった。「イギリス野郎め、何様のつもりだ」

峰崎がため息をついた。「取り調べは警視庁でおこなう。連れていけ」

警官らがツジィビンを引き立てる。ツジィビンはなおもホームズを睨みつけていたが、抵抗かなわず遠ざかっていった。峰崎と園田も歩調を合わせた。

伊藤はその場に留まりホームズにたずねた。「あの男は雇われただけなのか？　どうしてわかる」

「ほかに可能性がないからだよ」ホームズは情けない顔になった。「オルゲルト・ベルセロスキーの行方を追おうとすれば、不審なロシア人に着目する。ロシア人が長期潜伏するため、生活費を稼ごうと盗みを繰りかえしていれば、当然怪しいと思う」

「ではいまの男は、ベルセロスキーにとって防波堤代わりか」

「そうだ。あるいは日本の警察に対する試金石だな。ツジィビンに捜査の手が伸びたら、ベルセロスキーは自分の身も危ないと判断する。僕としたことが、まんまと犯人の撒《ま》いた餌に食いついてしまった」

伊藤は驚かざるをえなかった。「すべてベルセロスキーによる誘導だったのか」

「巧妙だよ。盗品の切り替えだとか、どう推理されるかをあらかじめ読んでいた。頭の働く奴だ」

「まさかビール引換券まで、敵の撒いた餌だったのか」

「いや。引換券が落ちていたのは川の向こうだ。この場所を推理できるほど日本の警察は頭脳明晰《めいせき》ではない。ベルセロスキーもそれはわかっていただろう」

さりげなく他者批判と自負を混ぜてくる。伊藤はたずねた。「きみはどう推理したんだ？」

ホームズは開いた戸口のなかに顎《あご》をしゃくった。「あの紐《ひも》に見覚えは？」

伊藤は目を凝らした。長い紐がフラスコに絡みついている。

「ああ」伊藤はいった。「投石器《スリング》だな。手製のようだが」

「ツジィビンは盗品の人形のなかに、四つ折りの紙きれが入っていると気づいた。どうやら日本語で住所氏名を記してあるらしい。彼はどうしたか。プロの泥棒だ、遠くへ捨てにいこうとはしない。道中で取り押さえられたら確たる物証となってしまう。かといって川に捨てたら、見つかった場合は流域から捜査が始まる」

「それで川越しに遠くへ飛ばしたのか。しかし四つ折りの紙きれは、そう遠くまで飛ばんだろ」

ホームズは戸口に近づき、薬品の容器を足で軽く蹴って転がした。「硝石に水を加えると、溶解に際し周囲の熱を奪って水が冷やされる。塩と混ぜることで氷が作れる。簡単な化学実験だ。ここには器材も揃っている。引換券を氷の塊に閉じこめた。遠くへ飛ばすため、なるべく球体に近づけただろう」

「引換券のインクが滲んでいたのはそのせいか」

「投石器で氷を飛ばすのは、当然ながら夜になる。氷ができあがるまで長くかかろうと、外で引換券を捨てるため持ち歩く危険を冒すより、ずっと安全だ」

「外国人は人目を引くし、盗難が多発している以上、警官が声をかける可能性も高いからな」

「畑を狙えば落下の音はしない。いまの気温なら氷は朝までに溶ける。ビール引換券は金券に等しく、公徳を重んじる日本人は警察に届ける。絶対とはいいきれないが、もしそうなれば捜査を攪乱《かくらん》できる。川の対岸であるこの辺りは、近場でありながら最も容疑者の潜伏の可能性が薄いと見なされ、捜索の対象外となる」

「そうはいっても、ビール引換券一枚にわざわざ……」

「泥棒は盗品を徹底的に調べる。足がつきそうな物が見つかりしだい、それをどう利用すれば警察の目を欺けるか考える。これは泥棒にとって楽しみのひとつなんだ。ビール引換券は、ツジィビンがおこなった攪乱のひとつが、偶然発見されたにすぎない。ほかにもさまざまな手が用いられているだろう」

伊藤は圧倒された気分だった。「よくそんな発想が頭に浮かぶな。どうやって思いつくんだ、化学実験がてら氷作りだなんて」

「僕もよく試した。ガラス器材をどれだけ割ったか想像もつかない」

奇行にちがいないが、コカインよりはかなりましな趣味に思える。というより変わった人格の持ち主でなければ、泥棒の異常な行動など推理しえないのだろう。伊藤はそう思った。

峰崎がひとり駆け戻ってきた。笑顔とともにホームズの手を握った。日本語で喜びをまくしたてる。「ホームズ先生！　なんとお礼をいってよいのか。噂にたがわぬ見事な推理です。感服しました。心より尊敬しております。では容疑者を連行しますので」

それだけいうと峰崎は伊藤に敬礼し、身を翻し走り去った。

伊藤は思わず苦笑した。「ホームズ先生。彼がなんといったのか通訳しようか?」

ホームズはとぼけた顔をした。「必要ない。聞き慣れた台詞だよ」

30

農商務大臣の陸奥宗光は、若いころ坂本龍馬の海援隊に加わっていた。長州藩の伊藤博文とは、それ以前から親交があった。維新後は岩倉具視《いわくらともみ》の推挙により、外国事務局御用掛に登用された。戊辰《ぼしん》戦争ではアメリカと交渉し、甲鉄艦ストーンウォールを譲り受けた。多額の支払いも大阪の商人らに肩代わりしてもらい、新政府の乏しい財政事情を支えた。

伊藤の勧めでロンドンへ留学し、イギリスの内閣制度を学んだ。功利主義哲学者ベンサムの著作を翻訳し出版した経験もある。メキシコを相手に日本初の国際間平等条約も締結した。

どの役職でも国を越えた無理難題に挑戦してきた。よって農商務大臣になってからは『ロシア自然科学大全』の獲得こそが目標だった。

作業開始からわずか二週間、翻訳がほぼ完了したとの報《しら》せを受けた。陸奥は久保室長に同行しロシア公使館へ赴いた。

大判で重量がある『ロシア自然科学大全』を、陸奥はみずから久保とともに運んだ。ただし表紙を開くと、章はすべてばらばらになっていた。百人の翻訳者が同時進行で取りかかったため、製本を解体せざるをえなかった。いまや本は一冊ではなく、章ごとに綴《と》じられた八十部の小冊子と化していた。それらのページも手垢《てあか》にまみれたうえ、あちこちに書きこみがあった。

執務室で面会したチェーホフは、本の惨状に困惑のいろを浮かべた。「なんとまあ」

久保があわてぎみに弁明した。「おかげさまで翻訳はほぼ完了しまして、あとは不明な点をご質問させていただきたく……」

チェーホフはすぐに微笑した。「もちろん歓迎します。おおかた翻訳が終わったのであれば、真新しい本を一冊差しあげましょう。内容は同じですが」

陸奥はきいた。「よろしいのですか?」

「ええ。そこまで熱心に翻訳に取り組んでいただいて、こちらとしても感激の極みです。いまお持ちします」チェーホフはドアへ向かうと、隣りに声をかけた。「アハトフ、デニーキン」

別のドアからアンナ・ルシコワ女史が入ってきた。アンナがにこやかに告げてきた。

「陸奥大臣、久保室長。ようこそおいでになりました。まあ、その本……」

久保がまたも狼狽《うろた》える反応をしめした。「いまチェーホフさんにも申しあげたのですが、とにかく大勢で取り組んだので……」

チェーホフが戻ってきた。「そんなに申しわけなさそうになさらずとも、すでにあなたがたの本ですよ。もっとも保存用には、綺麗《きれい》な本のほうがよいでしょう」

真新しい『ロシア自然科学大全』が運びこまれてきた。華奢《きゃしゃ》な身体つきの青年たちには、それだけでもきつい作業に見える。本をテーブルにそっと据えると、ふたりは引き下がった。

「では」チェーホフがノートを開いた。「ご質問のほうもなんなりと。本国に問い合わせますので、章とページ数もお教え願えればと」

久保が目を輝かせ、ばらばらになった章のひとつを取りあげた。「恐縮です。まず第一章の十七ページ、ウルグ・ベク天文学研究所の論文に関する記述ですが……」

陸奥は真新しい『ロシア自然科学大全』の赤い革表紙を撫《な》でた。農商務省にかぎっていえば、ロシアとの関係は良好以外のなにものでもない。

だが伊藤はまだ心を許せないと感じているようだ。陸奥にはそれが疑問に思えて仕方なかった。津田三蔵が起こした事件は、決着がついたのではなかったか。このうえなにが気がかりなのだろう。

十月になった。オルゲルト・ベルセロスキーの行方は、依然としてつかめなかった。泥棒のツジィビンを雇ったのがベルセロスキーだったとしても、ツジィビンは雇い主と面識がないようだった。ウラジオストックでは新聞広告と手紙でのやりとりのみ。日本でも近所の神社で鳥居のひび割れに紙片をはさむ、それが唯一の連絡手段だったという。

雇い主からの返事は、いつの間にか鳥居に届いていて、姿を目にしたことはない。いちど神社で物陰に隠れ見張ったが、日没まで誰も姿を見せなかった。それ以降、雇い主からの伝言はない、ツジィビンはそういった。受けとった紙片はすべて燃やしてしまい、残っていないとも証言した。

津田三蔵をめぐる騒動について、ロシア側はもうなんら気にかけていないようすだった。ニコライの乗る軍艦ラスカーは、依然として東京湾上に留まっているが、目的はシャム王室との折衝にあるようだ。日本側へはなんの要求もない。

先月の末、津田の死亡が公表された。また問題が蒸しかえされるのではと、政府内には戦々恐々とする向きもあったが、ロシアからの反応は特になかった。二国間の情勢に変化もない。商社勤務の日本人は、きょうもロシアへ出張し、シベリア鉄道の商用利用計画を着々と進めている。

やはりロシアの二度目の強硬姿勢は、ニコライひとりの勝手な行動にすぎず、六月の時点ですべての危機は去っていたのか。

伊藤は釈然としなかった。皇帝アレクサンドル三世が津田の死刑を望んでいたという話は、どこへ消えたのだろう。ロシアの宮廷はあたかも、初めから平和のみを志向していたかのようだ。だがそんなはずはない。やはりあれは日本への来攻のまぎれもない好機だった。

訪日したのがニコライでなくゲオルギイだった、その事実にロシアが負い目を感じているせいで、日本に対し強くでられないのだろう。そんな声もあがった。

だが大国ロシアは、小国日本に対する倫理に、そこまで重きを置くだろうか。皇帝にとって愛すべき息子のひとり、ゲオルギイが危篤に陥っている。兄弟が入れ替わっていなかったとしても、ニコライが被害に遭っただけだ。アレクサンドル三世は怒りを感じないのだろうか。復讐心《ふくしゅうしん》はこみあげてこないのか。

夕方になり、伊藤は家に帰った。ホームズはひとり縁側に胡坐《あぐら》をかき、山積みになった書類に目を通していた。

　驚いたことに書類はすべて日本語だった。農商務省からまわってきた『ロシア自然科学大全』の翻訳の写しだとわかった。

　ロシア語の原本も傍らに置かれていた。ホームズがシェーヴィチ公使を言いくるめて獲得した、本来イギリス向けに贈られた一冊だった。ふたりがかりでないと持てない重さだが、ホームズはひとりでここまで運んだらしい。

　伊藤は近くに立って見下ろした。「きみは日本語もロシア語も読めないと思ったが」

「読めないなりに興味深いことがある」ホームズは一枚の紙を伊藤にしめした。ぎこちなく蝶《ちょう》と書いてある。「この漢字はバタフライを意味するんじゃないか?」

「ああ。そうだね」

　ホームズは喜びをあらわにした。「やはり！　原本のほうに蝶の図解がある傍ら、文中に頻出する単語が目についた。バーバチカか、バーボチカとでも発音するのかな。日本語版の同じ項目を参照すると、同じ頻度でこの文字が登場していた。語学はじつに興味深い。暗号解読の鍛錬になる」

　伊藤は半ばあきれていった。「ロシア語にご執心なら、ウラジオストックの意味は知ってるか」

「知っているとも。東方を征服する街だ」

「そうだ。不凍港が悲願だったロシアの、極東の玄関口。日本を狙う最前線基地でもある」伊藤は思いのままを口にした。「ロシアがおとなしすぎる。それが気になる」

ホームズは日本語の文面に目を戻した。「兄弟が入れ替わっていた事実は、日本側にばれていなかった。だからゲオルギイを艦に収容後、ロシアはただちに日本を攻撃すべきだった、そういうのかな。だがそれを阻止するため、天皇陛下が謝罪されたのだろう。あるいはあなたがたが危惧《きぐ》したように、天皇陛下がお乗りになった時点でパトミャチ・アゾーヴァが出航してしまったほうが、ロシアらしかったというのか」

「皇帝陛下はご子息が意識不明の重体というのに、日本に手だししないのか。そこまでできたお人だったのか。ニコライ殿下のほうが人間らしくないか」

「疑心暗鬼だね」ホームズは軽い口調でいった。「日本をやっつけてしまえば、ニコライの代わりにゲオルギイが訪日していた事実など、うやむやにできる。勝てば官軍。長州藩士だったあなたとしては身におぼえがあるのかもな」

伊藤はむっとした。「きみ自身はどう思っているんだね。意見をききたい」

ホームズが顔をあげ、庭先を眺めながらつぶやいた。「兄が弟のため必死になったのは、理解できる心理だ。それが世に本来あるべき、普遍的な兄弟の情というものだろう」

どこか不満をうったえているような口ぶり。また自分と兄マイクロフトの関係を想起しているのだろうか。伊藤はきいた。「日本へ来てよかったと思っていないのかね？　行き先を決めたお兄さんがまだ憎いか？」

「あなたたち日本人が親切だったのは結果論だ。兄がそこまで考えていたとは思えない」

「兄も弟もいない私には、やはりよくわからん。だが兄弟同然にしてきた藩士たちならいる。喧嘩《けんか》するほど仲がいいともいうだろう」

「ニコライとゲオルギイは本当に仲がよかったらしい。そこだけはすなおに羨《うらや》ましいと感じる」

話題を変えるべきだと伊藤は思った。「親はどうなんだろうな。気になるのは皇帝陛下のお考えでね。ホームズ先生、きみのご両親は？　ご健在なのか？」

ホームズは黙っていた。暗然とした表情で庭を眺めつづける。

伊藤はあわてて取り消しにかかった。「失礼なことをいってしまった。申しわけない」

「僕にとって兄は唯一の身内といっていい」ホームズはつぶやいた。「そこがロマノフ家との差異かもしれないね。両親がいるからこそ兄弟は仲違《なかたが》いせずに済んでいるのかも」

「きっとそうだよ」伊藤は笑ってみせた。「ふたりきりなら、ときどき衝突して当然だ。赦《ゆる》しあえる仲だからこそ本音をぶつけあえるんだよ」

だがホームズは仏頂面のまま、つれない態度をしめした。「ひとりっ子は気楽でいい」

表情が凍りつくのをおぼえる。相変わらずひねくれている。とはいえ、その態度はいかにもホームズだった。十歳のころからずっと変わらない。

「なあ」伊藤はいった。「オルゲルト・ベルセロスキーはどこに潜伏しているんだろう。またちょっかいをだしてこないか、そこも心配だ。ニコライ殿下はまだ領海内におられるのだから」

ふいにホームズが硬い顔になった。豹《ひょう》のように鋭いまなざしが、見えない獲物を追っているかのように、小刻みに動きまわっている。

伊藤は妙に思った。「ホームズ先生。どうかしたのか?」

ホームズは人差し指を立てた。なおも虚空を見つめながら告げてきた。「伊藤さん。明日会わせてほしい人がいるんだが」

「誰だろうと手配をつけるよ。たとえお上であっても、宮内省に話を通す」

「いや。そこまでの手間はきっとかからないだろう」ホームズは両手の指を合わせてつぶやいた。「あなたならここに呼び寄せられるかもしれない。だが会うのは明日でいい。僕には考える時間が要る」

31

ホームズが指定してきたのは、伊藤にとってまったく予想していなかった人物だった。むろん引き合わせるのはいたって容易だったが、なぜホームズが会いたがっているのか、皆目見当がつかない。

朝いちばんに手配をつけ、午前中から農商務省の別館に赴いた。前に来たときには、翻訳に追われる専門家らがホールにひしめいていた。いまは机ひとつ残っていない。がらんとした空間で、陸奥農商務大臣と久保室長が面会に応じた。ホームズにとって用があるのは、久保のほうらしかった。

ホームズは会うなり久保にきいた。「いもち病菌をご存じですか」

「はい？」久保が英語でたずねかえした。「なんの話でしょうか」

陸奥がじれったそうに久保を急《せ》かした。「早くお答えしろ」

「ええ」久保がうなずいた。「いちおう知っておりますけど」

「農商務省にお勤めだから当然ご承知でしょう」ホームズは久保を見つめた。「では、ロシア語でどう呼ぶかもご存じでしょうか」

「さあ」久保が当惑のいろを濃くした。「それはちょっと」

「いま調べられませんか」

「辞書をあたってみないことにはなんとも。私は『ロシア自然科学大全』の翻訳を指揮しましたが、ロシア語に堪能《たんのう》というわけではないので」

「なるほど。では潮の塩分濃度の変化が、なにを引き起こすかについては?」

「海の話ですか? 専門家に問い合わせましょうか」

「あなたの知識をおたずねしているのです。これはどうですか。北極《ほっきょく》周辺の気圧配置は変化している。その影響で北極から大西洋へと風が吹き、海氷を流す。結果、北極海の海氷が減少する。北米の永久凍土では、凍土融解と少雨が重なり水不足に陥っている」

「さあ」久保は怪訝《けげん》そうな表情を浮かべた。「アメリカの気候に興味はないので」

「ふうん」ホームズはつぶやいた。「農商務省にお勤めなのにご存じないとは」

陸奥が眉《まゆ》をひそめた。「ホームズ先生。久保は立派に役職を務めあげております。専門家ではないので、知識の面では即座にお答えするのは難しい。大臣の私だってそうですよ」

「しかし、久保さんは重要な仕事をまかされたのでしょう？　『ロシア自然科学大全』の翻訳のまとめ役だった」

「それでも知らないことはあって当然でしょう」

久保が視線を落とした。「すみません。勉強不足でした。私の知識が足りず……」

陸奥は語気を強めた。「いや。久保君のせいではない。ホームズ先生、なぜ彼の専門知識を問われるのですか。いまの質問にはどんな意味がおありで？」

ホームズは平然と応じた。「もちろんご存じだろうと思いまして」

すると久保が憂鬱《ゆううつ》そうに頭をさげた。「本当に申しわけございません。深く反省し、今後精進いたします」

陸奥が久保を制した。「よしたまえ。謝る必要などない。ホームズ先生はなにか誤解しておいでだ。職務に戻るといい。きみが信用に足る職員だということは、しっかりご説明申しあげる」

久保はなおも困惑のいろを浮かべていたが、ふたたびおじぎをし、背を向け立ち去っていった。

靴音が遠ざかるのを待っていたかのように、ホームズがつぶやいた。「陸奥大臣は立派なおかたですな。若者を責めることなく、終始かばっておられる」

陸奥は苛立ちをしめした。「ホームズ先生。私もイギリスに知人が大勢いる。役所に勤務する職員は科学者ではない。たとえ自分の部署で扱っている問題でも、専門的な質問に対し、たちどころに答えることはできん」

伊藤もホームズの態度には、苦言を呈さざるをえなかった。「陸奥大臣のいうとおりだ。きみは久保室長をどうしたかったんだ」

ホームズは少しばかりばつの悪そうな顔になった。「別に困らそうとは……。失礼をお許しください。久保室長にも、必要なら僕が詫《わ》びにうかがいます。ただしいまは考えねばならないことがありますので、これで失礼」

それだけいうとホームズは立ち去りだした。伊藤は面食らって陸奥を見つめた。陸奥も目を丸くして見かえした。

伊藤はホームズを追いかけた。「なにか気になっているのなら教えてくれないか」

ホームズは歩きながらいった。「まだ責任を持って話せる段階にない」

「では協力できることはないか。ホームズ先生。ひとりで抱えこまんでくれ」

「なら調べてほしい。木や稲が枯れる近くの川で、魚が大量に死んだ例があるはずだ。位置を特定してくれるとありがたい」

「まってくれ。木と稲が……」

すると陸奥の声が低く響いた。「栃木の足尾だ」

ホームズが立ちどまった。ゆっくりと振りかえる。伊藤も静止し、陸奥に視線を向けた。

陸奥が真顔で歩み寄ってきた。「農村に起きた問題は自治体の代表を通じ、農商務省に報告される。当然、大臣の私も関知する」

伊藤はうなずいた。「私も知っとるよ。魚については、総理大臣を務めていたときにも問題提起されたからな。ホームズ先生、それがどうしたんだ」

ホームズの表情が険しくなった。「おふたりまでご承知とは。ならば状況は予断を許さない」

32

職務とはいえ、枢密院での会議はじれったさの極みだった。午後四時になり、伊藤はようやく解放された。ただちに馬車に乗り、自宅へと舞い戻った。先に帰ったホームズが、なんらかの思考をまとめあげているはずだからだ。

縁側に歩を進めると、梅子が立っていた。途方に暮れた顔で、開いた障子の向こうを眺めている。「まあ、どうしましょう」

なにかあったのか。伊藤は近づき、部屋のなかをのぞきこんだ。

とたんに絶句した。和室は畳が見えないほどの散らかりようだった。床を埋め尽くす紙のいずれにも、日本語がびっしり綴《つづ》られている。『ロシア自然科学大全』翻訳の写しだった。ホームズが犬のように這いずりまわっている。書類を拾っては放り投げ、また場所を変えて同じことをする。

伊藤は声をかけた。「ホームズ先生」

「少し待っていただきたい」ホームズは卓袱台《ちゃぶだい》に近づいた。その上にも書類がぶちまけられている。ホームズは次々と手にとり、辺りに散乱させた。「猫はロシア語でコーシュカ。第四十七章はどこに……」

梅子が戸惑い顔で見つめてきた。「お夕食の準備、どうしましょうか」

伊藤は唸《うな》った。「私の部屋に頼む」

はい。梅子は縁側を立ち去っていった。

手に負えない子供のようだと伊藤は思った。和室に入りながらホームズにいった。

「ベーカー街の部屋と一緒にせんでくれ。ここは家族の憩いの場だぞ」

ホームズが鼻で笑った。「伊藤家の冷えきった関係を修復するのに、僕は多少なりとも貢献できたと思うんだがね。真実を追求するため、場所を借りるぐらいの謂《いわ》れはあるだろう」

「もちろん協力はする。だがこれは非効率じゃないのか」

「踏み荒らさないでくれ。散らかっているように見えて分類がなされている」

「本当か？」伊藤はわずかに畳がのぞく隙間に立った。「なにをやっているのかきいてもいいか。また読めもしない日本語を暗号解読の練習に使っているだけなら、落胆を禁じえないがね」

「とんでもない。これは重要な調査だ。あなたの優しい娘さんたちが、手伝いましょうといってくれたが、僕は断った。ロシア語はわからないだろうし、これらすべてに目を通すとなると至難の業だ」

「農商務省も百人がかりで訳したんだしな」

「だから僕ひとりでやっている」

「やっている？　なにをだね」

ホームズは動きをとめ立膝《たてひざ》をついた。「こういうことだ。まず原本のロシア語の文中に最も多く用いられる単語を、その項目における主題と考える。日本語の同じ項目にも、漢字か片仮名による同一の単語が、ロシア語の原文と同じ回数でてくるかを調べる。一致していればそれが主題の単語だ。意味はわからなくていい。だが両者の数が大きくずれていた場合のみ、露英辞典で主題の単語の意味を調べる」

「誤訳された箇所をさがしているのか？　主題となる単語の数が一致するとはかぎらない。翻訳の過程で主語や目的語が省略されたり、追加されたりするだろう。指示代名詞にしたり、逆に戻したりもする」

「そうとも。だからさらに違和感をおぼえる項目を絞りこんでいく」

「違和感？」

「主題となる単語が片仮名の場合、とりあえず後まわしだが、漢字は象形文字だ。木がふたつで林、三つで森。火が重なって炎。さんずいは水に関係する。形状からなんとなく元の意味を感じとれれば、正しく翻訳されている可能性が高い」

「和英辞典を使ったほうがいい。持ってこようか？」

「朝子さんにもそういわれたが遠慮した。時間がかかりすぎる。僕にとっては付け焼刃の知識による先入観なく、漢字の成り立ちを、きわめて原始的な目で観察したほうが理解しやすい。異文化に根差した絵文字と考え、直感に頼れば迅速に処理できる」

「しかし検証なら、ロシア語のわかる日本人に頼んだほうが早いだろう」

「誰も信用できないのでね」

「それでなにかわかったのか」

ホームズは床の書類を払いのけた。原本の『ロシア自然科学大全』が開かれた状態で現れた。「これは原文と翻訳文で、主題とおぼしき単語の数が、大きく食いちがった項目のひとつだ。第五十六章の一節、海水の塩分濃度の変化による影響について書かれている。露英辞典でおおざっぱに訳してみると、潮によって魚たちが流された場合、塩分濃度の変化により大量死を起こす確率が分析されている。主題の単語はルィーバ、魚という意味だ。日本語のほうはどうか。ええと、第五十六章は……」

「やはり整理整頓《せいとん》を優先すべきじゃないのか」

「あった」ホームズが書類を手にとった。魚という字に丸がつけてある。「この漢字はフィッシュの意味だろう? 象形文字と解釈すれば、魚類の一匹を縦にした形状と思えるが」

「ああ」伊藤はうなずいた。「そのとおりだ」

「死という漢字は、新聞記事に頻出するので知っていた。これも魚に次いで多く用いられている。次に原文で目につく単語は、英語でいうシー、あるいはオーシャン・ウォーターだ」

「海だな」

「その海という漢字を僕は知らないが、これまでのやり方に沿ってシーやオーシャン・ウォーターにあたる漢字をさがした。魚、死に次ぐ頻度で登場する漢字はこれだった」ホームズが書類の一ヵ所を指さした。

伊藤は妙に思った。「川か。シーでなくリバーだよ。というより、この文章は……」

「原文とちがうだろう。僕も縦三本のみの漢字は、シーというよりリバーかウォーターフォールの象形だと感じた」

「ウォーターフォールは滝だな」

「この項目について、僕がここまで判断するのに要した時間は、わずか一分足らずに過ぎない。ほぼ直感的にこの日本語訳には、魚の死はたしかに書かれているものの、海でなく川もしくは滝という前提の内容と推察した」

「そのとおりだ」伊藤はあわてて老眼鏡を取りだした。「記述された魚の死因もちがう。河川で食物連鎖が乱れ、ひとつの種が増えすぎた結果、一時に大量死に至る……。原文とかけ離れているな」

ホームズは原本のページを繰った。「第三十八章では、北極周辺の気圧配置により、木が枯れる現象が説明されている。北米の永久凍土では、凍土融解と少雨が重なり、水不足で森林が枯死している。いっぽうで東シベリアは多雨であるにもかかわらず、過度の湿潤により森林の枯死は増えている。東シベリアでは水分過多、アラスカでは水不足で木が枯れる、以上が項目の主旨だ。対して日本語訳はこれだ」

伊藤は文面を読んだ。「地中の溶岩活動の影響を受け、土壌から植物が生長するのに必要な養分や保水力が失われる。火山群に近い山の木々がいっせいに枯れる。これも原文とちがうぞ」

「古という漢字は、オールドの意味だときみが教えてくれた。木に古と並べば、枯れることの表現だろうと推察できる。枯れ木について論じた文章なのはたしかだ。水が関係するわりには、なぜか〝さんずい〟があまり見あたらない。僕は火という漢字に着目した。別の漢字と組み合わされて用いられている」ホームズが文面の一ヵ所を指さした。「これだ」

「山だな。マウンテンだ」

「そう。本のほかの章にも頻出するので、原文と参照し、マウンテンを表す漢字だと察しがついた。だがこの項目においては、火と山がペアで用いられている。山火事《フォレストファイア》か火山《ヴォルケーノ》の可能性が高いと踏んだ。どちらにしても原文にはでてこない」

伊藤は圧倒された。「こんなことを次々に判断したのか。八十章の全項目について」

「まだ疑問が残る項目を調査中だが、あきらかに怪しいものは、すでに十六項目が発見済みだ」ホームズがまた原本のページをめくった。「なかでも重要なものについて指摘している。第十四章、いもち病で稲が枯れるメカニズムについて解き明かした項目だ。いもち病菌はカビの一種のため、湿気の多い環境で発生するとある。日本語訳を見たまえ」

ふたたび書類が差しだされる。伊藤は文面を読んだ。「主成分を塩酸とする源泉が水路に噴出し混入した場合、稲が枯れる……。おい、これらはすべて久保室長が大喜びで報告していたことだ」

「察するに、原因不明の現象として農商務省を悩ませていた諸問題が、この本によって軒並み解決に至った、そんなところだろう。だが重要な箇所は原文と異なっている。この項目も日本語訳には、やはり枯という漢字があるし、頻度からいって」ホームズは稲という漢字を指さした。「この字がライス・プラントの意味だろうと見当がついた。だが原文は病理について論じている。病院の看板でしきりに見かけた、病という漢字をさがしたものの、いちどもでてこなかった」

「なぜこんなことが起きたんだ。とても誤訳とは思えないが」

「翻訳の責任者をまず疑い、農商務省のトップも怪しいと睨んだ。しかし彼らのなかには、原文にあった知識の片鱗《へんりん》もなかった。久保室長はロシア語に堪能でないと謙遜《けんそん》していたが、生真面目で熱心な男だ。あるていどは原文も読んで、翻訳文との比較もおこなっただろう。それが有頂天になるほどの重要なポイントならなおさらだ」

伊藤は驚いた。「農商務省にある原本は、きみがここに持っている原本と内容がちがうのか？　なぜだ。海水の塩分濃度変化による魚の大量死やら、北極周辺の気圧配置による枯れ木の発生や、いもち病を日本に教えたくなかったのか」

「逆だ。差し替え後の内容を信じさせたいのだ。最新の科学というわりには、どこか怪しい理論ばかりだ。食物連鎖の乱れはたしかに生じうるが、川でいちどに大量の魚が死ぬとはきいたことがない。火山で木が枯れるのは溶岩が噴出し、冷えて固まった場合であって、地中の影響ではない。稲が枯れるほどの塩酸が田に流れこんでいれば、さすがに水質検査でわかる。どれも自然科学研究の世界では常識だが、あなたたちの国ではまだこれからという段階だ。西洋の科学を盲信する無邪気さも利用された」

「いわれてみればたしかにそうだ。現時点でもよく考えれば、それらの理論がおかしいと気づきうる。だが熟考する前に、日本人にとって西洋は未知の科学の宝庫だ。まずは無批判に受けいれてから、詳細な研究や分析に取りかかる。それが日本の常だ」

杉田玄白は『ターヘル・アナトミア』にあった誤りに気づき、修正した内容で『解体新書』を綴った。西洋の研究をすべて鵜呑《うの》みにできないことは、江戸時代から常識だった。だが鉄砲から造船、鉄道に至るまで、西洋の技術は奇跡に等しく、しかも信頼に足るものだった。維新から二十四年、急速な近代化を果たしつつある日本では、西洋の科学に疑いの目を向ける姿勢は育っていない。理屈は後まわし、まず受容しなければ西洋に追いつけない、そんな焦燥にも駆られている。まして外国の政府機関から正式に譲渡された書物、その記載内容となればなおさらだった。

伊藤は原本の『ロシア自然科学大全』を見下ろした。「内容がまるで異なっていながら、類似する事象の項目を差し替えたのは……」

「言語に精通していない第三者が、ざっと目を通しても気づきにくい。そうするための工夫だ。いくつかの単語を拾って確認するだけの作業なら、原文と日本語訳とで共通する単語も多く、問題なしとみなされる。海と川のちがいに気づく前に、魚の大量死という主題を確認できれば、それ以上深く読みこまない」

まして農商務省にある原本と日本語訳は当然、内容が一致している。詳細に見比べても気づきえない。ホームズが真実にたどり着いたのは、手を加えられていない『ロシア自然科学大全』があったからだ。それでもホームズの類稀《たぐいまれ》なる観察眼なしには、からくりを見抜けなかっただろう。彼のいうとおり、辞書を片手にたしかめるぐらいでは気づきえない。改変はすべて巧みに文中に埋没させられている。

この小細工がなにを意味するのか、すべて理解できたわけではない。だがのっぴきならない事態が進行中だと肌身に感じる。伊藤はホームズを見つめた。「まさかシェーヴィチ公使が……」

「いや」ホームズは立ちあがった。「僕に正当な『ロシア自然科学大全』をくれたのはシェーヴィチだ。彼は本国に手配しこの本を取り寄せた。農商務省に渡した本に改変があったとは知らなかった」

伊藤は愕然とした。「だとすると、可能性はひとつか」

ホームズが神妙にうなずいた。「思わぬところに真実が潜んでいた。伊藤さん、あなたのいうとおりかもしれない。津田三蔵の起こした事件はまだ収束していない」

33

馬車の窓から黄昏《たそがれ》の空が見える。八角ドームの銅板葺《どうばんぶき》の屋根がうっすらと浮かぶ。

三月にできたばかりのニコライ堂だった。ロシア皇太子とは関係がなく、同名の修道司祭に由来する。煉瓦《れんが》と石造りから成るギリシャ十字型の聖堂だった。建設中、周辺には騒動と混乱がひろがった。尖塔《せんとう》が宮城を見下ろし不敬だと主張する勢力が、作業の妨害を図ったからだ。

未熟な国だ、伊藤はそう痛感せざるをえなかった。自分も例外ではない。攘夷《じょうい》に明け暮れていた若いころと、津田三蔵、ニコライ堂建設を阻もうとした勢力、いったいなにがちがうというのだろう。

国を想うのなら世界を知らねばならない。無知な純朴さが武器になりうるはずもない。逆に知は力となる。学ぶことで諸外国に劣らず屈しない国家ができあがる。まだ道半ばと認めざるをえない。いまも政府の一機関たるものが、ロシアの書物に翻弄《ほんろう》されているではないか。

とはいえ伊藤も事件の全容までは把握していなかった。ホームズは肝心なことを説明してくれない。謎の解明を焦《じ》らして劇的な満足を得るためか。そんな子供じみたところはたしかにある。だがそれ以上に、彼は自身への全幅の信頼を求めている。そこは尊重せねばなるまい。

途中経過を報告せずとも、いっさいの不信を持たれず頼られること。彼にとってはそれが心の支えであり、唯一求める人間関係のようだった。本来なら親か兄弟から成長期に与えられるべき感情ともいえる。実際ホームズ家が彼に対しどんなふうに接したか、それはわからない。だがシャーロックにとっては不充分だったのだろう。いまの彼にとって、ほかの生き方は選択の対象外に相違ない。誰よりも器用で、とんでもなく不器用な男でもあった。

無言で馬車に揺られるうち、ロシア公使館の敷地に入った。石畳の私道を玄関前まで走り、ゆっくりと減速する。ホームズは停車を待たず飛び降りていった。なんとせっかちな。伊藤はあわてて身体を起こし、車外へと降り立った。

階段を駆けあがると、ホームズは衛兵に軽く片手をあげ挨拶《あいさつ》した。衛兵がロシア語で呼びかけながら追いかける。あいかわらず無茶な行動だと伊藤は思った。

玄関ホールを入ると、衛兵の声が反響したせいか、奥から職員たちが駆けだしてきた。ビザンティン調の丸天井の下、壮麗な装飾に彩られたホールが、にわかに騒然としだした。螺旋《らせん》階段をシェーヴィチ公使が、カネフスキー中佐とともに下りてきた。

シェーヴィチは憤りをあらわにホームズに詰め寄った。「きみはどういう立場にある人間なんだ！　シャーロック・ホームズが死亡した記録は新聞社に留《とど》まらず、スコットランドヤードにまであるではないか。フレイザー公使にもたずねたが、きみのことなど知らんといっている」

ホームズは呆《あき》れ顔で立ちどまった。「ひと月経っていないのに、もう問い合わせの返事がきたとは」

伊藤はからかいぎみに声をかけた。「シェーヴィチ公使。ホームズ先生がスパイなら、スコットランドヤードからフレイザー公使まで、みなしらばっくれて当然でしょうな」

「いや」シェーヴィチは鼻息荒くいった。「スパイなら工作の痕跡《こんせき》がある。きみは本当にライヘンバッハの滝で転落死したことになっとる。だがここを訪ねたとき隠し撮りした写真を照会したら、たしかにシャーロック・ホームズとあきらかになった」

ホームズが鼻を鳴らした。「手まわしがいい。もちろんここへ来たとき堂々と素顔を晒《さら》していたのは、いずれ僕であると確認してもらいたかったからですが」

「きみは祖国までも欺き、死んだことにして日本へ渡ったのか。いったいなんのためだ」

「あなたをお救いするためと申しあげたら、信じてくださいますかな」

「断じて信じない」

「でしょうな。あなたのクビが飛ぶのを防ぐのは、あくまで結果論であり、当初からの目的ではなかった。しかしそうなった以上は急がねばなりませんので、失礼」

ホームズは歩きだした。足ばやにひとつのドアへ向かう。そこが国家資産省のための執務室だと、伊藤も知っていた。さっきホームズとともに農商務省を訪ね、陸奥と久保から位置をきかされていた。

シェーヴィチがあわてたようすで追いかけてきた。カネフスキーも行く手を阻もうとした。だがホームズはカネフスキーのわきをすり抜け、ドアを開け放った。

執務室のデスクには、アンナ・ルシコワ女史ひとりがいた。アンナは驚いた反応をしめし立ちあがった。「なんですの？」

ホームズが部屋に踏みいった。「正当な理由があっての訪問です。『ロシア自然科学大全』をお返し願いたい」

シェーヴィチはホームズを引き留めようとしていたが、ふと妙な顔になり静止した。「返すだと？」

アンナは微笑したものの、頬筋《きょうきん》がひきつっていた。「どうされたのですか、ホームズさん。『ロシア自然科学大全』なら、すでにお引渡ししたではないですか。みなさんが見守っているなかで。農商務省へ行けば本があるのがわかるでしょう」

ホームズがアンナを見つめた。「さっき行きました。本はありましたが、正式にいただいた物ではありません。翻訳が終わったのち、陸奥大臣と久保室長がここへ本を持ってきたでしょう。チェーホフ氏とあなたは新しい本と交換した。すなわち元の本は持ち帰らせなかった」

アンナがあわてぎみにいった。「本は章ごとにばらばらになっていました。汚れていたし書きこみもあった。だから交換して差しあげたのです」

「元の本をいただきたい。それこそがロシアから贈呈された本ですから」

「あれは、そのう」アンナが口ごもった。「もうすでに、処分を」

シェーヴィチが眉《まゆ》をひそめた。「処分? あれは国家機密扱いの書物だ。勝手に処分するなど許されない。というより、別の本と取りかえるなど論外だろう。『ロシア自然科学大全』には通し番号がついていて、日本に贈った本の番号も公書に明記されている」

ホームズは室内を見渡した。「チェーホフ氏はどこですか」

アンナが震える声で応じた。「外出しております。詳しいことは、彼が戻ってから……」

「本を交換したときには、あなたも一緒におられた。それに青年がふたりいた。アハトフとデニーキンという名だったと、久保室長が記憶している」

シェーヴィチが怪訝《けげん》そうにカネフスキーを振りかえる。カネフスキーも首を横に振った。聞き覚えのない名だ、ふたりの顔にそう書いてある。

ホームズはアンナに告げた。「チェーホフは陸奥大臣に、翻訳でわからないことがあったらたずねてください、そういった。あれだけの分量を翻訳すれば当然、不明な点がでてくる。内容について質問があるのだから、むろん本を持参する。大勢で翻訳する以上、ぼろぼろになるのも必然だった。つまりチェーホフは本を交換するよう仕向けた。内容がいじられていない、ロシアで編纂《へんさん》されたままの本に」

アンナがうわずった声を発した。「なんの話なのか、まるでわかりかねます」

「そうおっしゃるのは予想がついていました。よろしければシェーヴィチ公使のお赦《ゆる》しをいただき、この場で僕から真相を説明したいと思いますが」

シェーヴィチが苦い顔とともにうなずいた。「頼む」

「では」ホームズはアンナに向き直った。「日本に渡された本には少なくとも十数ヵ所に、元の本と異なる内容が掲載されている。うち三点の項目は、農商務省の緊急課題に関わる重要な内容だった。一八七八年以降、渡良瀬川《わたらせがわ》で鮎の大量死が発生。一八八五年八月十二日に朝野《ちょうや》新聞が報じたものの原因は不明。十月三十一日、下野《しもつけ》新聞は前年から足尾の木が枯れ始めているとの記事を載せた。渡良瀬川から取水する田園のほか、洪水により足尾から流れた土砂が堆積《たいせき》した田園で、稲が立ち枯れるという被害も続出した」

アンナが硬い顔になった。「日本の問題ですわね。わたしどもは関知しておりません」

「だが状況は把握していた。原因にも気づいていた。いずれ深刻化すれば国会で審議されることは明白だった。しかし答弁より先に、これらの問題について農商務省の見識が伝えられる運びだ。すべて最新の自然科学研究に基づき、深刻な事態でないことが証明されたと」

伊藤は衝撃を受けた。「まさか。足尾銅山か」

ホームズがうなずいた。「いかにもそのとおり。これらの現象はおそらく日本人が初めて接するパブリック・ニューサンスだ」

「パブリック……？」

「まだその概念すらないようだ。汚染《ポリユーション》と呼んだほうが実感が湧くかな」

「ああ。パブリック・ニューサンス。公衆の汚染、迷惑、害悪か。強いて訳すのなら、公害、とでも名づけるべきか」

「その名称が日本じゅうに広まることを望むよ、伊藤さん。認識がなければ国全体が滅ぶ」

伊藤は慄然《りつぜん》とした。公害。想像すらしていなかった事象だった。

足尾銅山は江戸時代から開かれていたが、幕末には採掘量が減少し、一時閉山状態になった。だが明治十四年以降、採鉱技術の進歩により次々と有望鉱脈が発見された。政府の富国強兵政策を背景に、銅山経営は久原《くはら》財閥の日立鉱山、住友家の別子《べっし》銅山とともに急速な発展を遂げた。

ホームズが伊藤に告げてきた。「鉱山では山地の樹木が坑木や燃料のために伐採されているはずだ。掘りだした鉱石を製錬する工場から排出される煙も、大気汚染を引き起こしている」

「大気汚染……」

「あなたもロンドンへ来たとき、冬に発生する濃い霧を見ただろう。石炭の燃焼後の煙やすすが、霧に混じって地表に滞留し、呼吸器疾患など多くの健康被害をだしている」

「空気が濁っていたことは知っていたが、そこまで深刻とはきいてないぞ」

「政府はいまだ公式に認めたがっていない。イギリスにかぎらず、欧米諸国はどこもそうだ。新聞社も印刷所が重工業の恩恵を受けているため記事にしたがらない。だがら外国に由々しき問題として伝わらない」

「工場からの排気が悪影響を及ぼす可能性については、論文をいくつか読んだが……。仮説の段階のような書きようだったし、わが国にはまだ縁のない話と思っていた」

「それがちがうんだよ。日本は急速に発展している。僕らの国が百年かかったところを、二十数年で成し遂げている。そのぶん被害も尋常でない速度で拡大している。足尾銅山では、製錬による廃棄物が山地の水源に流入し、洪水によって流域の平地にまでひろがった。水質と土壌はいまや広範囲に汚染されていると考えるべきだ。むろんほかの鉱山でも、同じことが起きている」

伊藤は寒気をおぼえた。未知の病原体が国内に蔓延《まんえん》していると唐突に告げられた、そんな衝撃に似ていた。毎日、全国のいたるところで工場が稼働している。経営者から従業員まで、誰ひとり公害なるものをまともに意識していない。公害という概念が育つ暇など、維新後の日本にはなかった。

ホームズがアンナを見つめた。「改変された項目の内容はじつに巧妙だ。理論だけでなく、いかにも実証実験があったかのように数値を並べ、専門家の見解まで載せている。それらの数値や見解は、いずれも足尾銅山周辺で起きた現象に合致するよう作られている。よって本の記載内容をもとに、日本の専門家が検証しても、公害被害とは気づきえない。ほかの科学分野の発達により、十年後には真実にたどり着くとしても、それまでに日本のあらゆる自然は猛毒に染まっている。再生不能なほどに」

アンナがどこか醒《さ》めたような顔つきになった。「たかが本に書いてあることを鵜呑《うの》みにして、そこまでの状況が起きるかしら」

「たかが本？」ホームズの表情が険しくなった。「いまの日本にとって西洋の知恵は、全国民の拠《よ》りどころだ。そこに未来があると信じている。実直で生真面目な日本人は、ロシアから公式に贈与された本に、まさか罠《わな》が仕掛けられているとは疑いもしない。信頼を利用し、内容を鵜呑みにするよう仕向けたのは、あなたがたではないか」

カネフスキーが戸惑いがちにつぶやいた。「だが汚染が広がれば十年とかからず、日本も自発的に気づくのではないか」

シェーヴィチが片手をあげて制し、カネフスキーにいった。「いや。わが国でも農奴解放令以降の三十年間で、農民らの健康被害の深刻さが、ようやく浮き彫りになったばかりだ」

「工場や鉱山で働く農民ですか？」

「そうだ。ゲオルギイ殿下が石炭鉱の労働争議へ出向かれていたのは、事実上農民らの病状を気にかけておられたからだ。政府は公式に発表していないが、作物の栽培が禁じられた土地や、釣りが許されなくなった河川も増えている」

「しかし、そんなことは政府からはまったく……」

「公になれば、ただでさえ怠けがちなわが国の労働者たちが、集団で仕事を放棄する。極秘事項だったんだ。ロシアでは突然のように工業化が進み、人の健康と自然環境に皺寄《しわよ》せがいった。日本も同じだ。しかも、たった二十四年で鉄道が本州の北端まで達した国だ。土や水や空気を顧みる余裕など、彼らにあるはずもない」

ホームズが人差し指を立てた。「問題が原因不明のままなら、日本人もいずれ答えを見つけだすでしょう。しかし誤ったほうへ誘導されている。チェーホフらが提供した『ロシア自然科学大全』には、ほかにも硫黄《いおう》酸化物による喘息《ぜんそく》や、水銀中毒とヒ素中毒の症状、大気汚染による気管支炎、海洋汚染にともなう海藻の変色などを、なんの問題もない事象と解釈できるよう、さももっともらしく巧みな説明を捏造《ねつぞう》している。仮にイギリスが公害を疑い日本に質問しても、日本は助けを求めない。どの国も自国の公害は伏せているから、諸外国から日本へ情報も入ってこない」

シェーヴィチがアンナを睨《にら》みつけた。「ルシコワ女史。それは本当のことか」

アンナの顔は人形のように冷やかだった。「存じあげません。どこに証拠が?」

室内が静まりかえった。ホームズが無表情のまま鼻を鳴らした。「証拠隠滅のため本を交換した。日本人の手による翻訳版に誤りがあっても、原本にそんな記載はないと主張するためだ。しかしそれで疑惑を払拭《ふっしょく》した気になられても困る」

伊藤はうなずいた。「ルシコワ女史。シェーヴィチ公使と陸奥大臣のあいだで取り交わされた公書に、贈呈本の番号が明記されている以上、私たちはそれを要求する権利があります。章がばらばらだろうと汚れていようと、元の本をお返し願いたい。いうまでもないことですが、専門家たちの書きこみがある以上、別の本へのすり替えは不可能です」

アンナはため息をついたが、表情は冷淡なままだった。「ここにはございません。というより、もう存在しないといったら？」

ホームズがつぶやいた。「焼却したわけか」

シェーヴィチがアンナに怒鳴った。「勝手な処分は許されんぞ！」

「許さない？」アンナが低い声を響かせた。「誰が？」

張り詰めた空気がひろがる。カネフスキーが問いかけた。「何者だ。国家資産省から寄《よ》こされただけの人材ではあるまい」

アンナは物怖《ものお》じしたようすもなく見かえした。「カネフスキー中佐、想像がつかない？　チェーホフもわたしも、オフラーナから派遣されているのよ」

衛兵らに動揺がひろがった。カネフスキーもたじろぐ反応をしめした。

シェーヴィチが狼狽《うろた》えた顔でつぶやいた。「オフラーナ？　まさか。内務省警察部警備局か」

ホームズの表情が険しさを増した。伊藤も息を呑まざるをえなかった。ロシア帝国内務省警察部警備局。一八六六年のアレクサンドル二世の暗殺未遂後に設立された秘密警察だ。

だがシェーヴィチは、さほど弱腰な態度をしめさなかった。「ここは外国だ。オフラーナは公安秩序維持のため、革命派を取り締まるのが仕事だろう。今度はなにを企《たくら》んでいる」

「企む？」アンナが冷徹なまなざしでシェーヴィチを見つめた。「どういう意味か解《げ》しかねるわね」

「わかっているはずだ」シェーヴィチがいった。「オフラーナはもともとペテルブルク特別市長附属の秩序警備局だ。国家のために存在するとはいえ、皇帝陛下直属の組織とはいえん」

「公安局として、皇帝陛下の全幅の信頼を得ている」

シェーヴィチが鼻を鳴らした。「公安とはよくいう。革命派を取り締まりながらも接近を図り、もし革命が成就されたあかつきには、共産党政権の配下として存続する構えだ。皇帝陛下に忠誠を誓いながら、革命派に与《くみ》し帝政の打倒を援助している。二枚舌の税金泥棒どもに、日本で活動する権限などない」

「お黙りなさい！」アンナがぴしゃりといった。「ニコライ殿下の中東とアジア歴訪に、なぜわたしたちが同行を命じられたと思うの？　皇帝陛下からのご命令があったからよ」

ホームズがアンナを見つめた。「それ以前に、あなたとチェーホフがゲオルギイの随伴者となったのも、監視が目的だろう。アレクサンドル三世は、次男ゲオルギイが労働者階級に肩入れするのを嫌っていただろうからな」

「ええ。でもわたしたちオフラーナは、もっと高い次元で国家の行く末を案じているの。皇帝陛下のご意思だけがすべてじゃないのよ」

シェーヴィチが顔をしかめた。「無礼だろう」

アンナはすかさず反論した。「どっちが無礼よ。ニコライ殿下とゲオルギイ殿下が、戯れに入れ替わっていようとはつゆ知らず、こんな公使館に籠《こ》もって悠々自適の生活を送る。それこそ税金泥棒じゃなくて？　わたしたちにとっては忌々《いまいま》しい問題だった。皇太子が身代わりに弟を訪問させている、そんな事実が国際社会に知れ渡ったら、ロシアの威信はおおいに揺らぐ」

ホームズは蔑《さげす》むような目をアンナに向けた。「そうなったら、オフラーナは革命派につくだけのことだろう」

「時期尚早よ」アンナが冷静に応じた。「皇帝が権力を失い革命派が政権を乗っとるのは、極東の脅威がなくなってからじゃないと。でなきゃ内政の混乱に乗じて侵攻されるでしょう。日本や、その後押しをするイギリスに」

伊藤のなかに怒りがこみあげた。「極東の脅威がなくなるとの見こみをお持ちか。わが国が公害で滅ぶのは、あなたがたにとって既定路線だったわけか」

アンナがあっさりとうなずいた。「当然でしょう。わたしとチェーホフは国家資産省に関わり、入念に準備を重ねてきた。『ロシア自然科学大全』だけじゃないのよ。たとえばシベリア鉄道の日本の商用利用を認めたのも、重工業の急速な発達を促進するため。真実に気づかなければ、二十年で日本の国土は荒廃し、病がひろがり、たんなる無秩序な群島と化す公算だった。外国人が健康に住める環境でもなくなり、イギリスの介入も不可能になる。日本は幕末に逆戻り」

伊藤のなかに憤りがひろがった。「それが皇帝のご意思だったというのか」

「ええ。でも皇帝がすべてではない。二十年も呑気《のんき》に日本の自滅を待つ方針には我慢ならなかったし、甘ったれた皇太子と弟のおふざけが国を揺るがそうとしていた。わたしたちは一計を案じた。日本訪問中にニコライ殿下、というよりゲオルギイ殿下が暗殺されれば、すべて丸くおさまる。兄弟入れ替わりの悪戯《いたずら》は終焉《しゅうえん》。皇帝陛下とニコライ殿下は烈火のごとく怒り、日本への侵攻に踏みきる」

ホームズがいった。「津田三蔵を襲撃に駆り立てたのは、きみらの部下アハトフとデニーキンだな。攘夷思想を持ちながら、怪我や精神病で身体が弱っていた警官を見つけ、過激な行動にでるよう示唆した。おおかた西郷隆盛がロシアにいる証拠を捏造し、津田に見せたのだろう」

アンナは冷笑ぎみに応じた。「みごとね、ホームズさん。その通り」

「オルゲルト・ベルセロスキーという男の噂話《うわさばなし》も、チェーホフときみから聞かされたのみだ。すなわちきみらのでっちあげだ。そんな男は実在しないし、暗躍した形跡もない」

「第二インターナショナルのつまらない革命家を作りだす必要に迫られたのは、津田が暗殺に失敗したからよ。ゲオルギイ殿下は死なず、意識不明の重体に留まった。当初は回復の見こみがあると考えられたせいで、皇帝陛下の怒りも充分でなかった。なりふり構わぬ侵攻とまではいかず、従来どおり公害による日本の自滅を待つことになった」

「だが」ホームズがいった。「ニコライはそれを知らなかった。父はひそかに日本の弱体化を画策していたが、息子には打ち明けなかった。ニコライは当初、父が日本に報復してくれるものと信じ帰国したが、武力行使も賠償金請求も領土要求もないと知り絶望した。父を弱腰と思いこみ、みずから日本を屈服させようと出航した」

「皇帝陛下は当然ご存じでね。わたしたちをニコライ殿下に同行させた。もちろんわたしたちには別の任務もあった」

「細工済みの『ロシア自然科学大全』を、農商務省につかませる。むしろそっちのほうが、きみらにとって重要な任務だった」

アンナが肩をすくめた。「本をあっさり贈呈したのでは不自然。これまでも陸奥大臣が入手したがるよう仕向けてきたけど、あなたの名推理の褒美とするのが、最も違和感を生じないと思ったのよ。ニコライ殿下が軍艦ラスカーにいるとか、段階的に情報を開示していけば、あなたは兄弟入れ替わりの真相に到達する」

ホームズは表情を変えなかった。「道理で簡単な謎だったわけだ。きみらの誘導だったとはな」

「翻訳が終わり、原本も細工のない物と交換して、なんの証拠も残らない。以後、農商務省の人間が生半可な知識で翻訳と原本を照合しても、相違に気づかれぬよう緻密《ちみつ》な配慮がなされている。だから向こう十年、国会に公害被害の意見書が提出されても、農商務省の見解によりすべて退けられる。そのはずだった。ホームズさん。なぜあなたが気づいたのか、おたずねしていいかしら。わたしたちの情報では、あなたは日本語もロシア語もわからないはずだけど」

ホームズは鼻で笑い、シェーヴィチを一瞥《いちべつ》した。

シェーヴィチがアンナにいった。「私から本国に要請し、もう一冊送らせたんだ」

アンナが軽蔑《けいべつ》のまなざしをシェーヴィチに向けた。「なんて愚かな。どうしてそんな真似を」

「複雑な事情があった。イギリスの関与を遠ざけるためとか……。とにかくそれにより、私も真実を知ることになった。皇帝のご意思とは信じられん。私にはなんの連絡もなかった」

「それはそうよ。日本が将来、『ロシア自然科学大全』の記述内容に問題があったと騒ぎだした場合、あなたには本気で反論してもらう必要がある。物証がないうえ、公使であるあなたがなんの負い目も感じていなければ、ロシアの正当性は揺らがない」

「……私はただの防壁だったというのか」

「公使とはそういうものでしょう。国家のため敵陣に進めた駒。駒に自分の意思は必要ない」

伊藤のなかで、まだ衝撃が冷めやらなかった。アンナの豹変《ひょうへん》ぶりに対してではない、ホームズの思考こそ驚異にほかならない。

以前ホームズは『ロシア自然科学大全』を求めた理由を説明した。日本の自然が科学的に分析できないと、推理力も宝の持ち腐れなのでね、彼はそういった。だが当初から、あの本の内容をたしかめるべきと考えていたのだろう。驚くべき想像力と警戒心の強さだった。

ホームズはアンナをまっすぐに見つめた。「ツジィビンにコソ泥を働かせて、日数が稼げると思ったか。あきらめるんだな。日本が公害という概念を知った以上、もはや自滅はない。勤勉な日本人は、むしろわれわれより早く汚染に歯止めをかけ、浄化の手段を見つけだすだろう。ロシアと日本、双方を手玉に取ろうとしたオフラーナの野望も、ここに潰《つい》える」

アンナの表情が凍りついた。「日本が公害という概念を知った？　伊藤枢相おひとりが、でしょ」

妙な気配があった。アンナが片手を軽くあげた。窓辺でカーテンが割れ、人影が蠢《うごめ》いた。金髪の若い男が拳銃《けんじゅう》を手にしている。銃口が伊藤に向けられた。

ふいにホームズが伊藤に覆いかぶさった。ホームズの手は伊藤の下に伸び、襟をつかんで床に引き倒した。同時に銃声が耳をつんざいた。閃光《せんこう》が一瞬、室内を青白く照らした。衛兵のひとりが呻《うめ》き声とともにうずくまった。

直後、銃撃音が連続した。壁面に着弾しているのだろう、微細な木片が降り注ぐ。硝煙と埃《ほこり》でたちまち辺りが白く染まった。

ホームズに助けられた、伊藤はそう悟った。いまも伊藤をかばうホームズに怪我がないか、それだけが心配だった。

銃声のなかに怒鳴り声がきこえる。しだいに喧騒《けんそう》がやみ、声がはっきりしてきた。カネフスキーが呼びかけている。「撃ち方やめ！　撃つな！」

散発的な銃撃も途絶え、ふいに静かになった。耳鳴りがする。伊藤が身体を起こそうとすると、ホームズがわきにどいた。ため息をつき壁によりかかっている。

伊藤はホームズに駆け寄った。「だいじょうぶか」

「平気だ」ホームズは伊藤を片手で制した。「それより、なんてことだ」

凄惨《せいさん》な状況をまのあたりにし、伊藤は息を呑んだ。

無数の銃弾が浴びせられた室内は、半ば崩壊しかかっていた。家具も調度品も破壊され、破片が散乱している。ぼろぼろになったカーテンには赤い血がこびりついていた。アンナ・ルシコワは机に突っ伏している。銃弾が何発か身体を貫通したらしい、背の銃創から血が滲《にじ》んでいた。横向きになった顔は、目を見開いたままだった。瞳孔《どうこう》が開ききり、瞬《まばた》きひとつしない。絶命はあきらかだった。

ホームズが窓辺へ向かう。伊藤もそれにつづいた。

拳銃が投げだされている。床に突っ伏している青年を、ホームズが仰《あお》向《む》けにした。金髪が血にまみれていた。額を撃ち抜かれている。

「なんてことだ」ホームズが吐き捨てた。「貴重な証人を殺してしまうとは」

カネフスキーが駆け寄ってきた。「正当防衛だ、やむをえん」

「彼女まで撃つことはなかった」ホームズは憤りをあらわにした。「チェーホフの不在にはなにか理由がある。それをききだす前に死なせるなど愚かの極みだ」

そういいながらホームズは青年の上着をまさぐっていた。財布が取りだされる。顔写真入りの証明書がおさまっていた。双頭の鷲《わし》を象《かたど》ったロシアの小紋章が刻印してある。

シェーヴィチが近づいてきて、ホームズの手もとをのぞきこんだ。「ヤコブ・アハトフ、内務省警察部警備局。たしかにオフラーナの一員だな」

ポケットにはほかにめぼしい物はなかったらしい。ホームズは死体のこめかみに鼻を近づけた。「海水のにおいがする。スーツに着替えているが、その前に海に浸《つ》かったのか。指先には巻いた針金が食いこんだ痕《あと》。きょうだけでなく、数日ごとに同じ作業をしている。靴には砂まみれの泥」

ホームズは自身の懐から、紙製の小袋をいくつも取りだした。それぞれに英語で地名が記入してある。台場と書かれた袋を開けた。中身は土だった。指先につまみとる。もういっぽうの手で、アハトフの靴底から土をこそげとった。両手の指先をさかんにこすり、ホームズはつぶやいた。「同じだ。この男は台場の砂浜にいた。ほんの一時間ほど前だ」

伊藤はほかの小袋に気になる地名を見つけた。「まて。花街と書いてあるじゃないか」

「あなたの家族の円満を保つためだ」ホームズは身体を起こした。銃撃で破壊されたデスクの残骸《ざんがい》に近づく。引き出しを次々に開けた。本棚に向き直り、書籍を手にとっては投げだす。

シェーヴィチがアハトフの死体を見下ろしていった。「台場にはよく足を運んでいるが、こんな男は見たことがない。水兵に化けていたのかもしれん」

ホームズは手を休めず応じた。「日焼けしていないから水兵ではない。顔のまわりの締めつけた痕は、潜水服を着ていたことを表している。おや、これは」

大判の書籍のひとつが振られた。ホームズが表紙を開いた。内部がすり鉢状に刳《く》り貫《ぬ》かれている。直径は二十センチぐらいだった。ホームズはカネフスキーにきいた。「ロシア軍の武器か備品で、この大きさといえば?」

カネフスキーが本を見つめる。その表情がこわばった。「地雷吸着用の吸盤だ。本来は地面に埋めて使う地雷を、海で使うための防水カバーがある。そこに針金で縛りつける」

伊藤は驚いた。「アハトフはまさか、軍艦を沈めるつもりだったのか?」

「いや」ホームズはつぶやいた。「このタイミングとは偶然が過ぎる。爆発物は軍艦に常時取り付けられていて、アハトフは点検か交換に行っただけと見るべきだ」

カネフスキーがうなずいた。「防水カバーは完全ではない。ずっと海中に没しているのなら、二日か三日にいちどは取り替える必要がある」

シェーヴィチの眉間《みけん》に皺が寄った。「軍艦の船底に、常に地雷が取り付けられているというのか? ラスカーにか」

ホームズがいった。「日本を公害により破滅の道へと歩ませる、その計画の序盤でつまずいたら、今度こそロシアが日本を侵攻するよう保険を用意してあった」

「その保険とは」シェーヴィチは目を瞠《みは》った。「ニコライ殿下のことだな」

伊藤はホームズを見つめた。「ここで起きたことをチェーホフが知ったら……」

「ただちに手を打つだろう。日本の港湾内に停泊中、軍艦が撃沈されニコライが死んだとなれば、確実に戦争の火ぶたが切られる。『ロシア自然科学大全』の工作発覚もうやむやになる」

「奴らはもう動いただろうか」

「なんともいえない。だが日没後の東京は静かな街だ。さっきの派手な銃撃音は半径一マイル以内に届いただろう。チェーホフとデニーキンは台場にいる可能性が高いが、もしどちらかがここの近くにいて騒動に気づいたなら、すでに台場へと馬車を走らせている」

一刻の猶予もならない。伊藤はいった。「ただちに警察を出動させる」

シェーヴィチが咳《せ》きこみながら告げてきた。「われわれもラスカーに打電する」

ホームズが間髪をいれず応じた。「まず本国へ打電してください。たとえ停泊中の軍艦が沈没したとしても、オフラーナの陰謀であり、日本のしわざではないと。ことが起きる前に、あなたから皇帝陛下へお伝えするんです。でなければチェーホフらの勝利になってしまう」

それだけいうとホームズは足ばやにドアへ突き進んだ。伊藤も後を追った。

維新以来、最大の危機だと伊藤は痛感した。馬関戦争の勃発《ぼっぱつ》は阻止できなかった。だが今度は、命に代えても危機を回避せねばならない。できなければ近代日本は、たった二十四年の命脈に終わる。

34

台場の港はほの明るかった。そこかしこに松明《たいまつ》が燃え、ランタンの光が無数に動きまわる。蹄《ひづめ》の音も騒々しい。馬車が続々と丘の上に集結している。それぞれの車両から警官の制服が繰りだし、群れをなし海岸への細道を下っていく。

喧騒のなか、ホームズは伊藤とともに車外に降り立った。磯《いそ》のにおいが一帯に漂う。冷たい海風が吹きつけ、体温をわずかずつ奪い去っていく。

漆黒の海原へと目を向ける。九隻の軍艦はなにごともなく停泊していた。いまのところ非常事態は起きていない。

伊藤が園田警視総監と合流した。カネフスキー中佐は衛兵を引き連れ、水兵らに口シア語で呼びかけている。慌ただしさばかりの丘を、ホームズはまっすぐ展望台へと向かった。

手すりの向こう、海岸線を見下ろす。無数の小舟が集結しつつある。蒸気船から手《て》漕《こ》ぎまで多種多様だった。警官らが乗船すべく押し寄せている。

伊藤が駆けてきて隣りに立った。息を弾ませながらいった。「ホームズ先生。園田君が百隻以上の船を手配した。総出で軍艦に吸着した爆発物をさがす手筈《てはず》だ」

ホームズは首を横に振った。「みな潜水服を着てないじゃないか。暗い海で、しかも爆発物は船底に取りつけられている。潜れなきゃ意味がない」

「いま海軍がこちらへ向かっている。潜水夫なら大勢いるとのことだ。それまでにやれるだけやる」

背後から男の声が呼びかけた。「伊藤!」

振りかえると、ブレザー姿の日本人が駆けてきた。井上馨だった。仕込み杖《づえ》を手にしている。井上がいった。「連絡を受け、ただちに漁師らに呼びかけた。夜の素潜りも平気な連中だ」

ホームズは面食らった。「船底を手で撫《な》でまわしてさがすつもりか」

井上があっさりとうなずいた。「当然だ。連中が大勢で取りかかればきっと見つかる」

「危険だ。それに船底はかなりの深さにある」

「日本の漁師たちは裸で海底まで潜るんだよ。上等な装備なんて買えない奴らだからな」

勇気は評価できる。だがたしかめておかねばならない。ホームズはロシアの一群を振りかえった。「カネフスキー中佐！ 防水カバーに入った地雷は、いじると爆発するのか」

カネフスキーが応じた。「どんな仕掛けが施されているかはわからん。とはいえ頻繁に交換しているんだから、そこまでデリケートな起爆にはしていないはずだ」

「ならチェーホフたちはどうやって爆破する？」

「事前に潜ってワイヤーを信管に結び、遠ざかってから引っぱる。それしか考えられない。ふだんは漁船が艦のあいだを通るし、ワイヤーが常時張られているとは思えない」

ホームズは伊藤に向き直った。「いいぞ。警官や漁師らが洋上に繰りだせば、チェーホフとデニーキンはワイヤーを張れなくなる」

カネフスキーが近づいてきた。「水兵たちの話では、チェーホフが青年ひとりを連れ、小型蒸気艇で洋上の軍艦へ向かった。一緒に大勢の水兵が乗り合わせていたから、途中で潜水できたとは思えん。だがどの艦に乗ったかは、情報が錯綜《さくそう》している」

伊藤がつぶやいた。「当然ラスカー以外だろう」

「だろうな」カネフスキーがうなずいた。「シェーヴィチ公使が本国へ打電した。次いでラスカーの艦長とも連絡がついた。全乗組員とも、へたに動かず艦内に待機する方針だ。むろんニコライ殿下もだ。いま陸にいる水兵のうち、潜水経験のある者を爆発物除去にあたらせる」

ホームズは片手をあげた。「いや。ロシアの諸君は遠慮してくれないか。すでに日本の警官と漁師が向かっている」

「なに?」カネフスキーが苛立《いらだ》たしげな表情になった。「あれはわれわれの軍艦で、狙われているのはわが国の皇太子殿下だぞ。むしろ日本人こそ引っこんでいるべきだ」

伊藤が反論した。「日本の領海、しかも港湾内だ。警察の司法権が及ぶ」

カネフスキーは歯軋《はぎし》りした。「除去作業中もし爆発したら、日本はどう責任をとるつもりだ」

ホームズはカネフスキーを見つめた。「責任論よりも危険度の高低こそが判定基準だ。ロシアの水兵に赤毛の肥満体がまぎれていればチェーホフとわかるが、デニーキンなら溶けこんでしまう。捜索のふりをして爆発物に近づき、捨て身の覚悟で信管を操作するかもしれん」

「ロシア人は岸で指をくわえて見ていろというのか」

「そのとおりだ。手だし無用。ここは勤労で器用な日本人にすべてを委《ゆだ》ねるべきだ」

「ならん!」カネフスキーは声を張った。「ロシア帝国軍人が皇太子殿下の危機を目前に、ただ傍観の立場に甘んじるなど……」

突然、雷に似た閃光が辺りを明滅させた。一瞬遅れて突きあげる震動が襲う。轟音《ごうおん》が反響し、直後に突風が吹き荒れた。

激しい向かい風のなか、ホームズは海に目を凝らした。信じがたい光景がそこにあった。埠頭《ふとう》に接岸した三隻のうち、最後尾の艦から炎が噴きあがっている。一瞬のうち、巨大な水柱が立ちのぼった。船体が大きく傾き、埠頭にのしかかる。蟻の群れのように見える乗組員らが、たちまち船外に放りだされたのがわかる。自重に耐えきれず、艦はずるずると海中に引きこまれていく。

カネフスキーが両手で頭を抱えた。「なんてことだ。ザウルが」

あの位置の艦はアルセンかザウルと考えていたが、ザウルだったか。ホームズがそう思ったとき、ザウルの前方に停泊した艦の船尾が、玩具《おもちゃ》のように弾《はじ》け飛んだ。ヤコフだった。船体が黒煙に包まれ、舳先《へさき》が急角度に上昇していく。後方が沈みだしていた。マストが折れ崩落する。周辺の海面が激しく泡立ち波打った。

伊藤が目を瞠った。「なにが起きたんだ」

ホームズは固唾《かたず》を呑んで惨事を見守った。悪い予感が的中した。ロシア公使館で発見した書籍のなかが刳り貫かれ、吸盤を密輸した痕跡があったからといって、それが一個だけとは限らない。ホームズはつぶやいた。「二日か三日おきの防水ケースの交換が、きょうおこなわれていたとは偶然がすぎる、そう思っていた。事実、毎日のように手を加える必要があったのだろう。ラスカーを除く八隻すべてに爆発物が仕掛けられている以上は」

カネフスキーが怒鳴った。「なんだと。なぜ八隻に……」

またしても落雷を思わせる轟音が響き、丘の上を揺るがした。埠頭に接岸した先頭の艦、コンドラトの側面に水柱があがった。船体は中央付近でまっぷたつに裂け、前部と後部がそれぞれに沈没しだした。海面には水兵たちの頭部が浮き沈みしている。両手を振りかざし救助を求めていた。

園田が手すりから身を乗りだし、海岸へ日本語で呼びかけた。救出に向かえ、そう叫んだのだろう。

砂浜にいた警官らがいっせいに動きだす。漁師たちも加わっていた。小舟が続々と洋上へ繰りだし、沖に浮かぶ小島の埠頭へと向かっていく。

ホームズはいった。「園田警視総監、現状無事な艦には誰も近づけてはならない。爆発の危険がある」

園田はうなずき、また海岸に向け日本語で怒鳴った。

伊藤がホームズを見つめてきた。「八隻に爆発物？　ニコライ殿下がお乗りのラスカーは狙われないというのか」

「チェーホフとデニーキンは、いずれかの艦に乗りこんでいる。最後の一隻は沈まない。それがラスカーだ」

「ならニコライ殿下はご無事のままになる」

「周りの八隻が沈没したら、最後の一隻は不安に駆られる。脱出に動きだすのが筋だ。ニコライ殿下は救命ボートにお乗りになる。そのときこそ命を狙われる」

カネフスキーが口をはさんだ。「どういうことだ。救命ボートの底にでっかい爆発物が貼りついていれば、誰でも気づく。ニコライ殿下がどのボートにお乗りになるかも、予想できるはずがない」

ホームズは苛立ちとともにいった。「もっと想像力を働かせたまえ。救命ボートなら爆発物で沈める必要はないだろう。洋上にでれば数人が孤立した状況下に置かれる。乗り合わせた暗殺者は、邪魔も入らずニコライの命を奪える」

伊藤が妙な顔をした。「乗り合わせる？　ニコライ殿下とご一緒できるのは最側近ぐらいだ。チェーホフや見ず知らずの青年には無理だ」

説明するのももどかしい。ホームズは早口に告げた。「伊藤さん、よく思いだしてくれ。チェーホフがゲオルギイの随伴で、ニコライとは親しからずお近づきになれない、その情報はほかならぬチェーホフ自身とアンナ・ルシコワからもたらされたのだ。すなわち彼らの嘘だ。僕ら同様、ロシア公使館の人間も、艦上の関係を知らない。チェーホフはニコライの最側近とみるべきだ」

カネフスキーが驚愕《きょうがく》のいろを浮かべた。「あの赤毛の肥満体が、ニコライ殿下の信頼を得ているというのか」

「デニーキンもだ」ホームズはいった。「僕がさっきロシア公使館で、ラスカーが沈むとはいっさい口にしなかったのを覚えているかね。事実ラスカーが沈没するだけでは、乗っているニコライが命を落とすとはいいきれない。護衛の艦隊が全滅、脱出したニコライも暗殺される。これ以上ロシアの侵攻を確実にする要因があろうか」

またも轟音とともに水柱が立ちのぼった。ラスカーの前方に停泊していたケサーリだった。沈没が始まっている。水兵らの絶叫がここまできこえてくる。

カネフスキーの顔面が紅潮しだした。「許せん。オフラーナの反逆者どもめ」

水兵のひとりが駆けてきた。ロシア語でカネフスキーに報告した。

うなずいたカネフスキーがホームズに向き直った。「小型蒸気艇の準備が間もなく整う。ラスカーが救命ボートを下ろすなら、そこへ接近できる」

ホームズはいった。「僕も一緒に行こう」

「ゲートの警備兵に伝えておく。第二桟橋に十分後だ」カネフスキーが身を翻した。水兵らとともに細道を駆け下りていく。

伊藤が見つめてきた。「ホームズ先生。私も同行する」

ホームズは伊藤を見かえした。「遠慮してもらいたい。あとんでもない話だった。ホームズは伊藤を見かえした。

「これまでも一緒に動いてきただろう」

「あなたの勇気や行動力、権限を発揮できる状況ではない。ただ洋上にいる暗殺者と渡りあうだけだ」

「それこそ望むところだ。私は元長州藩士だぞ。命を狙われたら返り討ちにするまでだ」

「総理経験者がいうことではない。伊藤さん、汽車で青森まで向かったとき、心から思った。あなたがいたから日本は変われた。未来もあなたにかかっている」

「だからこそこの手でけりをつけたい」

「気持ちはわかるが頼む。あなたとは対立したくない。僕が二十九歳のときのベーカー街が第一ラウンド、伊藤邸の庭先での小競り合いが第二ラウンド。それで懲りた。ホームズ対伊藤博文の第三ラウンドなど、永遠に望まない」

「ならきみが折れてくれ」伊藤が語気を強めた。「きみが十歳のとき、私は長州藩へ戻った。最初の一発を阻止できるのなら、砲口の前にわが身を晒そうとまで覚悟した。だが開戦に間に合わず、なにも果たせなかった。ロシアとの戦争を阻止さえすれば、あとはどうなろうとかまわん。そこに自分の人生を賭《か》けたいのだ！」

ホームズは絶句した。無言で伊藤を見つめた。伊藤も黙ってホームズを見かえした。

ダウベンゼーのほとりで、唯一無二の友人に語った言葉を思いだす。ワトソン、僕のすべての人生は無駄ではなかった、いまならそう断言できる。もし僕の経歴が今夜かぎりだとしても、僕は安らかな気持ちでいられる。ロンドンの大気は、僕という存在により浄化された。千を超える事件で、僕は自分の技能を悪《あ》しき方向へ用いたことはないと自覚している。きみの回顧録は、僕がヨーロッパで最悪にして最強の男を逮捕もしくは滅亡させ、人生の頂点を極める日で終わるだろう、ワトソン。

モリアーティという巨悪の存在を知ったとき、打ち倒せなければ生きている意味はない、そこまでの覚悟を決めた。己れの人生の価値はすべてそこにかかっている。そう信じた。ロンドンを苦しめる犯罪の根源を断つ。なんのために生を受けたかと問われたとき、明確な答えがそこにあった。

いまの伊藤も同じ思いなのだろう。受容できない運命に身をまかせてまで生き永らえたくはない。そんな強い意志と信念を感じる。だが……。

ホームズはため息とともにつぶやいた。「伊藤さん。ひとつ約束してくれ」

「なんだね」

「帰還する。そう断言してくれないか」

伊藤はささやくようにいった。「帰還……」

「いまは日本にとって最大の危機だ。窮地を乗りきることがすべてだと思うだろう。しかし国があればまた問題は生じる。あなたが失われたのでは、次の危機は回避できない。だから生きて帰ることだ」

ロンドンの街並みが目の前をちらつく。霧のなかに浮かぶガス灯の明かりが、濡《ぬ》れた石畳を照らす。モリアーティという脅威が除去されても、弟が名誉回復に努め、残党はふたたび動きだす。犯罪がなくなる日など来ない。いまもホームズの死を知らず、ベーカー街を訪ねる人々がいるかもしれない。そこにはどんな辛《つら》い事件があるのだろう。どれだけ悩んでいることだろう。

思いがそこに及んで、ホームズは我にかえった。伊藤が見つめている。ふと微笑がこぼれる。

伊藤も静かに笑った。ホームズはつぶやいた。「回想に浸っている場合ではないな」

爆発音が耳をつんざいた。飛沫《しぶき》が丘の上にまで降りかかる。空が紅《あか》いろに染まっていた。北東の隅に停泊していたティムルが、いまや炎に包まれている。甲板に火球が膨れあがり、火柱と化し噴きあがった。照らしだされた海面では、水兵らが救助を求め立ち泳ぎをつづけている。警察や漁師の船が接近していく。

ホームズはいった。「約束する。帰還しよう。きみとともに私も」

「わかった」伊藤が駆けだそうとした。

そのとき井上が呼びとめた。「伊藤。これを持ってけ」

差しだされたのは仕込み杖だった。井上がまっすぐに伊藤を見つめている。伊藤は武士が刀を譲渡されたがごとく、しっかりと握りしめ受けとった。

吹きつける海風はいまや熱を帯びている。ホームズは伊藤とともに駆けだした。丘を下りながら、さまざまな思いが胸をよぎっていく。かつてワトソンの著述をけなしたことがある。いずれ自分で書くつもりだと宣言した。だがいまははっきりした。人生について書くのなら、まず人生を送らねばならない。生きることが人生だ、生きた結果ではない。

35

ロシアの小型蒸気艇はカヌーを拡大したかのような、流線形の船体を有していた。カネフスキー中佐以下、四人の水兵が乗りこんでいる。ホームズも伊藤と並んで船尾におさまった。かつてテムズ川で追跡したオーロラ号より大きいが、ずっと速い。墨で満たしたがごとき暗黒の海原を、滑るように猛進していく。白熱電球が辺りを照らしたが、相次ぐ爆発に伴う水飛沫《みずしぶき》と漂う煙で、ほとんど前方を見通せない。浮遊する残骸にぶつかるたび、船体が跳ねあがるような縦揺れに見舞われた。

またしても水柱が立ちのぼっているのが見える。ラスカーの右舷にいた艦が炎を噴きあげていた。傾いたマストが焼け落ちていく。

カネフスキーが振りかえって怒鳴った。「クリメントがやられた」

伊藤がホームズに耳打ちしてきた。「これですべての艦の位置がわかったな」

「ああ。二隻しか残っていないがね。ラスカーの後ろのアルセン、その右舷のワレリーだ」ホームズは身を乗りだし、大声で呼びかけた。「カネフスキー中佐。本当に起爆はワイヤーを引っぱっているのか」

「間違いない。こっちが出向いてくる前に、潜水してワイヤーを張ったんだ」

「かなり長いワイヤーのようだ」

カネフスキーはうなずいた。「ラスカーの艦上から引っぱっている」

「甲板でそんなことをしていれば、乗組員に発見されるのではないか」

「いや、ワイヤーが手すりに結んであるなら、チェーホフかデニーキンは甲板をふらつきながら、少し身を乗りだして引っぱるだけでいい。最初の爆発のあとは、艦内も大混乱で誰も気づきやしない。そもそもこの暗闇だ、ワイヤーなんか見えない」

「まだ沈没していないアルセンとワレリーは、ラスカーとのあいだにワイヤーが張られているわけだ。そこを通らないよう、すべての船に注意を呼びかけ……」

ふいに閃光が走った。爆発音の直後、高波が押し寄せてきた。蒸気艇は大きく傾いた。ホームズは柱にしがみついた。船体が転覆寸前にまで傾斜し、そこから急激に水平へと戻った。海上へ投げだされそうなほどの勢いだった。

カネフスキーが双眼鏡をのぞいた。「アルセンだ。もうワレリーだけだ」

「ラスカーもな」ホームズはカネフスキーを見つめた。「最後の一隻になるまでは、外こそ危険と判断し、ニコライ殿下もラスカーの艦内で待機なさるだろう。ワレリーが沈むか否か、ラスカーの艦長も固唾を呑んで見守っているはずだ」

「ワレリーが沈んだ直後に脱出が始まるな」

「そうだ。それまでにラスカーに近づかねば」

「救命ボートを下ろすクレーンは右舷にある」

「ただちにそっちへ向かってくれ」

カネフスキーが水兵にロシア語で怒鳴った。水兵らの動きがあわただしくなった。石炭をシャベルですくい、燃え盛る火室へと放りこむ。その作業が繰りかえされた。前方から吹きつける風圧が強さを増す。蒸気艇は加速していった。ラスカーの左舷前方へと接近する。

闇のなかに浮かぶラスカーのシルエットが徐々に大きくなる。それでもまだかなりの距離があった。

そのとき、目もくらむ閃光とともに轟音が鳴り響いた。またしても波が荒れ狂う。蒸気艇は激しく左右に揺れた。

目を凝らすと、ラスカーの右舷後方で軍艦が側面から煙を噴出させていた。船体がゆっくりと傾いていく。

伊藤が声を張りあげた。「ワレリーが沈んだ！　ラスカーの脱出が始まるぞ」

まだ到達できない。ホームズはカネフスキーにきいた。「あとどれぐらいだ」

「五分はかかる」

「急いでくれ。ここで間に合わなければ、すべての苦労は水の泡だ」

艦長は最後まで残るだろうが、皇太子は真っ先に退避を求められるだろう。ワレリー一隻が残った時点で、すでに救命ボートの準備を完了していたかもしれない。だとすればボートは迅速に海面へ下ろされてしまう。護衛の乗ったボートを周囲に侍《はべ》らすまで、ニコライのボートはその場に留まるだろうか。いや、急いで陸をめざすべきとの判断に、異を唱える者はいまい。ボートは単独で漕ぎだすだろう。悪いことにそのボートには、本来招かれざるべき最側近が同乗している。

銀行の地下金庫に潜んだ一時間十五分を、ワトソンは一夜が明けるまでに感じたと綴《つづ》った。誇張のすぎる表現と思ったが、いま同じじれったさをホームズも嚙《か》みしめていた。能動的に待つのなら時間は苦にならない。だが蒸気艇の物理的に制限された速度に身をゆだねるのは、なんとも歯痒《はがゆ》い。人類の英知を結集した発明がこのていどか。

カジキマグロにたちまち引き離されてしまうではないか。

ラスカーが見上げるほど大きくなった。ようやく蒸気艇はラスカーの船首を通過し、右舷へとまわりこんだ。減速と同時に、白熱電球が辺りを照らした。ホームズは身を乗りだした。とたんに衝撃を受けた。

救命ボートが無数に漂っている。水兵や私服の乗員が入り乱れ、どのボートに誰が乗っているのか判然としない。なおもクレーンがボートを下ろしつづけていた。

蒸気艇は徐行しながら救命ボートのひとつに寄せていった。カネフスキーがボートにロシア語で怒鳴る。ボートの上で若い水兵が狼狽えぎみに応じた。水兵は辺りを見まわし、あちこちを指さした。ほかのボートにも大声で呼びかける。だが周りのボートでも戸惑いの反応があるだけだった。

カネフスキーが苦々しげに悪態をついた。ホームズに向き直り英語で告げてきた。

「御召艦でもない中型艦、しかも経験の浅い水兵ばかりだ。統率がとれていない」

「皇太子の家出の付き添いだからな。臨時に召集されただけの連中だ」

伊藤がカネフスキーにきいた。「ニコライ殿下の行方がわからないのか」

「最初のボートにお乗りになったのはたしからしい。真っ先に出発したが、どこにいるかは不明だ」

照明が灯台のごとく海原を横ぎり、ボートの群れを浮かびあがらせていく。どのボートもさかんにオールを漕ぎ、岸へ向かおうとしていた。ラスカーがいつ爆発するかわからない、そんな怯《おび》えからだろう。

ホームズは思考をめぐらせた。悪党が目的を果たすためには、針路をどちらへ向けるだろうか。

答えは即座に導きだされた。ホームズはカネフスキーにいった。「中佐。十時の方角だ。南東へ向け全速前進」

カネフスキーが怪訝そうな顔で見かえした。「陸から遠ざかるぞ。しかもさっきワレリーが沈没したばかりだ」

「だからそっちだ。チェーホフたちは邪魔の入らない場所へニコライを連れていこうとしている。ほかの方角の艦は沈没から時間が経ち、日本の警察艇や漁船が救助に群がっている。ワレリーはまだ脱出すら進んでいないはずだ」

「わかった」カネフスキーが水兵たちに向き直り、ロシア語で怒鳴った。

蒸気艇は動きだした。ふたたび加速していく。漂う煙が濃度を高めている。前方は深い霧に包まれていた。照明も空中に乱反射し、数ヤード先すら判別できない。

だが海面になにかが浮かんでいた。蒸気艇はわずかに針路を変えやりすごした。

通過と同時に、ホームズは浮遊物をまのあたりにした。水兵の背中だった。顔は海中に没したままだ。全身が弛緩《しかん》しきって動かない。背の銃創からは血が滲んでいた。

ふいに蒸気艇が減速した。またなにか見つけたようだ。やはり水兵、今度は仰向けに浮かんでいる。胸部は赤く染まっていた。

伊藤が唸《うな》った。「酷《ひど》いことを」

ボートに同乗していた護衛だ。ホームズは確信を強めた。「カネフスキー中佐、減速するな。間違いなくこの方角だ」

カネフスキーが水兵に指示する。またも速度が上昇した。濃霧のなかを蒸気艇は飛ぶように突き進んだ。

すると伊藤が声をあげた。「いたぞ」

ホームズは前方を凝視した。照明のなかに小さな影が浮かんでいた。すぐにボートだとわかった。オールを漕いではいない。ひとりが立ちあがっている。若い白人の青年、フロックコートを纏《まと》っていた。着痩《きや》せして見えるが、身のこなしから察するに鍛えあげた肉体の持ち主だった。デニーキンにちがいない。振りかざしているのは日本刀のようだ。両手で柄《つか》を握っている。船底を見下ろし、ひと太刀浴びせんと身構えていた。

その船底には人影が横たわっていた。片手を突きあげ、制止を呼びかけている。赤い軍服の上着を着ていた。避難に際し、皇太子であるとひと目でわかるようにするため、急いで羽織ったのだろう。ニコライの怯えきった横顔が、照明のなかにはっきりと浮かびあがった。

デニーキンが凶器に日本刀を選んだ理由はあきらかだ。日本人がニコライを暗殺したと見せかけるために相違ない。

舳先に座っていた男が振りかえった。赤毛の肥満体だった。あわてたようすで腰を浮かせ、片腕を突きだしこちらを指さした。

いや、指さしているのではない。手には拳銃が握られていた。

銃声が鳴り響いた。蒸気艇の上で水兵が身を伏せた。何発かの銃撃で、ふいに辺りが暗くなった。照明の白熱電球が破壊されたらしい。

まずい。ホームズの背筋に冷たいものが走った。光がなくては反撃が困難になる。ニコライが殺害されてしまう。

そのとき背後でなにかが動いた。直後、近くの海面に水飛沫があがった。

伊藤がいない。飛びこんだとわかった。海面の数インチ下を、イルカのような黒々とした影がボートへ向かっていく。

なんと無茶な。ホームズが動揺したとき、まばゆい光が走った。辺りがにわかに明るくなった。水兵が松明に火を灯《とも》した。青白い発光。硫黄と硝石、樟脳《しょうのう》、灰を混ぜた、水に消えない松明だとわかる。松明は蒸気艇とボートのあいだの海面に投げこまれた。

おかげで敵の姿がはっきり見えるようになった。水兵たちが発砲を開始した。だがライフルの銃口は上方に向けられている。ニコライが捕らわれているため、威嚇しか可能にならない。

チェーホフのほうはなんの躊躇《ちゅうちょ》もなく銃撃してくる。水兵のひとりが撃ち倒された。カネフスキーが手すりに身を潜め、水兵たちも物陰に隠れた。ホームズも姿勢を低くせざるをえなかった。

ボートの上ではデニーキンが日本刀を構えなおしていた。ニコライは後ずさるが、ボートの縁《へり》に追い詰められた。

そのとき水飛沫があがった。トビウオのごとく跳ねあがる影があった。伊藤がずぶ濡れのままボートに飛びこみ、デニーキンの脚をつかんで引っぱった。デニーキンは体勢を崩し、その場に倒れこんだ。

先に立ちあがったのは伊藤だった。ボートが激しく左右に揺れ、チェーホフは縁にしがみついている。だが伊藤は器用にバランスを取り、直立の姿勢を維持していた。

デニーキンも身体を起こした。目を剝《む》いて伊藤を睨みつけ、日本刀で狙い澄ます。伊藤のほうは手にした仕込み杖を抜いた。フェンシングの剣に似た細い刃《やいば》だった。柄を両手で握り、正眼の構えをとった。冷徹で鋭いまなざしがデニーキンを見据える。すかさずデニーキンが斬りかかった。伊藤の剣が側方へ弾いた。揺れるボートの上のため、足さばきによる抜き技がままならないようだ。だがデニーキンも同じ条件にちがいない。激しい打ち合いのたび、暗闇に火花が散った。鍔《つば》迫《ぜ》り合《あ》いになり、体格に勝るデニーキンが伊藤を圧倒しつつある。

ボートの揺れがおさまっていく。チェーホフがふたたび蒸気艇を銃撃しだした。身を潜めてばかりはいられない。ホームズは手すりに身を乗りだした。「中佐。援護を頼む」

「まてホームズ」カネフスキーが怒鳴りかえした。「なにを……」

きこえたのはそこまでだった。ホームズは海面へと飛びこんだ。

まるで視界がきかない。目を閉じているかのようだ。しかしそんな状況は予測済みだった。水中に籠もる音のなかに銃声が混ざる。体温を奪うほどの冷たさだが、服が浮力の助けになっていた。泳法は伊藤に倣った。浅い潜水状態で、足の上下だけで前進する。横から押し寄せる潮の流れがあった。針路を微調整しながら、猛然と突き進んだ。息つぎしている暇などない。海面に顔をだせば撃たれる。頭が硬い物に打ちつけた。手を伸ばすと、ボートの船底だとわかった。向こう側へとまわり、伸びあがってボートの縁をつかんだ。

空気に包まれ、視覚と聴覚が蘇《よみがえ》った。真っ先に目に飛びこんできたのは、船底に縮こまっているニコライの姿だった。恐怖のせいか顔面は蒼白《そうはく》だった。けたたましい金属音がこだましている。ホームズは頭上に目を向けた。伊藤とデニーキンが刀で激しく打ち合っている。

チェーホフはボートの舳先近くに座りこんでいた。ニコライが人質になっている以上、蒸気艇から狙撃《そげき》されないと悟ったらしい、素振りに余裕が生じていた。拳銃の銃口を、間近に立つ伊藤へと移した。

ホームズは腕の力で伸びあがり、ボートのなかへ転がりこんだ。チェーホフがはっとした顔になった。ボートは大きく揺れた。銃口が逸《そ》れている。ホームズは手刀でチェーホフの腕をしたたかに打った。拳銃が海へと投げだされた。

なおも揺れつづけるボートのなかで、ホームズは身体を起こし立ちあがった。チェーホフも腰を浮かせた。ポケットからナイフを抜いている。刃が繰りだされた。避《よ》けるためホームズは身を退《ひ》いた。とたんにボートが転覆しそうになった。

ライヘンバッハの滝の岩場よりはるかに不安定だった。デニーキンも体勢を崩している。伊藤はバランスのとり方に慣れたらしい、微動だにせずデニーキンに斬りかかっていく。形勢は逆転し、デニーキンは片膝《かたひざ》をついていた。伊藤が上部から繰りかえし刀を打ち下ろす。デニーキンは防御一辺倒となっていた。

チェーホフの汗だくの顔が、まっすぐにホームズを見つめた。「ロシアのことに口だししないでもらえますか、ホームズさん」

「もう終わりだ、チェーホフ」ホームズはいった。「アンナ・ルシコワもヤコブ・アハトフも死んだ。オフラーナの企みもこれまでだ」

ぎょっとした顔のチェーホフが、唇を小刻みに震わせた。「日本をイギリスの傘下に置かせてたまるか。極東への前進基地にはさせん」

「日本はみずから独立国家への道を歩みだした。謀略により破滅させせんと画策するのは倫理に反する」

「ほざくなホームズ!」チェーホフがナイフごと突進してきた。

ホームズはチェーホフの胸ぐらをつかんだ。揺れるボートを恐れず前方へと踏みこみ、肘《ひじ》をチェーホフの脇の下へ捻《ね》じこんだ。即座に懐に入り身体を捻《ひね》る。肩越しにチェーホフを背負って投げた。

巨体のモリアーティは宙に浮くていどだったが、チェーホフの肥満体は放物線を描いて飛んだ。その身体が海面に叩《たた》きつけられると、水飛沫が高々とあがった。泡を残しながらチェーホフの身体は沈み、見えなくなった。と思った直後、チェーホフは浮上してきた。海面から顔を突きだし、両手をばたつかせた。

チェーホフは浮き沈みしながら叫んだ。「助けてくれ！　泳げない。頼む」

ホームズのなかに戸惑いがよぎった。船底を一瞥する。ニコライの怯えた顔がそこにあった。

伊藤は斬り下げからの斬り上げを浴びせ、デニーキンの刀を海面に吹き飛ばした。デニーキンはボートの上に尻餅《しりもち》をついた。伊藤の剣の先がまっすぐデニーキンの目もとに突きつけられた。

デニーキンは恐怖のいろを浮かべ、うわずった声でわめいた。「さっさと殺せ。ひと思いにやれ！」

伊藤が静止した。デニーキンをじっと見下ろしている。

なおもデニーキンは叫びつづけた。「外国人とみれば殺したがる野蛮な猿め。俺を殺してみろ！」

「黙れ！」伊藤が一喝した。「日本は法治国家だ。いま貴様を打ち倒したのは攘夷のためではない。貴様が人種に拘《かか》わらず道に背いたからだ。よって法の下に裁かれる。私たちは野蛮な猿などではない！」

デニーキンはびくつき、全身を硬直させた。ほどなく観念したようすで、ため息とともに項垂《うなだ》れた。

ホームズはニコライを見下ろした。猿という言葉が耳に入ったのだろう、ニコライは気まずそうに寝返りを打っている。

海面ではなおもチェーホフが溺《おぼ》れかけていた。呼びかける声が悲痛な響きを帯びてきた。「助けてください。なんでもします。お願いです。助けて」

滝壺《たきつぼ》に落下していくモリアーティの姿が脳裏をよぎる。どんどん小さくなり、岩に跳ねて水面に消えるまで、ホームズはただ眺めていた。あのとき後ろめたさはなかった。いまも同じ状況ではないのか。

伊藤はすでに剣を退いていた。無言でデニーキンを見下ろしている。デニーキンは降参しきったのか、抵抗の素振りすらしめさなかった。

法治国家。こんな状況でも伊藤は法にこだわるのか。目の前にいるのは、日本を破滅に導こうと画策した極悪人だというのに。

だがひとつだけはっきりしている。伊藤の判断は倫理的に間違っていない。というより、どうしようもなく正しい。

ためらいは消えそうもなかった。思考が働くかぎり永遠につづくだろう、そう感じられた。なら考えるのをやめるしかない。

ホームズは身をかがめた。ボートの側面に取り付けられた小型の浮き輪を取り外す。それをチェーホフに投げた。

チェーホフは浮き輪にしがみついた。激しく上下する頭部が、海面に突きだしたまま落ち着いた。チェーホフの乱れた呼吸が安定していく。虚空を見つめながら、深く長いため息をついた。

思わず鼻を鳴らした。ホームズは伊藤に向き直った。伊藤がホームズを見かえし、小さくうなずいた。

蒸気艇がサイレンとともに距離を詰めてくる。松明の光が辺りをほのかに照らしだした。波立つ漆黒の海原に揺られながら、ホームズはどこでもない場所を漂流しつづける自分を感じていた。

36

　軍艦ラスカーにあるニコライの居室は、丸い窓にさえ目を向けなければ、豪邸の客間と見紛《みまが》うほどの優雅さだった。ただし高価そうな調度品の数々は、同じく金をかけた内装とは趣が異なり、微妙に調和していない。本来は御召艦にあった物を、ニコライが載せ替えさせたと考えられる。家出息子が自室の宝物を持ちだした、そんな状況の片鱗《へんりん》だろうとホームズは思った。

　ホームズは濡《ぬ》れた服に毛布を羽織り、部屋の真んなかに立っていた。さほど寒さは感じない。ニコライはソファに腰かけ、両手で顔を覆っている。

　ふたりきりだった。ほかには誰もいない。伊藤やカネフスキーは甲板で待っている。ニコライがホームズひとりに説明を求めたからだった。

　すでに経緯は語り終えた。ニコライは長いこと無言を貫いている。

「殿下」ホームズは静かにいった。「お伝えしたように、ソスラン・チェーホフとアンナ・ルシコワは国家資産省の人間である以前に、内務省警察部警備局《オフラーナ》の所属だったのです。皇帝陛下の命を受けあなたを監視する一方、ロシア帝国をも出し抜く陰謀を企てていた」

　ニコライが物憂げに唸《うな》った。「信じられない。日本を許さなかった父上は正しいが、彼らのやり方は言語道断だ。私を殺そうとした」

ホームズのなかに憤怒《ふんぬ》に似た感情が突きあがった。「わかっておられないようですな。日本を許さなかった父君が正しいとは、どういう料簡《りょうけん》ですか」

「弟ゲオルギイは狼藉《ろうぜき》者の犠牲になった。攘夷《じょうい》を唱える日本人だ」

「津田三蔵に犯行を教唆したのは、アハトフとデニーキンです」

「実際に襲撃したのは津田だ」ニコライは忌々しげに吐き捨てた。「野蛮で残酷な衝動と、ロシア帝国への強い反感があったがゆえの犯行だ」

「正常ではありませんでした」

「なら日本人はみなそうだ。うわべだけは人あたりのよい笑顔を取り繕っているが、実体は猿そのものの獰猛《どうもう》な種族だ」

ホームズは厳しくいった。「殿下。窓の外をご覧なさい。官民問わず大勢の日本人が、ロシアの水兵らを救出しようと洋上へ繰りだしている」

「力を蓄えるまでは大国に従順なふりをしているだけだ。富国強兵を推し進めるうち、彼らの本性があきらかになる」

「あなたは皇帝の座を継ぐお人です。そのような偏見にとらわれていてどうするのです」

「偏見なものか。皇帝になったあかつきには、日本への警戒を強化する。もともと父上の秘めたる意思だったのだからな」

「日本と戦争するおつもりですか」

「どうせそこまでの事態にはならない。日本のような小国は清に打ち負かされる」

「誤りですな」ホームズはきっぱりといってのけた。「僕の見たところ、日本と清が戦争した場合、日本が勝つでしょう。のみならず、あなたが皇帝になったロシアをも打ち破る」

ニコライはかっと目を見開き立ちあがった。「無礼であろう！」

「あなたがそのようにいきり立っていられるのも、僕と伊藤枢相が命を張った結果だという事実を忘れないでいただきたい。本来なら東京湾の底に横たわっているところだ」

「もしそうなっていたら、父上は全軍を挙げて日本を叩《たた》いただろう。この命を差しだせなくて残念だ」

ホームズは鼻を鳴らしてみせた。「本当に死ぬ覚悟がおありですか」

ニコライが憤りをあらわに睨《にら》みつけてきた。ホームズは物怖《ものお》じせず見かえした。視線がぶつかりあううち、ニコライの瞬《まばた》きが増えだした。やがて弱腰になったように目を伏せ、ニコライはふたたびソファに腰を下ろした。

静寂のなか、ニコライはささやきを漏らした。「オフラーナが謀反を起こしたのなら、父上はその制圧に追われる。わが国は内乱に突入する」

ホームズは首を横に振った。「そんな事態にはなりますまい。宮廷にとって革命派の勢力拡大は脅威です。彼らを取り締まるオフラーナを粛清したのでは、その瞬間に国家がひっくりかえる。オフラーナが裏で革命派と結びついているのを知りながら、父君は手がだせないのですよ。ロマノフ家の権力は弱体化しつつあるのです」

「勝手なことをいうな」

「事実に反するとおっしゃるのですか。ならうかがいたい。あなたのために立ちあがるロシア国民はどれだけいるのですか。国民以前に兵士はどうです。ラスカーから真っ先に逃げたあなたのボートの行方を、海上にいた水兵たちは誰も知らなかった」

「特殊な状況だった。パーミャチ・アゾーヴァならあんな事態にはならない」

「あなたをお守りしろという父君の厳命があってのことです。あなたに人がついてきますか。津田三蔵の襲撃を受けたのが、ゲオルギイ殿下でなくあなたと信じた日本国民は、あなたに見舞いの手紙を送り、祈りを捧《ささ》げた」

「戦争になったら大敗を喫するのが明白だからだ」

「ロシア本国ではどうだったのです？　民衆はそこまであなたを心配してくれたでし

ょうか」

ニコライは投げやりに応じた。「帰国したときにはもう、私の無事が広く報じられていた。民衆は私が軽傷を負っただけと認識した」

「日本国民は同じ報道を目にしたあとも、あなたの容体を気遣ったのです。その理由をお教えしましょう。日本人は天皇陛下を敬っている。ロシア王室に対しても同等の敬意を払って当然と思っている」

「ロシア人は王室に敬意を払わないというのか」

「日本の皇室は千五百年前から国民とともにあった。いまも天皇陛下は伊藤枢相をはじめ、政治家を信頼しておられる。翻ってあなたがたの王室はどうか。民衆とのつながりが希薄だ。国民は領地に付属し、爵位は行政権を表象する。それを取得した者が主権者となる。常に支配層と被支配層の関係でしかない」

「父上は政府と軍に対し親密にしている」

「親しくしているだけで、農民のことは顧みない。革命派が勢力を増すのも当然です」

「いや。断じて父上は間違っていない」

「その方針を疑いなく継げばこそ、あなたの代でロマノフ家は終わるでしょう」

ニコライはひきつった笑いを浮かべたが、目は憤りのいろに満ちていた。「結構だ。

私が皇帝になれば日本に負けたうえ、王家も断絶か。ここがロシア海軍の軍艦のなかという事実を忘れるな、ホームズ」

「生きて帰れないとでも脅すおつもりですか。あなたがお命じになられたとして、この艦の水兵が僕を殺すでしょうか」

「思いあがりも甚だしいイギリス人だ。きみの祖国とてわがロシアの前に安泰ではないぞ」

「オスマン帝国と争った末、どうなったかお忘れですか」

ニコライがふたたび立ちあがった。「オスマン帝国などどうでもいい。赦《ゆる》せないのは日本だ。日本の肩を持とうとするならイギリスも同罪だ」

「なんの罪だというのです」

「ゲオルギイをあんな目に遭わせた!」ニコライの目は潤みだしていた。「弟を意識不明の危篤状態に……」

言葉は消えいり、沈黙が支配していった。ホームズは無言でニコライを見つめた。

ニコライは頭を掻《か》きむしっていた。

「殿下」ホームズはつぶやいた。「なにをいおうと結局、弟君のことですか」

「きみには兄弟がいないのか。同じ両親のもとに生まれた私の分身、それがゲオルギイだ。あんなに思慮深く、気遣いに満ちた男はほかにいない。罪もなき弟を傷つけた者に、相応の報復をもって鉄槌《てっつい》を下す。兄の務めだ」

ホームズは動じなかった。「ゲオルギイ殿下のご公務を、あなたはご存じでしたか」

「公務だと？　そんなものは……」

「ご存じかどうかきいているのです」

ニコライは神経質そうに室内をうろつきだした。「石炭鉱の訪問なら知っていた。労働争議が頻発しているとか」

「急激な工業化のなか、労働環境は劣悪になっているのです。被害者は鉱山や工場に駆りだされた農民たちだが、ロシア政府は彼らに重税を課し、そのうえ外貨獲得のために穀物輸出を推進している。いわゆる飢餓輸出です。ゲオルギイ殿下はそのことを憂えておられた」

「弟らしい思いやりだ」

「ではそもそも農民の労働環境が、どのように劣悪であったか。ご興味がおありですか」

「ない。弟の公務だったとしても、私には私の公務が……」

「公害病です」

ニコライが凍りついた。不吉な予感をおぼえたからだろう、茫然《ぼうぜん》とした面持ちでホームズを見つめた。

静寂のなか、ニコライのつぶやきが響いた。「公害病……？」

「農民たちは公害病に苦しんでいた。ロシア各地の石炭鉱を訪問なさったゲオルギイ殿下もまた、公害病となり体調を崩したのです」

「そんな馬鹿な。ゲオルギイは子供のころから病気がちだった」

「さっきシェーヴィチ公使から本国の宮廷へ、電信で問い合わせてもらいました。主治医は初めのうち否定していたが、公害病ではないかとたずねると渋々認めた。去年結核の症状が現れ、ボンベイで気管支炎を発症した理由。もともと病弱だったからこそ、石炭鉱の汚染された空気で肺をやられた」

ニコライはふらふらと後ずさった。壁に背がぶつかると、よろめいてクローゼットにしがみついた。

ホームズはいった。「あなたにとってゲオルギイ殿下は、子供のころから仲のいい、社交的で明るい人物だったでしょう。釣りや狩猟をともに楽しんできた。しかし弟君は社会的にも存在意義がおありだったのです。あなたはただ感情だけで弟君を好いておられたが、ゲオルギイ殿下の価値はそんなものではなかった」

「公務における評価などあずかり知らん。私と弟に介在する情は、赤の他人になどわかるはずがない。ましてきみには……」

ホームズは語気を強めた。「おわかりになっていないのはあなたのほうです。石炭鉱の労働者らの健康を蝕《むしば》む公害病は、父君が、そうでなければ皇太子のあなたが向きあう問題だったのです。あなたがたがそれをなさらないから、弟君が代わって農民の声に耳を傾けた。弟君を公害病にしたのはあなたです」

「嘘だ」ニコライの見開いた目が赤く染まり、涙が滲《にじ》みだした。震える声でニコライはつぶやいた。「嘘だ。弟が。あのゲオルギイが」

「きっと身に覚えがあるでしょう。弟君はあなたに何度か相談しようとしたはずです。でもあなたは受けつけなかった。公務などより弟君と遊ぶことばかり考えていた」

「私はどうすればよかったというのだ」

「兄弟だからこそ苦労を分かちあうべきだったのです。あなたは弟君を自分の分身とおっしゃった。事実この世で最もご自身に近い存在でしょう。弟君にとっても、あなたはよき遊び相手のみならず、よき相談相手でもあったのです。ひとりよりふたりのほうが強いのだから……」

ホームズの言葉は自然に小さくなった。ニコライはただ泣きじゃくっている。きいていないのはあきらかだった。そんな状況はすでにホームズも認識していた。ではいまの発言は誰にきかせていたというのだろう。

考えるまでもなかった。自分に向けた言葉だ。そしていま真実に気づかされた。表層だけの親しみやすさなど無意味だ。なんの価値もない。兄弟で通じ合える絆《きずな》はほかにある。もっと意義深い精神の結びつきに。

ニコライは壁ぎわで頽《くずお》れ、頭を抱え座りこんだ。うつむきすすり泣くばかりになった。

これを機に変わればいいが。ホームズはそう思った。

ゲオルギイは余命いくばくもない。宮廷からシェーヴィチへそう返信があった。意識が戻らないまま、おそらく何年かのちにはゲオルギイの死が公表される。死因はまずもって伏せられる。そのときニコライはどう現実と向きあうのか。どんな皇帝になるだろう。

もう話すべきことは思いつかなかった。ホームズはゆっくりとドアへ向かい退室した。

37

涼風は海原を走り、濃淡のさざ波をつくりだしていた。水面が秋の脆《もろ》い陽射しを照りかえし、静かな青いろを湛《たた》える。煌《きら》めきは鮮やかな光の集合体そのものだった。

横浜の港に、真新しくも巨大な船体が横づけしている。天を衝《つ》くようなマストをホームズは見上げた。日本へ来たときの船を思えば雲泥の差だった。香港までの航路を結ぶ最高級の豪華客船。特等の部屋が予約されている。渡航に問題はないのかと、昨晩ホームズは伊藤にたずねた。伊藤は思わせぶりな含み笑いとともに告げてきた。すべてまかせてほしい、彼はそういった。

羽毛のような白い雲を漂わせる空は、手が届きそうにないぐらい高く、限りなく澄んでいた。爽《さわ》やかな気分にちがいないが、ふいにめまいをおぼえる。ホームズはうつむいて顔に手をやった。

梅子の声がきいた。「ホームズ先生。どうかされたのですか」

ホームズは視線をあげた。広々とした埠頭《ふとう》に、伊藤博文の家族が立っている。伊藤はフロックコートの正装姿だった。梅子は着物、生子と朝子はドレスを身につけている。一様に不安顔になっていた。ホームズの体調が気がかりらしい。

思わず苦笑が漏れる。ホームズはつぶやいた。「なんでもない。ゆうべの清酒がまだ残っているようだ」

家族に安堵《あんど》のいろが浮かぶ。伊藤が笑いながらいった。「おみやげに一升瓶をお持ちしようかと」

「いや、もうさすがにいいよ。あなたはビール好きでよかった。日本酒は口あたりがいいので、つい進んでね。しかも連日のお祝いときたのでは」

「酒の席は無礼講だよ」

「僕の場合はそうはいかない。思考はいつも研ぎ澄まされていないと」

「ゆうべの式典で推理を外したのが、よほど応《こた》えたかな」

「そうとも。酔っていたとはいえ、派手な軍服のわりに痩《や》せていて日焼けしていないから、肩書きだけの名誉職軍人などと失礼なことを口走ってしまった」

「お上は笑っておられたよ」

「面目ない。これに懲りて、酒を断つつもりだ」

「本当かね？　そこまでしなくても」

「いや」ホームズは感情の軽く飛び立つような気分とともにいった。「一生ぶん飲んだよ。そして今後は、ごく自然な脳の状態を保つことで、いついかなるときにも能力を役立てられるようにしておきたい。抽象的な表現になるが、僕は次の段階に進めた気がする。あなたがたのおかげで」

伊藤が微笑した。「あいかわらずだね。旅立ちの日にもしんみりせず、あくまで理路整然としている」

「しんみり？」ホームズは辺りを見渡した。

港の周りには、質素で風情のある街並みが静けさのなかに存在している。しかしいまは目に入らない。遠巻きに警官が囲んでいるからだった。伊藤の護衛のため園田警視総監以下、大勢の制服が整列していた。一般の旅客も桟橋へ歩を進めるが、物々しい警備に、みなぎょっとした顔で振りかえる。

ホームズはいった。「あなたのような大物が見送りに来たのでは、お伴の規模が大きすぎる。感慨にも浸れない」

生子がうつむきがちにつぶやいた。「ホームズ先生。わたしは寂しく感じています」

さらりと告げられただけに、社交辞令と解釈した。ホームズは自嘲《じちよう》気味な皮肉でもかえそうかと思ったが、生子はハンカチで目もとを拭《ぬぐ》った。ホームズは戸惑わざるをえなかった。日本の女性はあくまで上品だった。西洋の貴婦人ほどにも感情を表にだしたがらない。生子の本心を察すればこそ、ホームズのなかに憂愁がひろがりだした。

朝子のほうは、生子より表情が豊かだった。絶えず笑顔で見つめてくる。そう思いきや、朝子の目にも大粒の涙が膨れあがった。表面張力の限界に達し、雫《しずく》が頰を流れ落ちた。震える声で朝子がいった。「ホームズ先生。お別れなんですね。もっと一緒にいてほしかった」

梅子が辛《つら》そうな表情でささやいた。「朝子、無理をいってはいけません」

すぐに梅子はホームズに頭をさげた。娘への叱責《しっせき》も相手への失礼と受けとる。なんと思慮深いのだろう。なにより梅子の素振りには、血の繫《つな》がっていない娘への情愛が垣間見《かいまみ》える。

ホームズはフロックコートのポケットから、パイプを取りだした。それを朝子に手渡す。「今後もずっと食卓に置いてほしい。僕がともに暮らしていると思ってね。家族みんなで食事をとり、梅子さんや生子さんとも仲良くしてほしい。僕がいたときと同じように」

朝子は泣きながらホームズの顔を見上げてきた。受けとったパイプを宝物のように両手でそっと支え持つ。純粋で素朴なまなざしが、約束を守ると告げている。ホームズは黙ってうなずいた。

伊藤が静かにいった。「栃木出身の田中正造《たなかしょうぞう》議員が、足尾銅山に関する意見書を提出する運びになった。この国も認識を改め、新たな一歩を踏みだすだろう」

「台場のロシア艦隊の沈没も、宮廷がいちはやく事故と表明してくれてよかった。警察と漁師による救出活動が迅速で、犠牲者がいなかったのも幸いした」

「すべてあなたのおかげだよ、ホームズ先生」

「あなたの揺るぎない信念があればこそだ、伊藤枢相。進むべき道があって羨《うらや》ましい」

「羨ましい？」

ホームズの心に靄《もや》が生じた。「なんとか英領香港に行けても、そこの港で身柄を拘束されてしまうだろう。イギリスへ強制送還になる。かといってほかの国への合法的な上陸は不可能だ」

「それできみは、どうするつもりなんだ」

「獄中、自分で過去の事件を振りかえって手記を書くよ。ワトソンにも自分で書くよう、さんざん勧められているのだし」

伊藤はふっと笑い、懐から封筒を取りだした。「ホームズ先生。手記はもう少し先に延ばしてもいいだろう」

封筒を受けとったとたん、ホームズのなかに衝撃が走った。きめの細やかな厚手の上質紙、独特の紋章が捺《お》された封蠟《ふうろう》。バッキンガム宮殿からの親書にちがいなかった。開封すると便箋《びんせん》のほか、何枚もの書類がおさまっていた。便箋を開くと、ホームズは言葉を失った。ヴィクトリア女王の署名がある。

Royal prerogative。その表題を、ホームズは信じられない思いとともに見つめた。国王大権。

伊藤がいった。「女王陛下の権限は絶大だね。イギリスの裁判はすべて君主の名のもとに開かれる。国王こそが正義の源泉であり、臣民に裁判制度を提供している」

ホームズは添えてあった書類の一枚を見た。The prerogative of mercy:nolle prosequi。恩赦による起訴取り下げ。

しばらくはなにもいえなかった。ホームズは天を仰ぎ、自分の心を落ち着かせようとした。ため息とともに、ふたたび書類に目を落とす。「国王大権による起訴取り下げは、個人に対する法的手続きのいっさいを停止する。司法審査にも服さない」

伊藤がうなずいた。「女王陛下が独断でなされたことではなく、内務省担当大臣の賛同があって決まった、そう知らせてきた。首相である第三代ソールズベリー侯爵の協力も大きかったようだ。きみは彼に貸しがあったようだな」

第二の血痕《けっこん》が重要な解決のヒントになった事件だった。ホームズは伊藤を見つめた。

「あなたから女王陛下に手紙をだされたのか」

「私というより、日本国民の総意による手紙だよ。事実を知れば反対する者は、この国にはいないだろうからな。ロンドンの巨悪と命懸けで対決し、結果として正当防衛により敵を死なせた経緯は、状況証拠のみであるものの真実と信ずるに足るはず。よって国王大権による恩赦、起訴取り下げを切にお願い申しあげる。極東の法治国家から、大英帝国の君主への頼みごとだった」

喜びの感情は悲哀に似ていた。ふいに襲い激しく動揺させる。ホームズは冷静を保とうと躍起になった。うわずった自分の声をきいた。「すると僕はもう……」

「死人ではないよ。モリアーティ裁判の被告でもない」

安堵のため息が深く長く漏れた。ホームズは思わず目を閉じた。

初めて一緒に明治宮殿へ向かった日、伊藤は津田三蔵の死刑を望まないといった。以前は迷いがあったが、もう吹っきれた、そんなふうに告げてきた。理由はあきらかにしなかった。東京湾の沖合でも、伊藤はデニーキンにとどめを刺さなかった。日本を法治国家にする、伊藤はそう決意していた。理由がいまになってようやくわかった。彼はイギリス王室に対し、ホームズのため嘆願書を送るつもりでいた。法を超えた措置を願いでるなら、なにより法への深い理解を有する国家だとしめさねばならない。伊藤の揺るがない信念はホームズのためだった。

ロシアとの戦争を回避した事実は、すでにイギリス本国にも伝わっている。その功績をもってすれば、日本は不平等条約を是正できるかもしれなかった。だが伊藤は、ホームズを救うことを優先した。

伊藤が見つめてきた。「ホームズ先生。スコットランドヤードは極秘のうちに、モリアーティ一味の残党を捕らえるべく動きだしたそうだ。二年もあれば一掃できると伝えてきた」

ホームズは苦笑した。「そのあいだ僕はロンドン警察にとって邪魔者扱いだな。シャーロック・ホームズが出張ったのでは、また敵が地下へ潜ってしまう」

伊藤が穏やかにいった。「ホームズ先生。ほかの書類も見てくれ」

書類はすべて紙質が異なっていた。薄手の四つ折り紙を開いたとき、さらなる驚きがひろがった。「清朝総理衙門《そうりがもん》の捺印《なついん》がある」

「チベットへの入国許可だよ。その次の紙はバッキンガム宮殿から届いたものではなくて、私による親書だ。ダライ・ラマへの謁見を願う、そんな内容になっている。オスマン帝国への入国許可と身の安全の保障もある。同国は日本と友好関係にあり、われわれの裁量がものをいってね。わが国とロシアの戦争を回避したイギリス人に、カリフもお会いになりたいそうだ」

ホームズは半ば茫然としていた。「伊藤さん。どうしてここまで……」

「きみの望みはわきまえていたよ。お兄さんからの手紙に書いてあったからな」

喩《たと》えようのない感慨が胸を満たしていく。ふとホームズは不安をおぼえた。「あなたの親書は本物と見なされるだろうが、そこに綴《つづ》られたあなたの友人が僕だと証明するのは難しい」

すると生子が近づいてきた。「これが役に立つと思います」

差しだされたのは一枚の写真だった。ホームズは手にとった。

伊藤家の庭先が写っている。きょうのように着飾った梅子、生子、朝子。それに伊藤博文。幸せそうな顔で並ぶ一家に囲まれ、いつもの癖で少々気どった姿勢のホームズがいた。

写真を撮ったのがずいぶん前に思える。すでに懐かしさすらあった。あのときの安堵に似た、しかしもっと胸を締めつけるような強い哀感が生じた。

ホームズは生子を見つめた。「ありがとう」

生子の潤んだ目が見かえす。微笑とともにうなずいた。

汽笛が鳴り響いた。長い音が途絶えたとき、沈黙が天と地とに満ちていった。落葉のような寂しさだけが沁《し》みひろがった。

伊藤が穏やかなまなざしを向けてきた。「出航だ。お別れだね。そうだ、すまないが日本での滞在は、くれぐれも内緒にな」

「密入国に不法滞在だったからね」

「お友達のワトソン博士にも、どうか秘密に。ではホームズ先生。きみのことは忘れない。達者でな」

万感の思いが胸にこみあげる。ホームズは黙って手を差し伸べた。伊藤がその手を握った。うっすらと涙が浮かぶその目は、たしかに生子や朝子に似ている、そう感じた。

梅子もいつしか泣いていた。涙を恥じるように、深々と頭をさげた。おじぎとはあるいは、顔を伏せ感情を隠すためにあるのかもしれない。ホームズはそんなふうに思った。

ほかの旅客たちとともに、桟橋をのぼっていった。ホームズは甲板に立った。青い氷のような空気が通り過ぎていく。重みのない透明な光に照らされた埠頭を見渡した。警官たちがいっせいに敬礼した。生子がハンカチを振っている。朝子のほうはもっと大きく振りながら、動きだした船を追って駆けてくる。

伊藤は梅子と並び、たたずみながら手を振りつづけていた。その表情が判然としなくなるほど遠ざかってもなお、伊藤家の誰もが手を下ろさなかった。

海面に砕けた陽射しが跳ねて、岸壁に薄明かりを揺らがせる。空を流れる雲が大地に明暗の隔たりをつくりだす。空に目を転じると、はかないような白い雲がうっすら浮かんでいた。

きっと偉大な国になる。素晴らしき極東の憧憬《しょうけい》たる列島、いま別離のときを迎えた。純朴ながら崇高なる人々が、視界のなかで小さくなっていく。海辺の木立が微風に揺れた。淡い葉影は濃い褐色の地面におちている。その優美に満ちた平和な静けさが、長くつきまとった悩みや迷いを忘れさせ、遠く突き放してくれる気がした。

38

一八九四年の春、三年ぶりに見るロンドンの景色は、わずかに印象が変わっていた。アバディーン産の花崗岩《かこうがん》を敷き詰めた石畳が、もう少し滑らかなマカダム式の舗装に置き換わった、そんな道路が多い。馬車の揺れ具合も緩和されていた。ただし、車輪によって舗装が削られるらしく、沿道の建物の外壁は砂塵《さじん》で白く染まっている。ドアの把《と》っ手《て》に砂塵が堆積《たいせき》したままなら、しばらく開けた者がいないと推理できそうだ。

午後二時近い。ホームズは懐かしのベーカー街で馬車を降りた。この辺りは以前のままで、三年もの歳月が経過したとは思えない。見慣れた玄関の扉、その上部にアーチ形の窓が備えられている。221Bの表記があった。

扉を開け、ホームズはなかに入った。目の前に白髪頭の婦人の背があった。階段の手すりを布で拭《ふ》いている。婦人は前かがみのままいった。「ようこそおいでくださいました。二階でホームズさんがお待ちです」

妙に思ったものの、すぐに事情が把握できた。兄は来客があるとだけ伝えたのだろう。

ハドソン夫人は振りかえった。ぼんやりした表情がしばし見つめる。やがてその顔に驚きのいろがひろがった。目を剝《む》きふらふらと近づいてくると、悲鳴に似た声で叫んだ。

「まあ！ホームズ先生！」

よろめくハドソン夫人を、ホームズは即座に抱いて支えた。ハドソン夫人の喜びようは想像を絶していた。まるで少女のように泣きじゃくりながら、笑顔でホームズを見上げてくる。なんと愛《いと》おしい人だろうとホームズは思った。これほどまでに歓迎をあらわにしてくれるとは。

ハドソン夫人は目に涙を浮かべ、震える声で告げてきた。「お亡くなりになったとばかり。もうすぐ命日なので、今年もみなさんがお集まりになるとおっしゃっていましたのよ。去年も盛大で、レストレード警部が白のカーネーションを馬車いっぱい届けてくださって」

「どうか落ち着いてください。またお会いできてよかった。兄からはなにもきいてないんですか」

「ええ。お兄様ったら、フランスのなんとかって研究所からお客様がおいでになるので、部屋を使わせてくれとそれだけで」

「間違ってはいないな、僕のことだ。じゃあ兄は上にいるね？」

「はい。いまお茶をお持ちしますから」

「いや、どうか下で休んでいてください。茶ならあとで僕が下りてきてご一緒しますから」

なおも思い出話を語ろうとするハドソン夫人を、一階の奥の部屋へといざなう。ホームズは襟もとを正すと、階段を登っていった。騒ぎはきこえているだろうに、部屋からでてこない。いかにも兄らしい。

ドアは半開きだった。なかに足を踏みいれる。ひさしぶりに見る室内は、依頼人の訪問前に急いで片付けるていどには、整理整頓《せいとん》がついていた。だがテーブルやソファの位置は元のままだ。デスクの実験器具にも手が加えられていない。マントルピースの上にはペルシャ靴が置いてある。中身の煙草の葉もそのままだろうが、しけって使えないのは確実だった。

安楽椅子におさまったマイクロフトは、記憶のなかより少し痩せていた。そのぶん若々しくなったようにも見える。マイクロフトはゆっくりと立ちあがると、笑顔で両手をひろげた。

まさかハグを求めているわけではあるまい。シャーロックは苦笑してみせた。「なにもかも昔のままだ。引き払ったほうが悪党に不審がられずに済むが、家財の処分にひと手間かかる。家賃を払いつづけるほうが楽との判断は、いかにも兄さんらしい」

「シャーロック。せめて、ただいまぐらいいえよ」

「兄さんこそ、おかえりと」

次はどんな皮肉を口にするかと思いきや、マイクロフトはあっさりと告げてきた。

「おかえり。シャーロック」

そのあまりにすなおな口調に、シャーロックは思わず絶句した。言葉をひねりだすのに努力を要する。ホームズは応じた。「ただいま……」

マイクロフトの表情はリヴォルノ港で別れたときとちがっていた。しかめっ面ばかりが印象に残っていたが、いまは温和そのものだった。意見の衝突に備えていたこと自体、取り越し苦労だったのかもしれない。ホームズはそう感じた。

いや。むしろ兄がシャーロックを外国へ逃がそうとしたとき、どれだけ骨を折ったか、いまならよく理解できる。その後の三年間の困難も。

控えめな喜びをしめしながら、マイクロフトがいった。「元気そうだ」

「兄さんも」シャーロックは応じた。

「日本でのできごとはきいたよ。ロシアと戦争寸前までいったとは」

シャーロックは微笑とともに、人差し指を口もとに這《は》わせた。「伊藤枢相、いや伊藤総理との約束なのでね」

「彼はいま、ふたたび総理大臣だな。ダライ・ラマやカリフは……」

「謁見がかなったよ」

「求めよ、さらば与えられん」

「たしかに」いまならいえそうな気がする。ホームズは思いを口にした。「兄さんのおかげだ。深く感謝してる」

マイクロフトはかすかな戸惑いをしめした。「それらの旅を膳立《ぜんだ》てたのは私じゃない」

「きっかけを与えてくれた。井のなかの蛙《かわず》が大海を知るきっかけをね。兄弟がどんなものか、ようやくわかった」

二時を告げる鐘の音がきこえてくる。マイクロフトは表情を和らげた。発言を迷うような間があった。結局マイクロフトは、いつものように若干はぐらかした物言いで告げてきた。「おまえが急に予定を早めたので、少々忙《せわ》しなかった。命日に届けられた棺《ひつぎ》のなかから現れて、みんなをびっくりさせるんじゃなかったのか」

「パークレーン事件を知ったので」

「ああ。気づいていたか。やはり私のいったとおりになった。裁判後もモリアーティの残党がふたり、自由の身になっている。おまえの揃えた証拠じゃ不充分だった」

「僕はいまでも、確たる証拠がモリアーティを追い詰めたと信じているよ」

「意見が合わないな」

シャーロックは穏やかな気分のままだった。虚空を見つめながらつぶやいた。「それでいいんじゃないか。兄弟の意見が合わなくても、もっと深いところで理解しあえていれば」

それがシャーロックの本音だった。だがさすがにそこまでは言葉にできない。いわずとも伝わっているだろう、そう思いたかった。

マイクロフトは鈍感ではなさそうだった。微笑とともに小さくうなずいた。「シャーロック。旅費で貯金を使い果たしたのなら……」

「シガーソン名義でチベット探検記の印税が入ってきている。充分だ」

「そうか」マイクロフトはテーブルに近づいた。スコッチの瓶とグラスが置いてあった。「ささやかながら再会を祝して乾杯するか」

「遠慮するよ。酒はやめた」

「やめた?」マイクロフトは目を丸くした。「本当か」

「ああ。酒ならもう一生ぶん飲んだよ」

マイクロフトはいったん手にしたグラスをテーブルに戻した。「ならよかった。どうせ炭酸割りはできん。ガソジーンが壊れとる」

「部屋はまったく変化なしかと思ったら、修理まで手がまわらなかったか」

「ほかにもひとつ、前とのちがいがある」

「結構。もう気づいているよ。僕は残りの生涯、コカインの世話にはならない」

かすかな驚きのいろを浮かべながら、マイクロフトはなにもいわなかった。皮肉で弟の決意を茶化したりはしない。ただ無言でうなずいた。

沈黙があった。マイクロフトの顔はしだいに神妙になった。「なあ、シャーロック。崖《がけ》の上にいた男、セバスチャン・モラン大佐への憎しみは募る一方かもしれん。だがモリアーティのときのような無茶は……」

「わかってる」ホームズはいった。「殺生は嫌いだ」

マイクロフトがため息をついた。「変わったな、シャーロック。賢明だ。法治国家では最初から陪審員の顔いろをうかがっておくのも、ひとつの生き方だ」

「それはちがう」ホームズは窓辺に近づいた。見下ろすベーカー街の眺めは、ついきのう目にしたばかりに感じられる。

向かいのガス灯に寄りかかる不審な男がいた。見覚えがある。名はパーカー、首を絞めてから盗みを働く小悪党だった。やはりモリアーティ一味が見張っていたか。

ふんとマイクロフトが鼻を鳴らした。「あのパーカーという下っ端はどうする。逆に尾行するか？　またベーカー街遊撃隊を組織するのなら、すぐ招集できそうな少年たちが、そこいらにたむろっとる」

「いや。もうベーカー街遊撃隊は永久に解散だ。子供たちは学校へ行かねばならない」

「ほう？　通学できない貧しい子供たちに、別のやり方で社会勉強を積む機会をあたえとるといっとらんかったか」

「いまではそう思わない。子供たちが店頭から商品を盗まない国を、この目で見てきたからね」

「シャーロック。おまえ堅物になったのか、それとも……」

ホームズはつぶやいた。「人間、自分を信じられなくなったら終わりだ。法の執行者に委《ゆだ》ねるのが責任放棄ということもありうる。どうするかは自分できめる」

日本が羨むほどのイギリスの司法制度でさえ、未完成にちがいない。シャーロックはそう感じていた。モリアーティの残党がふたりも無罪放免になったのが、なによりの証明だった。人命を奪うような行為は好ましくない。だがそれを除けば、人が正しいか否かは自分の目で見極める。納得できない運命に身をゆだねるつもりはない。

マイクロフトはしばらくたたずんでいたが、シャーロックの持論にはなにも意見しなかった。やがてドアへ向かいだした。「鍵《かぎ》は交換しておいた。マントルピースの上に置いてある。以前も何ヵ月かごとに取り替えてたんだろ？」

「ああ」

「ではこの部屋をおまえに返す。元気でな、シャーロック。面白い話があったら、そのうちディオゲネス・クラブに来てくれ」

シャーロックは軽く片手をあげてみせた。別れを告げるにはそれで充分だった。今後はいつでもまた会えるのだから。

マイクロフトの背がドアの向こうに消えた。シャーロックは路上を注視した。パーカーはすでに立ち去っている。間もなくモランの耳に入るだろう。

部屋のなかを歩きだした。引き出しを開けてみる。事件の記念品はどれもそのままおさまっていた。なかをあさるうち、ふと手がとまった。変装用の道具があった。白髪のかつらに、白の頰髯《ほおひげ》。こんな物まで残っていたのか。

ホームズはぼんやりと考え、思わず微笑した。旧友との再会には効果的だ。棺から飛びだすほどの衝撃はないが、きっと驚きとともに喜んでくれるだろう。元軍医の彼は肝がすわっている、ハドソン夫人のようにか弱くはない。

39

ケンジントンにあるワトソンの新居を訪ねるのは初めてだった。だが戸惑いは生じない。白髪と頰髯の老人にとっても同様だからだ。不案内な素振りはかえって自然に見える。玄関で出迎えたメイドからは胡散臭《うさんくさ》い目を向けられたが、それも計算のうちだった。

書斎に通された。ホームズはあえておぼつかない足どりで入室した。両脇に六冊ずつ本を抱え、絶えず背を丸める。腰椎《ようつい》を痛めている前提で演技に興じた。身体の状態と素振りに因果関係がなければ、医師の目は欺けない。

ワトソンはデスクの前で立ちあがった。唖然《あぜん》とした表情を浮かべている。

彼は正体に気づきえない。ホームズはすでに自信を持っていた。さっきパークレーン424でワトソンにぶつかってみた。彼ははっきりホームズを見たものの、ただ申しわけなさそうな顔をしただけだった。

いまもワトソンはひたすら困惑を深めているようすだった。憐《あわ》れむようなまなざしも向けてくる。

ホームズはしわがれた声をひねりだした。「どうも、驚かせてしまったようで」

「ええ。たしかに」

「少々気が咎《とが》めましてな。あなたがこの家に入るのを偶然見たものですから、ちょっとお邪魔してご親切な紳士にお会いしようかと。さっきの私は、やや傲慢《ごうまん》な振る舞いに見えたでしょう。でも悪気があったわけではありませんで。本を拾ってくださり、とても感謝しておる旨、お伝えしようかと」

「そこまでのことでは……。それにしても、よく私を見つけられましたね」

「礼儀知らずと思われるかもしれませんが、じつは近所に住んでおるのです。チャーチ街の角で、小さな本屋を営んでおりましてね。お目にかかれてどうも」ホームズは本棚に目を移してみせた。「あなたも本をお集めのようですな。どれもお買い得ですよ。『イギリスの鳥たち』に『カトゥルス詩集』、『聖なる戦い』。五冊あれば本棚の二番目の隙間がきれいに埋まりますな。そのままじゃ少々みっともないでしょう」

警戒心が強い男なら目は逸《そ》らさない。だがすなおなワトソンは本棚に視線を向けると、じっくりと見いった。ホームズは素早くかつらと付《つ》け髭《ひげ》を取り払ったものの、なおもワトソンは背を向けている。ホームズはじれったさとともに、期待に胸を弾ませた。

ようやくワトソンが振りかえった。その目は老人の手もとにあるはずの本に向けられたが、すでに床に置かれていると気づいたらしく、妙な顔をしてホームズを見つめてきた。

ホームズは微笑とともにたたずんでみせた。

しばしワトソンはホームズを凝視していた。歓喜の声があがるのをホームズは望んでいたが、ワトソンの反応はちがっていた。ハドソン夫人以上に目を瞠《みは》り、ぽかんと口を開けたかと思うと、そのまま後ろへと倒れていった。

予想もしなかった状況に、ホームズはあわてて駆け寄った。すでにワトソンは頽《くずお》れている。失神してしまったようだ。なんと、ハドソン夫人でも正気を保ったというのに。

メイドを呼ぼうとして、ホームズは思いとどまった。きっとメイドは医者を手配しようとするだろう。それではワトソンの評判と自尊心を傷つけてしまう。

キャビネットを見ると、ブランデーの小瓶が置いてあった。それを取りだし、ワトソンのもとにかがむ。襟もとを緩めさせてから、痙攣《けいれん》する唇にそっとブランデーを注ぎこんだ。

ワトソンは軽くむせながら飲み下した。ホームズはほっとして、近くにあった椅子に腰を下ろした。

やがてワトソンの目がぼんやりと開いた。焦点のさだまらないまなざしが辺りを見渡し、やがてホームズをとらえた。

ホームズは心からいった。「ワトソン、本当にすまないことをした。これほど驚くとは思わなかった」

怒りをのぞかせるか、顔をしかめて悪態をつくか。そんな反応もやむをえないと覚悟した。だがワトソンはふいに跳ね起きると、すがるも同然にホームズの腕をつかんできた。

ワトソンは顔を輝かせていた。「ホームズ！　本当にきみか！」

歓喜どころか狂喜に近かった。嬉《うれ》しさのあまり顔面を紅潮させている。はしゃぐようなその目に、うっすらと涙が浮かんでいた。

ホームズは笑いかえしながら、自分の罪深さを知った。激しい感情が胸を締めつけてくる。これほどの友の心を傷つけるなど、なんと無神経な所業だろう。悪戯《いたずら》で驚かせようなど、愚かな試みだった。

この親しき友と、今後はずっと苦楽をともにしたい。彼もきっと納得してくれるだろう、ふたりならどんな不幸も乗りきれるということを。

40

ときの移り変わりは早い。五十歳になったワトソンはそう感じていた。国王エドワード七世の時代を迎え、もう三年目になる。彼はインド皇帝にも即位した。一九〇三年の初め、ロンドンは例年以上に冷えこんでいる。暖炉の火は絶やせない。窓の外に見えるクイーン・アン街にも、また雪がちらついていた。

　それでもきょうは、若かりしころの胸躍る気分が蘇《よみがえ》っている。しっかりと想起せねばならない。当時目にしたすべてと、そこに重なる自分の偽らざる思いを。

　結婚して以来ワトソンは、ホームズと疎遠になっていた。かえって幸いかもしれない、そう思えた。いまだ独身のホームズは先日、四十九歳になったばかりだ。さすがの彼もずいぶん丸くなった。頻繁に顔を合わせていたのでは、あのころの鋭利な刃《やいば》のような彼の印象を忘れてしまうかもしれない。十年前に実感した驚きや興奮を、ありのまま原稿に反映させたかった。

　ようやく執筆の赦しが下りたのは去年の末。今年の十月号に掲載が決まっている。ホームズが生還した事実はとっくに報じられているため、いまさら衝撃を受ける読者はごく少数かもしれない。それでもワトソンは、一八九四年四月のできごとを綴る喜びを禁じえなかった。人生でも最良の日のひとつ、際限のない愉悦に満《み》ち溢《あふ》れた記憶だ。ホームズと再会できたのだから。

　意気揚々と机に向かい、ペンを紙に走らせる。出版社はタイプライターを用いるよう強く勧めてくるが、昔から原稿は直筆と心にきめていた。当時のメモをわきに置いたものの、参照せずとも筆が進む。すべてが目に焼きついていた。きのうのことのように思いだせる。パークレーン、オックスフォード街の端に群がる野次馬。白髪に頬髭の老人とぶつかった。厳密にいえば、あれが彼との再会の瞬間だった。

ワトソンは苦笑しながら書き進んだ。ところがふとペンがとまった。

彼と行動をともにした事件においては、些細《ささい》なことでも常にその場で記録してきた。風変わりな依頼に鮮やかな解決、忘れようとしても頭から消えない、すべてが印象深く刺激的な瞬間の連続だった。

だが耳にしただけの内容については、どうも記憶が曖昧《あいまい》だと認めざるをえない。とりわけホームズがきかせてくれた、失踪《しっそう》後三年間の経緯についてはうろ覚えも同然だ。失神から覚めた直後だったせいもあり、メモをとる余裕もなかった。

過去の執筆でも、許可の下りなかった人物をやむなく仮名にしたことはある。ソールズベリー侯爵はベリンジャー卿《きょう》と変名せざるをえなかった。けれども一般名詞や地名については正確を期したい。

半開きのドアの向こう、隣りの部屋でアイロンをかける音がする。ワトソンはデスクについたまま、妻に呼びかけた。「ちょっといいか」

「なに?」妻の声が応じた。

「ラマの綴りだが、Lはふたつかね?」

「ええ。たぶんそうでしょう」

ワトソンは必死で思い起こしながらペンを走らせた。南フランスの研究所があった場所は、モントピリアでよかったはずだ。ただ……。

ホームズがライヘンバッハの滝で繰りだした技。日本の武術のひとつだったとは記憶している。どんな名称だっただろう。ベーカー街221Bでの執筆なら、ホームズの愛用する百科事典が役に立った。この新居に、参考になる書物はあるだろうか。

ワトソンは腰を浮かせ、本棚をあさった。溜《た》めてある新聞の国際欄を眺める。去年、イギリスと日本のあいだに軍事同盟が締結されたため、日本に関する記事といえばその話題ばかりだ。

朝鮮をめぐりロシア皇帝ニコライ二世が、日本への強硬姿勢を強めている。若くして皇帝の座についたニコライには短気なところがあり、極東の島国である日本をあなどっているが、そうした態度は足をすくわれる結果になりかねない、社説にはそうあった。

武術の試合に関する記事のひとつでもないかと、ワトソンは新聞に目を通しつづけた。しかし日本についての記事自体が少なかった。去年の三月、伊藤博文なる日本の政治家が、大英帝国バス勲章勲一等を授与された。英日間の不平等条約も、この十余年で軒並み是正されたという。

伊藤博文。まださほど大物でなかったころ、ベーカー街に来たことがある。だがその後は関わりがない。ホームズにまったく縁のない話ばかりだ、ワトソンはそう思った。

ほかにめぼしい資料はないかと探すうち、『ピアスンズ・マガジン』が目にとまった。たしか日本の武術に似た技が紹介されていたはずだ。

そこに載っていたのは純粋な武術ではなく、ステッキ技を駆使した護身術だった。三年前日本に滞在していたエドワード・ウィリアム・バートン＝ライトが、東洋の格闘技を参考に編みだしたとある。彼は自分の名をもじり、その技術をバーティッツと呼んでいた。記事を読み進めたが、残念ながら元になった日本の武術については触れていなかった。

ワトソンは思わず唸った。ホームズにたずねるべきか。いや、彼はなんらかの依頼を受け、タクスベリー・オールド・パークへ出向いている。そう人づてにきいた。ワトソンが結婚を報告したころ、彼はすねたようにいった。単独で取り組む事件について、みずからペンを執るつもりだと。ホームズが原稿を手がける気になった以上、負けてはいられない。彼を頼るわけにはいかなかった。

やはり記憶を呼び覚ますしかない。なんといっただろう。バ……。バーティッに引きずられているのではないか。いや、たしかバから始まったような気がする。日本風の名称。

バリツ。そうだ。たしかバリツといった。

頭のなかで繰りかえすうち、ワトソンは確信を深めた。デスクに駆け戻り、ペンを走らせた。

難所を乗りきると、ふたたび筆が乗りだした。ベーカー街へ向かう辻《つじ》馬車。ホームズの浮かべた微笑。暗がりのなかキャベンディッシュ・スクエアの角で降り、マンチェスター街とブランドフォード街へと小道を抜けた。木戸を押し開け、荒れほうだいの裏庭に足を踏みいれた。そこはベーカー街221Bの向かいに位置する空き家だった。

思わず顔がほころぶのを感じる。彼は獲物を狙う虎のようだった。鋭い眼光が常に周りを見まわしていた。だがひとたび弱者に向きあうとき、そのまなざしに途方もないやさしさが宿る。人づきあいが苦手なのはたしかだ。それでも彼の心には揺るぎない正義がある。並みはずれた知性と行動力が、多くの依頼人を救ってきた。今後も彼はそんなふうに生きていくにちがいない。

わが友、シャーロック・ホームズ。類稀《たぐいまれ》なる勇気と信念の持ち主。歳のせいか涙もろくなった。思わず泣きそうになり、ワトソンは目もとを拭った。原稿が滲んだのでは困る。気を取り直し、ワトソンは事件の結末を綴った。

ホームズは虎のごとく狙撃《そげき》者の背に跳びかかった。男は床に突っ伏したが、すぐ立ちあがると、満身の力をこめホームズの喉《のど》もとを絞めあげた。だが私は拳銃《けんじゅう》の台尻《だいじり》で男の頭を殴った。彼はふたたび床につんのめった。私は彼に覆いかぶさり、どうにか取り押さえた。そのときホームズが警笛を甲高く吹き鳴らした。歩道を駆けてくる靴音が響く。戸口から室内へ踏みこんできたのは、ふたりの制服警官とひとりの私服だった。私服は顔馴染《かおなじ》みの警部だった。

ホームズはきいた。「きみか、レストレード?」

「ええ、ホームズさん。この仕事はみずから手がけました。ロンドンにお戻りになったのを嬉しく思います」

「きみも少々個人的な助けを必要としているだろう? 年に三人も殺人犯を逃していたのでは、ちょっとまずいな、レストレード。しかしモウルジー事件は、ふだんのきみに似つかわしくなく、いや、本当にうまく解決した」

私たちはみな立ちあがっていた。屈強そうなふたりの巡査により両側から確保された男が、荒い息遣いをしていた。外にはすでに野次馬が集まりだしている。ホームズは窓に歩み寄るとブラインドを下ろした。レストレードが蠟燭《ろうそく》二本に火をつけ、警官はランタンの覆いを取り払った。逮捕された男の顔を、私はついにまのあたりにした。

きわめて男性的でありながら、邪悪に満ちた顔が私たちを睨みつけていた。哲学者を思わせる額と好色家めいた顎《あご》。善悪問わず、途方もない可能性を持って生まれた男にちがいない。だが青い目と垂れた瞼《まぶた》は利己的な印象に満ち、攻撃的な野獣のごとき鼻と、深く皺《しわ》を刻んだ額による威嚇に、天然の危険な兆候が明確に見てとれる。彼はわき目もふらず、憎しみと驚きの混在する顔をホームズひとりに向けていた。

「悪魔め！」男は吐き捨てた。「この奸智《かんち》に満ちた悪魔め！」

「やあ大佐」ホームズは襟もとを整えながらいった。「旅路の果ては恋人どうしのめぐり合い、古い芝居の台詞《せりふ》のようだ。僕がライヘンバッハの滝の岩棚に横たわっていたとき、きみが思慮深く親切な計らいをしめして以来だな」

大佐はまだ茫然とホームズを眺めていた。ほかにはなにもいえないらしく、同じ悪態を繰りかえした。「貴様、奸智に満ちた悪魔め！」

「まだきみを紹介していなかった」ホームズはいった。「諸君、こちらがセバスチャン・モラン大佐だ。かつて大英帝国インド陸軍に身を置いていた最強の猛獣ハンター。大佐、君が仕留めた虎の数を、いまのところ誰も上まわっていない。僕はそう記憶しているが、間違いではないな?」

記

他社で本作を発表した際、なんとも奇妙なことではあるが、物語の終盤であきらかになる真犯人の男女について、歴史上絶対に存在しえなかった人物名にしてほしいと要請を受けた。おそらく当時の実在の人物名が多出する物語において、万が一にも架空の犯人名が現実の同姓同名とかぶった場合、好ましくないとの判断だったのだろう。心配性が過ぎないかと疑念を持ったが、ひとまずその犯人たちの国においては、性別により苗字が変わる独特の規則があるので、男性の犯人は女性姓、女性の犯人は男性姓とすることで、歴史上絶対に存在しえないという条件に当てはめた。版元推奨に従ったかたちだ。

しかしどう考えてもこれは不可解な設定としか読めない。今回、角川文庫での刊行にあたり、上記の点について修正した。ほかにもいくつかの点で修正改訂がある。

解説　唖然呆然、一気読みの面白さ

細《ほそ》谷《や》　正《まさ》充《みつ》（文芸評論家）

世界で最も有名な名探偵は、コナン・ドイルの創造したシャーロック・ホームズである。現在でも〝シャーロキアン〟と呼ばれる熱心な愛好家を抱え、多くの人々に作品が読み継がれている。また、ホームズ譚《たん》を題材とした別作家の手になる作品の人気も高く、次々と新たな物語が生み出されているのだ。

こうした別作家のホームズ譚には、ホームズが実在人物と絡むものが少なくない。ジークムント・フロイト、カール・マルクス、ハリー・フーディーニ、アレスター・クロウリー、夏目漱石……。そんな面々の中に、新たな人物が加わった。明治政府の重鎮である伊藤博文だ。松岡圭祐の新刊は、なんとシャーロック・ホームズと伊藤博文が、明治の日本で共演するのである。おまけに扱う事件が、日本とロシアを震撼《しんかん》させた大津事件。これだけで期待が高まろうというものだ。

ライヘンバッハの滝で、犯罪王モリアーティ教授と闘い、辛《から》くも生き残った名探偵シャーロック・ホームズ。しかし状況から殺人罪に問われる恐れがあり、時間を取られているうちにモリアーティの部下を逃すことになるかもしれない。あれこれ考えた彼は自分の死を装い、兄のマイクロフトの力を借りて、日本に向かった。頼るのは伊藤博文。長州藩士時代と明治政府の高官時代、二度にわたりイギリスに来ていた博文と、ホームズは面識があったのだ。しかし狷介《けんかい》な性格のホームズは、かつて英国公使館を焼き討ちし、女癖の悪い博文を批判せずにはいられない。

ところが伊藤家で世話になるうちに、とんでもない騒動が起きた。そもそもの原因は、四ヵ月前の大津事件だ。日本を訪問していたロシアのニコライ皇太子が、滋賀の大津町で警備中の巡査・津田《つだ》三蔵《さんぞう》に斬りつけられ、負傷したのである。動機は不明。多くの人が津田の極刑を求めたが、大審院院長の児島《こじま》惟謙《いけん》はようやく施行された刑法を遵守。結果的に津田は、無期懲役になった。近代日本の司法の独立性に、強く寄与した騒動なのである。詳しく知りたい人は、佐木《さき》隆三《りゅうぞう》のノンフィクション『勝ちを制するに至れり』を読むといいだろう。

日露が戦争になる可能性もあった一件は、しかしロシアの寛大な態度で収まった。だが不可解なことに、四ヵ月も経ってから、九隻のロシア艦が来航。話を蒸し返して、日本に強硬な姿勢を見せたのである。この急変はなぜなのか。博文と共にホームズは、騒動の渦中に飛び込んでいく。

　当時の伊藤博文は、初代内閣総理大臣を辞して、枢密院の議長をしていた。そこに現れたのが、ホームズだ。得意の推理力を発揮するホームズは、大津事件の裏にある、意外な事実を暴き出す。これが凄《すご》い。どこからこんな発想が出てくるのか、さっぱり分からないのだが、よくぞ考えたものである。

　だが、それだけで物語は終わらない。大津事件の真相が明らかになった後、さらに驚天動地の陰謀が待ち構えていたのである。近代化に向けて驀進《ばくしん》する、日本の盲点を突いた壮大な陰謀に、唖然呆然《あぜんぼうぜん》。一気読みの面白さとは、まさに本書のことである。

　一方、激しい闘いの最中に、伊藤博文の肖像が屹立《きつりつ》してくる。もともとキャラクターの立っているホームズが、要所で抜群の推理力を見せるので、どうしてもそちらに注目がいってしまう。井上馨《いのうえかおる》と一緒に、年甲斐《としがい》もなく聞き込みをするなど、博文に焦点の合う場面もあるが、やはりワトソン的な立場に見えてしまうのだ。だが作者には、博文を引っ張り出した、明確な目的があった。法治国家の形成を通じて描かれる、近代日本の在《あ》り方だ。

　先にも触れたように大津事件は、司法の独立を示すことで、日本が法治国家であることを、内外にアピールした。しかしそれは始まりにすぎない。欧米列強に伍《ご》していくためには、国民のひとりひとりが不断の努力を以《もっ》て、法治国家としての振る舞いをしなければならない。これを体現するのに、起草から深く大日本帝国憲法にかかわった、伊藤博文ほど相応《ふさわ》しい人物はいないのである。国の根幹となる憲法と、それに携わる人はいかにあるべきなのか。博文の毅然《きぜん》とした言動が教えてくれる。ここに彼が、もうひとりの主人公として選ばれた理由がある。

さらにいえば、モリアーティ教授が死んだ件に関するホームズの悩みが、法治国家の問題を重層的に照らすようになっている。ホームズとマイクロフトの確執を、ニコライ皇太子と弟のゲオルギイの関係と響き合わせたところもそうだが、実に巧みな作劇である。時代ミステリーの秀作にして、新たなるホームズ譚の収穫。これほどの物語が文庫書き下ろしで入手できるとは、なんとも嬉《うれ》しいことである。

ところで作者は本書に先立ち、義和団の乱を題材にした『黄砂の籠城』を上梓《じょうし》している。まったく内容は違うが、こちらにも現代の日本人に対するメッセージが込められていた。松岡圭祐の時代エンターテインメントは、まさに今、読まれるべき作品なのだ。

解説　虚実巧みな第一級エンターテインメント

北《きた》原《はら》尚《なお》彦《ひこ》（作家・ホームズ研究家）

シャーロック・ホームズ死す！
その恐るべきニュースは帝都ロンドンを、いや英国中を震撼《しんかん》させた。
ロンドンの人々は嘆き悲しみ、喪章を付けて街中を歩いたという。
だが実は、名探偵は生きていた。
彼が帰還するのは数年後。
その間、彼が何をしていたかは詳述されていない。
はっきりしているのは……アジアにいたことである。

アーサー・コナン・ドイルは、自《みず》らの本分は歴史小説にあると考え、シャーロック・ホームズのシリーズを書き続けることに嫌気が差していた。もうやめたいと母親に相談したけれども「とんでもない」と引き止められた。そこでコナン・ドイルは、決定的な終わりを迎える物語を書いた。ホームズを悪の帝王モリアーティ教授とともに、ライヘンバッハの滝つぼへ突き落とし、殺してしまったのだ。〈ストランド・マガジン〉一八九三年十二月号掲載の「最後の事件」である。

読者たちは悲嘆に暮れた。彼らが喪章を付けたというのも、事実として伝えられている。

それ以来、読者と編集者はホームズの新作を求め続けた。コナン・ドイルはそれを拒否していたが、八年後の一九〇一年、『バスカヴィル家の犬』の主役としてホームズを復活させる。但しこの際は、「最後の事件」以前の事件としてだった。

そして一九〇三年、遂《つい》にホームズが本格的に生還する。〈ストランド・マガジン〉十月号掲載の「空き家の冒険」で、ライヘンバッハの出来事の真相が語られるのだ。

だがホームズが死亡していたと思われ不在だった時期（ホームズ研究家＝シャーロッキアンは「大失踪《しっそう》期間」と呼ぶ）に何をしていたのかについては、「チベットなど東洋へ行っていた」と説明されるものの、詳述されることはない。

その謎に秘められた期間、ホームズは秘《ひそ》かに日本に渡っており、伊藤博文とともに難事件を解決していた。それも、歴史に残る重大な出来事に隠された真実を。

──それが本書『シャーロック・ホームズ対伊藤博文』なのである。

ホームズが来日していたなどと、奇想天外に思えるかもしれないが、実はそうでもない。ホームズはライヘンバッハでの対決の際、「バリツ」という日本の格闘技を用いたおかげで助かったのだ（もちろん本作にも登場する）。日本の文化となにがしかのかかわりがあったホームズが、アジアへ行ったのなら日本に行っていた可能性もあるというものだ。実際、そういう説に前例もある（詳しくは後述）。

日本に来ていたからには、当時のあの人物やこの人物に会っていたかもしれない、と考えるのが当然だ。ここで作者が選んだのは、他ならぬ「伊藤博文」だった。

伊藤博文（一八四一～一九〇九）は、討幕運動に参加したが、明治維新後は憲法制定の中心人物となり、初代首相にまで上り詰めた人物。シャーロック・ホームズの相手をするに、不足はない。

日本人は『モスラ対ゴジラ』や『ガメラ対ギャオス』のような〝対決〟モノが大好きだ。但し本作では、ホームズと伊藤博文は反発する側面もあるけれども、実質的には協力して事件の捜査に当たる。これも『マジンガーZ対デビルマン』のように、〝対決〟タイトルでありながら実際には〝共闘〟という、日本ではお馴染みのパターンなのである。シャーロック・ホームズは世界的にヒットした〝バディもの〟の元祖と言えるが、その相棒たるワトソン博士の日本における代理となるのが、伊藤博文だったわけだ。

本作では、歴史上の出来事とシャーロック・ホームズの年代記を巧みに組み合わせている。博文は一八六三年から六四年にかけて、実際に仲間とともに渡英している。だからこの際に、博文とホームズの（最初の）出会いがあっても不思議ではないのだ。その時博文は二十二歳、ホームズは十歳。博文が十二歳、年上である。

そしてホームズの大失踪期間は一八九一年からとされており、博文は五十歳頃、ホームズは三十七歳。

さて、その一八九一年（＝明治二十四年）、我が国で重大な出来事が発生する――来日したロシアのニコライ皇太子が巡査・津田三蔵《つださんぞう》に切りつけられるという、いわゆる「大津事件」である。ホームズが調査に乗り出すのが、この一件である。更には、ちょっと奇妙な盗難事件も。これが後にひとつの大きな流れに結びついていくのだ。

本作は虚実の混ぜ具合が、実に絶妙だ。山田風太郎や横田順彌《よこたじゅんや》の明治小説と似た味わいの、重厚でありながら第一級のエンターテインメントなのである。

正典（コナン・ドイルによる原作）に基づく要素も、バランスよく配されている。シャーロッキアンには説明の要はなかろうが、ざっとピックアップしてみよう。

ホームズが「かつて死んだと思われながら生きていた男」として回想する「ネヴィル・セントクレア」とは、「唇のねじれた男」に登場する人物だ。

ホームズが教師に投げかけたという「繁殖した牡蠣《かき》がなぜ海底を埋め尽くさないのか」なる疑問は、「瀕死の探偵」に出てくるホームズの言葉。

伊藤博文がベーカー街221Bにあるホームズの部屋を訪ねた際の室内描写も〝なかなか分かってる〟感じだが、「大きく捻《ね》じ曲《ま》げられたのち、元へ戻したように見える」火掻《ひか》き棒については、「まだらの紐」を読んだことのある方ならば、どうしてそうなったか思い出してニヤリとすることだろう。帰宅するホームズとワトソンは「まだらの紐」事件から戻ったところだったのだ。

シャーロックの兄マイクロフト・ホームズが「ギリシャ語通訳を救った」というのは、そのまままずばり「ギリシャ語通訳」事件である。

「青いガーネットを盗んだ男」をどうするか、ホームズが自ら判断した、というのもずばり「青いガーネット」事件。

ホームズが「かつてテムズ川で追跡したオーロラ号」というのは、『四つの署名』事件に出てくる汽艇《ランチ》の名前で、この追跡のくだりはホームズ物の中でも屈指の名シーンだ。

これ以外にも、様々な要素がうまくちりばめられている。「最後の事件」及び「空き家の冒険」については、言うまでもない。普段からホームズ・パスティーシュを書いているのかと思えるぐらいな見事さだ。

また、ホームズ要素もただ再話・引用するのではなく、作者なりの解釈が加わった形で消化（昇華）されているのだ。ホームズとモリアーティの対決（及びその後）しかり、シャーロックとマイクロフトの兄弟関係しかり。

「まだらの紐」事件に登場する毒蛇の生態の問題点についても（動物学者でシャーロッキアンの實吉達郎《さねよしたつお》などにより指摘されているのだが）きちんと着目し、解決を与えている。

しかし本作は何より小説として面白いため、正典由来のポイントなどを（解説を書くため）チェックしつつ読まねばならないのに、そんなことをすっかり忘れて一気に読み通してしまった。

本作は、いわゆるシャーロック・ホームズ「パスティーシュ」である。パスティーシュとは、原作と同じ世界観やキャラクター造形を踏まえ、他作家が生み出した新たな物語であり「本歌取り」や「トリビュート」である（茶化したりしたものは「パロディ」とされるが、その境界線は微妙)。ミステリ作家ならば、一度は手がけたくなる挑戦だ。エラリイ・クイーンしかり、スティーヴン・キングしかり。

我が国にホームズのパスティーシュ／パロディが導入されたのは、大正元年(一九一二年)、安成貞雄《やすなりさだお》「春日燈籠」である。これはルブラン『ルパン対ホームズ』の後半に当たる中篇「ユダヤのランプ」の翻案だった。

日本人が初めて書いたのが、大正十三年(一九二四年)の水島爾保布《みずしまにおう》「アリッシュマン伯と三探偵」。しかしその後も翻訳が主流であり、日本人のものは星新一「シャーロック・ホームズの内幕」(一九六一年)のようにほとんどが短篇か中篇だった。

その大転換となるのが、一九八三年の加納一朗《かのういちろう》『ホック氏の異郷の冒険』である。これは大失踪期間にホームズが偽名で来日していた、という長篇で、日本推理作家協会賞を受賞した。翌年(一九八四年)には島田荘司『漱石と倫敦ミイラ殺人事件』が発表される。こちらはホームズがロンドンで夏目漱石と出会う、というもの。この二作により、日本人作家によるホームズ・パスティーシュ長篇が「解禁」されたのだ。

漱石はすごくいいタイミングで渡英しているため、ホームズ・パスティーシュに使われやすい。島田荘司以前にも、山田風太郎が短篇で書いている。本当は、漱石が出てくると明かしてしまうとある意味ネタバレなのだが、ここではご容赦頂こう。「黄色い下宿人」（一九五三年）である。逆に島田荘司以後には、柳広司《やなぎこうじ》『吾輩はシャーロック・ホームズである』（二〇〇五年）がある。

キャラクターを犬化したアニメ『名探偵ホームズ』の第十九話は、「漱石・ロンドン凧合戦！」（一九八五年）というエピソードだ。

本書『シャーロック・ホームズ対伊藤博文』は、基本的には『ホック氏の異郷の冒険』と同じ〝ホームズ訪日〟パターンであるが、過去パートでは『漱石と倫敦ミイラ殺人事件』と同じ〝ロンドンで日本人に遭遇〟パターンも混ざり込んでおり、折衷型なのである。

ホームズが日本に来るパスティーシュは加納一朗以前からあった。その最大の例が山本周五郎『シャーロック・ホームズ』（一九三五年）である。これは複数の正典を組み合わせて新たな物語を作り上げてしまったものだが、事件は日本で発生し、ホームズが来日するのだ。但しこれは大失踪期間には設定されていない。それどころかこの物語の中でホームズは軽井沢の滝に落下し、死亡した（と思われる）のだ。

海外のパスティーシュについても少しだけ。大失踪期間のホームズを描いたものとしては、ジャムヤン・ノルブ『シャーロック・ホームズの失われた冒険』やテッド・リカーディ『シャーロック・ホームズ　東洋の冒険』がある。

ヴァスデーヴ・ムルティ『ホームズ、ニッポンへ行く』も同様だが、インド人作家が書いたためか非常にユニークで、明治天皇が浴衣姿で秘密会議に出てしまったりする。

近年ではミッチ・カリン『ミスター・ホームズ　名探偵最後の事件』の中でも、ホームズは日本を訪れている。但しこれは老境のホームズの物語なので、太平洋戦争終戦直後の日本だが。後に『Mr.ホームズ　名探偵最後の事件』として映画化もされ、重要な日本人役を真田広之が演じた。

『シャーロック・ホームズ対伊藤博文』は、細部までシャーロッキアン的な視点で描かれている。ここまで書ける作者は、立派なホームズ専門家だと言っても過言ではない。しかも日本独自のテイストを加えることに成功している。これだけの知識と技量があれば、また傑作ホームズ・パスティーシュを書けるはずだ。これからも大いに期待したい。

本書は、二〇一七年六月に講談社文庫より刊行された作品に加筆修正を加えたものです。

イラスト／シドニー・パジェット（6、451ページ）
イラスト生成／長村新（Midjourney）（5ページ）

シャーロック・ホームズ対《たい》伊《い》藤《とう》博《ひろ》文《ぶみ》

改訂完全版《かいていかんぜんばん》

松岡圭祐《まつおかけいすけ》

令和6年 6月25日 初版発行
令和6年 11月15日 4版発行

発行者●山下直久

発行●株式会社KADOKAWA
〒102-8177 東京都千代田区富士見2-13-3
電話 0570-002-301(ナビダイヤル)

角川文庫 24205

印刷所●株式会社KADOKAWA
製本所●株式会社KADOKAWA

表紙画●和田三造

●お問い合わせ
https://www.kadokawa.co.jp/ (「お問い合わせ」へお進みください)
※内容によっては、お答えできない場合があります。
※サポートは日本国内のみとさせていただきます。
※Japanese text only

ISBN 978-4-04-115088-7 C0193

◆◇◇

角川文庫発刊に際して

角川源義

第二次世界大戦の敗北は、軍事力の敗北であった以上に、私たちの若い文化力の敗退であった。私たちの文化が戦争に対して如何に無力であり、単なるあだ花に過ぎなかったかを、私たちは身を以て体験し痛感した。西洋近代文化の摂取にとって、明治以後八十年の歳月は決して短かすぎたとは言えない。にもかかわらず、近代文化の伝統を確立し、自由な批判と柔軟な良識に富む文化層として自らを形成することに私たちは失敗して来た。そしてこれは、各層への文化の普及滲透を任務とする出版人の責任でもあった。

一九四五年以来、私たちは再び振出しに戻り、第一歩から踏み出すことを余儀なくされた。これは大きな不幸ではあるが、反面、これまでの混沌・未熟・歪曲の中にあった我が国の文化に秩序と確たる基礎を齎らすためには絶好の機会でもある。角川書店は、このような祖国の文化的危機にあたり、微力をも顧みず再建の礎石たるべき抱負と決意とをもって出発したが、ここに創立以来の念願を果すべく角川文庫を発刊する。これまで刊行されたあらゆる全集叢書文庫類の長所と短所とを検討し、古今東西の不朽の典籍を、良心的編集のもとに、廉価に、そして書架にふさわしい美本として、多くのひとびとに提供しようとする。しかし私たちは徒らに百科全書的な知識のジレッタントを作ることを目的とせず、あくまで祖国の文化に秩序と再建への道を示し、この文庫を角川書店の栄ある事業として、今後永久に継続発展せしめ、学芸と教養との殿堂として大成せんことを期したい。多くの読書子の愛情ある忠言と支持とによって、この希望と抱負とを完遂せしめられんことを願う。

一九四九年五月三日

新刊予告

日本初の007シリーズ後継小説にして
近代史ミステリの傑作!

『タイガー田中』

松岡圭祐

2024年11月25日発売予定
発売日は予告なく変更されることがあります。

日本の「闇」を暴くバイオレンス青春文学シリーズ

角川文庫

好評既刊

高校事変 1〜22 ／ 松岡圭祐

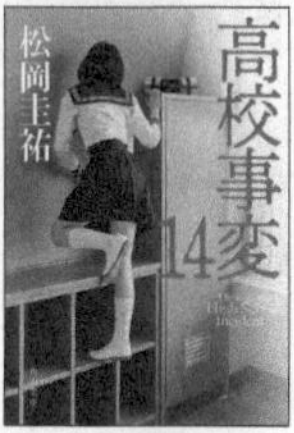

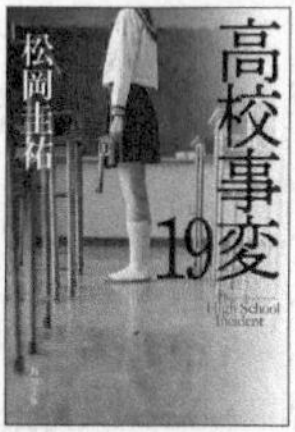

全米ベストセラー
待望の続編！

好評発売中

『続シャーロック・ホームズ対伊藤博文』

著：松岡圭祐

シャーロック・ホームズに伊藤博文が満州で暗殺されたという報せが届く。ホームズのもとに怪しい女が現れ、「伊藤博文を殺した真犯人の存在」をほのめかす文章が彫られた仏像を渡して姿を消していった――。

角川文庫

好評既刊

écriture《エクリチュール》 新人作家・杉浦李奈の推論 Ⅰ〜Ⅺ／松岡圭祐